茶的味道

唐代茶诗新解

杨多杰 著

中华书局

图书在版编目(CIP)数据

茶的味道:唐代茶诗新解/杨多杰著. —北京:中华书局,
2022.1
ISBN 978-7-101-15430-6

Ⅰ.茶… Ⅱ.杨… Ⅲ.①唐诗-诗歌欣赏②茶文化-研究-
中国 Ⅳ.①I207.22②TS971.21

中国版本图书馆 CIP 数据核字(2021)第 223819 号

书　　名	茶的味道——唐代茶诗新解
著　　者	杨多杰
责任编辑	林玉萍
出版发行	中华书局
	(北京市丰台区太平桥西里 38 号　100073)
	http://www.zhbc.com.cn
	E-mail:zhbc@zhbc.com.cn
印　　刷	北京瑞古冠中印刷厂
版　　次	2022 年 1 月北京第 1 版
	2022 年 1 月北京第 1 次印刷
规　　格	开本/880×1230 毫米　1/32
	印张 10　插页 6　字数 190 千字
印　　数	1-6000 册
国际书号	ISBN 978-7-101-15430-6
定　　价	58.00 元

起自傍芳叢摘鷹嘴斯須炒成滿室香便酌砌下金

沙水驟雨松聲入鼎來白雲滿盌花徘徊悠揚噴香昇

宿醒散清峭微睡省煩襟開陽崖陰嶺各殊氣未若竹

丁蓋若地炎帝雖嘗不解煎桐君有錄那知味新芽

連拳半未舒自摘至煎俄頃餘木蘭墮露香微似瓊

草臨波色不如僧言靈味宜幽寂采采翹英為嘉客

不辭織封寄郡齋甑井銅鑪損標格何況蒙山顧渚

春白泥赤印走風塵欲知花乳清冷味須是眠雲岐

石人

茶譜外集〔八〕　　　　　　　　十七

蟹眼已過魚眼生颼颼欲作松風鳴茸茸出磨細珠

落眩轉遶飛雪輕甌瀉湯誇第一未識古人煎

水意君不見昔時李生好客手自煎貴從活火發新

我今貪病苦渴分無至坐奉蛾眉且學公家作茗

泉又不見今時潞公煎茶學西蜀定州花瓷琢紅玉

飲塼爐石銚行相隨不用撑腸拄腹文字五千卷但

顧一甌常及睡足日高時

　試茶歌　　　　劉禹錫

山僧後簷茶數叢春來映竹抽新茸宛然為客振衣

古今名家茶咏 凡列各顏者不重載

日高五丈睡正濃軍將扣門驚周公口云諫議送書
白絹斜封三道印開緘宛見諫議面手閱月團三
百片聞道新年入山裏蟄蟲驚動春風起天子未嘗
陽羡茶百草不敢先開花仁風暗結珠琲瓃先春抽
出黃金芽摘鮮焙芳旋封裹至精至好且不奢至尊
之餘合王公何事便到山人家柴門反關無俗客紗
帽籠頭自煎喫碧雲引風吹不斷白花浮光凝碗面
一碗喉吻潤二碗破孤悶三碗搜枯腸惟有文字五
千卷四碗發輕汗平生不平事盡向毛孔散五碗肌
膚清六碗通仙靈七碗喫不得也惟覺兩腋習習清
風生蓬萊山在何處玉川子乘此清風欲歸去山上
群仙司下土地位清高隔風雨安得知百萬億蒼生
命墮在巔崖受辛苦便從諫議問蒼生到頭還得蘇
息否

蒙頂不減李籍林絲篇現　　風不忘憂民又如壯工部

皮日休茶詠序云國朝茶事竟陵季疵始爲經
三卷後又有太原溫從雲武威段碼之各補茶事
十數節董存方冊昔皆杜毓有荈賦季疵有茶歌
遂爲茶具十詠寄天隨子　天隨子陸龜蒙別號

香泉十合乳煎作連珠沸時看蟹目濺午見魚鱗起
聲疑帶雨松篁恐生煙翠倘把瀘中山必無干日醉

《介翁茶史》，清·刘源长著，日本享和三年（1803）香祖轩刻本（多聊茶收藏）

粉細越筍芽，野煎寒溪濱。恐非靈草性，

觴事皆手親。歠石取鮮火，撥泉避腥鱗。

燧發蕉鼠鑞，拾得墜巢薪。潔色晄爽別，

浮氳亦殷勤。以蒸垂曲靜，求得正味真。

宛如摘山時，自啜指下春。湘瓷泛輕花，

瀹盡昏渴神。此邅惆醒趣，可以話高人。

睡後茶興憶楊同州

咏茶詩錄卷一　　　四

晨朝掇靈芽，蒸煙俯石瀬。咫尺凌丹崖，

圓方麗奇色。圭璧無纖瑕，呼兒瀹金鼎。

餘馥延幽遐，源應發真照。選源蕩昏邪，

猶同甘露飯。佛事薰陁耶，咄此蓬瀛侶。

無乃賫流霞。

與孟郊洛北野泉上煎茶

劉言史

唐茶詩鈔目錄

《唐茶诗钞》，杨多杰辑，中国书店出版社，2021 年

吴甲选先生"甘传天下口"墨迹

吴甲选

　　1928年生,当代"茶圣"吴觉农之子。原中华人民共和国驻牙买加大使,原华侨茶叶发展研究基金会副理事长、名誉会长,原吴觉农茶学思想研究会常务副会长。

林乾良先生"人在草木间"墨迹

林乾良

　　1932年生于福州。浙江中医药大学教授。1983年，首先提出"茶疗"构想，后出版《中国茶疗》一书。林教授书法篆刻造诣亦深，现为西泠印社社员、中国书法家协会会员。

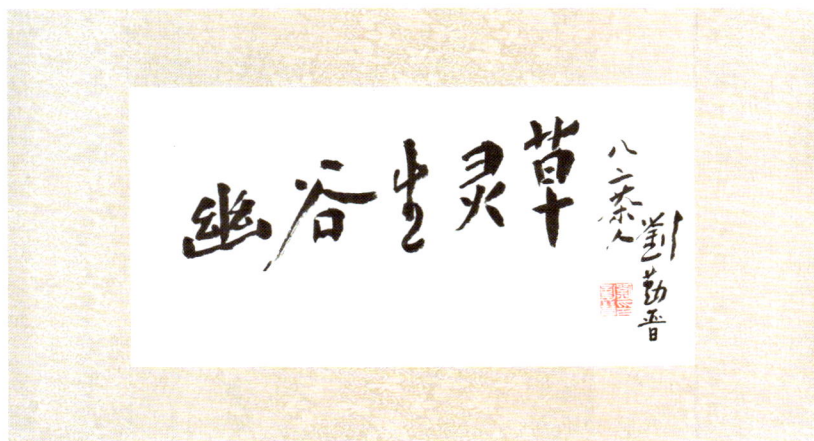

刘勤晋先生"幽谷生灵草"墨迹

刘勤晋

1939年生于四川成都，教授，博士研究生导师。原西南大学茶叶研究所所长，重庆市首届茶学学科带头人。曾主编《茶文化学》《制茶学》《茶叶加工学》《茶学概论》等高等茶学教材，著有《茶经导读》《普洱茶的科学》《中国普洱茶之科学读本》《名优茶加工》等十余种茶书。

赵珩先生"功剜明月染春水，轻旋薄冰盛绿云"墨迹

赵　珩

　　生于 1948 年，北京人。原北京燕山出版社编审、总编辑。著有《老饕漫笔》《毂外谭屑》《旧时风物》《老饕续笔》《百年旧痕》《故人故事》《逝者如斯：六十年知见学人侧记》《二条十年》等书。

目录

序

　　茶之道，盛于唐。陆羽隐于苕溪，撰《茶经》三卷；卢仝居于少室，品甘泉七碗。春日条达，万物生发。翘英生之于山野，玉蕊发之于流华。雨前已见灵草，明前可撷绿芽。魏晋尚清谈，会竹林而聚酒；南朝崇雅集，临清流而品茶。唐诗近五万，尽文学之渊薮；韵章承数代，集风物之萃华。啸乎于山川，咏乎于烟霞。更以清茗助谭契阔；兼及新绿伴以思逷。或参禅悟道，假寺观而啜银芽；或送客访友，临江渚而沁云华。于是，唐人诗多茶之咏，茶常以诗华。多杰才俊，集唐诗二十八首；广撷博采，兼及东瀛者三。足见其时茶道滥觞于中土，而远播于海外。凡择选篇目，或注诗文意趣，或疏茶道源流。每篇洋洋三千言，赏析皆成美文，言之不谬，考之有据，可谓生面别开。今茶道重兴，以此卷置于几案，增知益识，荡涤清心，岂不雅乎?

辛丑孟秋赵珩谨识于毂外书屋

自　序

　　《茶的味道——唐代茶诗新解》即将由中华书局出版了。作为一本专讲唐代茶诗的冷门小众书，能够附骥于中华书局群书之林，高兴之余亦觉惶恐。如果读者尚觉可读，甚至有更多爱茶人因此关注茶诗，也就是最大欣慰了。借拙作出版的机会，我想再聊聊本书的主题——茶诗。

　　2016年，我在喜马拉雅平台上开设了一门茶课。既不是讲冲泡，也不是讲品鉴，而是讲陆羽《茶经》。坦白说，在互联网上讲述茶学文献，是一件很冒险的事情。会不会有人听？什么人会听？会有多少人听？这一系列的问题，我和编辑心里都没底。

　　但是没想到，这套《茶经》课程上线后大受欢迎。时至今日，学员已有数万，播放量将近一百五十万次。由此可见，古代茶学经典至今仍有生命力。只是需要与时俱进，换一换讲法。大家的反馈与表扬，给我壮了胆子。2017年，我又在喜马拉雅平台上开设了一门新课。这一次的题目，是中国历代茶诗赏析。写这篇文章时，我又去网上看了一眼，这套课程的播放量也已近百万了。

喜马拉雅的课程，每一堂要限制在半小时以内。我讲着不痛快，同学听着不过瘾。2020年，我又在人人讲平台上开设了茶诗赏析的视频课程。如今一至四季课程已经完成，第五季也马上就要上线了。虽然茶诗很冷门，但有众多爱茶人的鼎力支持，我想我会一直讲下去。

茶诗，有什么用？

教学过程中，我也遇到了很多的质疑。其中最常见的问题就是：茶诗，有什么用？在这里，我想非常认真地回答：茶诗，没用。不但茶诗没用，文史哲都没用。

文史哲，都不是应用科学。文史哲的书籍，没法直接指导日常生活和生产工作。举个例子，您不会做茶，应该去买一本《制茶学》，而不是去读三遍《论语》。一位茶学小白，愣要在孔夫子名言的指导下做茶，能成功吗？这样做出来的茶，您敢喝吗？所以我们阅读文史哲的书籍，都不要抱着马上就用的想法。

用不上，很容易失望。

用上了，更容易失败。

没用，是文史哲的学科特点。

没用，不是文史哲的学科缺点。

但是现如今的人，学习文史哲时却是急于求用。例如《孙子兵法》这部书，是一部军事学著作。但如今并不仅是军人在读，而是发展为全民阅读。孙子的思想不仅可以指导打仗，还可以在政治统御、商业竞争、企业管理、金融投资、科技创新、卫生医疗、体育竞技、情感生活等多方面大展身手。有人说《孙子兵法》能指导股市博弈，也有说《孙子兵法》能领导公司下属，还有人用《孙子兵法》调解两性关系。这样的做法，不是应用，而是滥用。《孙子兵法》看似有用了，实际还不如没用。

茶诗，属于文学的范畴。但是甭管多有名的文学作品，其实也都没用。《儒林外史》，能指导教育改革吗？《红楼梦》，能当成恋爱指南吗？《西游记》，能当旅行攻略吗？显然，都不能。那这些名著，还值得读吗？当然值得。

这些茶诗与那些名著一样，都有两大特点。第一，都非常没有用，第二，都非常值得读。但是值得读，不等于必须读。不读《红楼梦》，不影响您恋爱结婚。不读《西游记》，不影响您周游世界。不读历代茶诗，也不影响您品味天下名茶。

所以如果您工作特别忙，大可以两耳不闻窗外事，一心只喝老白茶。哥们儿给您送来好茶，您可以吟诵一句唐代白居易的茶诗："不寄他人先寄我，应缘我是别茶人。"如果不会茶诗，您也可以说："谢谢！"这两句话，意思都差不多嘛。

茶诗，该怎么读？

如果您可以接受茶诗无用这个"残酷"的事实。那么接下来，我们便可以聊聊茶诗该怎么读的问题了。您要是真想读茶诗，其实并没有捷径，只能踏踏实实地读，就要老老实实地读。

与茶学著作相比，中国历代茶诗更为高屋建瓴，层次高，甚至有一些还具有哲学意味。可越是这样高层次的东西，学习起来越要具体。日常生活中，登山要一步一个脚印往上爬，下山要一步一个台阶往下走。上下山如果想快，可以坐缆车，但是与此同时，也错过了沿途太多的风景。

历代茶诗，便如同一座高山。从形而上的茶事美学，到形而下的泡茶技巧，没办法一竿子戳到底，中间需要有层次转换。历代茶诗，当然可以滋养如今的茶事生活。但是前提是先逐字逐句拆解，原原本本读好，再谈为我所用的事情。所以读茶诗的法门，总结起来只有两个字：细读。

我们看一件青花盘，观一幅水墨画，听一首古琴曲，即使不懂，也都会得到一种朴素的享受，因为这些艺术品，都是美好的事物。但是这些艺术品，到底好在哪里？哪一些细节值得反复玩味？没人讲解，我们就不得而知了。或许拿我们更熟悉的茶汤来举例，大家理解得更为真切。我曾做过实验，让四位朋友同饮一杯上等东方美人茶，习茶人甲，闻到了香；习茶人乙，喝出了甜；习茶人丙，品出了韵；至于不懂茶的丁，只感觉到了烫。这就是我们常说的：内行瞧门道，外行看热闹。

熟悉的同学们都知道，我讲茶诗有套路：先讲作者，再解题目，最后才是赏析正文。这三个步骤，缺一不可。只有知道了作者的生平经历，了解了茶诗的写作背景，才能够更深层次体会字里行间的情感。如果没有这些背景知识，这首茶诗就无法读出生动，更无法读出感动。艺术欣赏，是对我们理性知识的一种升华。艺术欣赏的前提，是理性知识的积累。

至于赏析正文时，则要做一个吃螃蟹的人。请注意，这里不是说您要有勇气，而是要求您要有耐心。吃螃蟹，是一件很费时间的事情。一只螃蟹，就那么点肉，就那么点膏，但您要想吃到，那必须慢慢地掰，缓缓地嗑，细细地品。别嫌麻烦，鲜味就在这麻烦里，乐趣就在这麻烦里了。您要是心浮气躁，囫囵吞枣地乱咬一气，肯定扎嘴。

心急，别吃螃蟹。

气躁，别读茶诗。

茶诗，该怎么用？

最后，我们再来说说茶诗该怎么用的问题。有人该问了，你不是说茶诗没用吗？怎么这么一会儿，又聊上怎么用的问题了呢？诸位别急，您听我慢慢道来。茶诗，是古文，不可代替今书。现如今的茶学系，还是要以《制茶学》《茶叶质量检验》《茶树栽培学》《茶叶深加工学》等书为教材。茶诗再好，却没法取代这些应用科学书籍的地位。我说茶诗无用，原因就在这里了。

茶诗这么没用，但我们偏偏又想用。那岂不成了废物利用吗？一件东西是不是废物，那是见仁见智的事情。被小绿叶蝉叮咬的夏季茶青，一般人看起来肯定是废物了，但是客家茶农愣是做出来了东方美人茶，不仅废物利用，而且变废为宝，卖出了天价。所以茶诗能不能用在今天的饮茶生活中，其实也要看各位的修为了。

在这里，我说一种最简单易行的用法：我们不妨将精彩的茶诗，当作朋友圈的文案。

北京的长城，是中外游客必去的景点。有一些人除去拍照之外，还喜欢在古老的城砖上刻写上"到此一游"四个字。这当然是一种不文明的举动，需要谴责甚至追究法律责任。但是反过来我们要思考，这些游客为什么要写上"到此一游"四个字呢？要知道，在砖上刻字也需要费点力气呢。其实，他们也是在抒发情感。每一个人，都需要表达自己。杜甫登上泰山，写下"会当凌绝顶，一览众山小"的名句。游客爬上长城，刻下"到此一游"四个字。这两者之间，水平有差异，道德有高低，但他们都是表达自己的情感。

实际上，喝茶也是一样。喝到一杯好茶，会不会有发朋友圈的冲动？有了表达的欲望，怎么表达是个问题。如果我们不满足于"到此一游"般的表述，我们就该力争上游。即使我们

写不出李、杜那般伟大的诗作，那又有什么关系呢？有那么多好的诗人，写出了那么多好的茶诗，完美地表达自己，生动地展现生活，深刻地理解人生。正所谓其人虽已没，千载有余情。只要我们有同理心，只要我们有鉴赏力，我们就能通过这些茶诗，认识自己，表达自己。

我们努力去研读先贤的名篇，有余力不妨再背几句。当遇到想表达的事物时，这些诗句自然就会在心头涌起，最终把"到此一游"淹没。明代李贽《焚书》中说，借他人酒杯，浇自己块垒。我们读茶诗，其实就是借他人茶杯，浇自己胸中块垒。

纳博科夫曾说，好的作者与好的读者，就像两个登山者，从不同的山坡分别攀登，最终相聚在山顶，殊途同归，握手言欢。我们做不了好的作者，也可以做好的读者，二者都能够表达自己。这就是我们这些爱茶人读茶诗的意义吧？

千百年来，茶诗深刻参与了中华茶文化核心价值的生成，以及历代爱茶人精神世界的塑造。茶诗既具有丰富的信息，更具有艺术的价值，让人欣赏，让人品味，更让人沉醉。学习应用科学时，我们的姿态是立正；面对这些茶诗时，我们的心态是稍息。《制茶学》只可以放在案头，中国历代茶诗却可以放在枕边。这就是"有用"之书与"无用"之书的区别了。

茶诗，到底有用还是没用呢？

不必纠结，读就是了。

2021年8月于北京

凡　例

一、选取标准

　　本书收录的唐代茶诗作品，选取标准依据以下两点：一要有一定的茶学内容，二要有一定的文学价值。

二、版本甄选

　　每首诗作尽可能从作者原集中甄选，遇到难以寻找原集的情况下，再从总集或选集中搜集。

三、茶诗顺序

　　诗作基本上以作者出生时间先后排列，生年不详者就按大概的推算时间排列。

四、写作体例

　　每篇文章大致都是列出诗句后，先讲作者，再讲题目，再详细讲解正文。

五、注释说明

本书重在赏析。鉴于读者已有一定水平，本书不对原作进行单独注释。凡有影响读者阅读理解的，在赏析中详做说明。

王昌龄《洛阳尉刘晏与府掾诸公茶集天宫寺岸道上人房》

良友呼我宿，月明悬天宫。

道安风尘外，洒扫青林中。

削去府县理，豁然神机空。

自从三湘还，始得今夕同。

旧居太行北，远宦沧溟东。

各有四方事，白云处处通。①

——

一

　　这首茶诗的作者，是唐代诗人王昌龄。很多人乍一听这个名字，会觉得有一些陌生。可我若读几句他的诗作，您可能就

---

① 胡问陶、罗琴校注：《王昌龄集编年校注》卷三，巴蜀书社，2000年，127页。

立刻会觉得耳熟了。比如这首《芙蓉楼送辛渐》：

> 寒雨连江夜入吴，平明送客楚山孤。
> 洛阳亲友如相问，一片冰心在玉壶。[①]

其中的"一片冰心在玉壶"，因常常刻于紫砂壶上而为爱茶人所熟知。

若觉得不熟悉，我们再读一首《从军行》：

> 青海长云暗雪山，孤城遥望玉门关。
> 黄沙百战穿金甲，不破楼兰终不还。[②]

好一句"不破楼兰终不还"！这句话曾激励多少中华热血男儿，在疆场上奋勇杀敌保家卫国！

您要是还觉得这两首诗耳生，那请仔细听好下面这一首了：

> 秦时明月汉时关，万里长征人未还。
> 但使龙城飞将在，不教胡马度阴山。[③]

[①]《王昌龄集编年校注》卷三，149页。
[②]《王昌龄集编年校注》卷一，47页。
[③]《王昌龄集编年校注》卷一，20页。

　　相信这一首《出塞》，真是无人不知无人不晓了吧？

　　王昌龄在盛唐文坛中，具有举足轻重的地位。在李白与杜甫还没有成为耀眼的双子星时，仿佛他才是唐代诗人中的天之骄子。盛唐人殷璠选《河岳英灵集》时选他的诗最多，数量在王维、李白之上，并认为他是四百年后复兴诗歌"风骨"的两主将之一。就在李、杜日渐"光焰万丈长"并被尊为盛唐诗坛盟主的晚唐，人们数到那个时代的诗人，也在李、杜之后就立即会想起他。例如顾陶《唐诗类选》的序文就说："杜、李挺生于时……其亚则昌龄"①，司空图《与王驾评诗书》也说："沈、宋始兴之后，杰出于江宁（王昌龄），宏肆于李、杜。"②

　　上面我读的几首王昌龄的代表作，无一例外都是七言绝句。历代的文学评论家，也都认为王昌龄精通七言绝句。例如明代王世贞就说："七言绝句，王江宁与（李）太白争胜毫厘，俱是神品。"③他的弟弟王世懋也说："惟青莲（李白）、龙标（王昌龄）二家诣极。"④这种说法到了清代似乎成了定论，就是那些平时论诗常好标新立异的诗论家也不得不承认这一点。像叶燮《原诗》、宋荦《漫堂说诗》、沈德潜《唐诗别裁》、王夫之《薑斋

---

　　①《文苑英华》卷七百一十四。

　　②祖保泉、陶礼天笺校：《司空表圣诗文集笺校》，安徽大学出版社，2002年，189页。

　　③《唐音癸签》卷十。

　　④（明）王世懋著：《艺圃撷馀》，见陈广宏、侯荣川编校：《明人诗话要籍汇编》第七册，复旦大学出版社，2017年，3074页。

诗话》等书，说到七言绝句就一定会提到王昌龄。由此，王昌龄也有"七绝圣手"的美誉。

这首《洛阳尉刘晏与府掾诸公茶集天宫寺岸道上人房》体例是五言而非七言，为我们展现出王昌龄的另一面诗风。与此同时，这首茶诗详细记录了盛唐的文人茶集活动，茶文化方面的意义就更非比寻常了。

二

王昌龄，字少伯，京兆（今陕西西安）人。他生于公元7世纪90年代初期，具体年份有数个说法。但可以肯定，他应年长于李白、杜甫、王维、高适、岑参等人，属于盛唐文坛的前辈诗人。唐玄宗开元十五年（727），王昌龄中进士，并在长安任校书郎。这里多提一句，王昌龄比陆羽的伯乐崔国辅晚一年中进士。因此，王昌龄至少比陆羽高一个辈分，属于"前《茶经》时代"的诗人。

开元二十二年（734），王昌龄通过博学宏词科考试，当上了汜水尉。但是，王昌龄入仕后一直官运不济，十数年都在一些低层官职上徘徊。到了开元二十六年（738），他的仕途开始有了变化。自此之后，王昌龄不仅不能升官，反而开启了贬谪岭南之旅。

王昌龄为什么会被贬到荒蛮的岭南去呢？翻遍史籍，竟然毫无记载。至于他自己，也只是模糊地说："得罪由己招，本性易然诺。"①由此推测，可能也不是什么原则性的大问题，估计只是因为王昌龄文人气盛，得罪了当权的领导，从而招致了贬谪的厄运。

从他这一阶段的诗作中，我们可以勾连出这条贬官的路线，大致是襄阳—荆门—宛城—洞庭湖—岳阳—衡山—郴州，然后继续南行。据学者考订，王昌龄这次贬官之旅的终点，已经是如今广东北部的某处。可是刚刚费尽周折到达岭南，王昌龄却听到了一条消息，据《旧唐书·玄宗纪下》记载：

> （开元二十七年）二月己巳，加尊号开元圣文神武皇帝，大赦天下，常赦所不免者咸赦除之，开元已来诸色痕痕人咸从洗涤，左降官量移近处。②

根据朝廷的精神，王昌龄也属于"左降官量移近处"的范畴。刚刚经过长途跋涉到达岭南，却又要动身北归，这实在是太折腾人了。但不管怎么说，结束了贬官生活，总是可喜可贺的。王昌龄从岭南的贬所，移至巴陵（今湖南岳阳）。当时李白从淮南来到巴陵，王昌龄有一首送李白离开巴陵的诗，即《巴陵送李十二》。

---

① 《王昌龄集编年校注》卷四，230页。
② 《旧唐书》卷九。

唐玄宗开元二十九年（741），王昌龄被朝廷任命为江宁县丞。官职虽小，但好歹回归了干部队伍。可是到了唐玄宗天宝七载（748），王昌龄又一次被贬官。至于这次贬官的原因，仍然没有明确的记载。《新唐书·王昌龄传》中仅仅用了"不护细行，贬龙标尉"①八个字概括了这次贬谪，也就是说，仅仅因为不拘小节，王昌龄就被一竿子贬到了龙标（今湖南怀化）。

当时的龙标，位置偏远文化落后，到那里去当官，其实就是一种严厉的惩罚。李白对王昌龄深表同情，于是便作诗《闻王昌龄左迁龙标遥有此寄》，其正文如下：

> 杨花落尽子规啼，闻道龙标过五溪。
> 我寄愁心与明月，随风直到夜郎西。②

由此可见，唐代到龙标这种地方做官，都成了一件值得同情的事情。

如果说王昌龄的职场生涯充满坎坷与不幸。那么他的离世，则是一场荒诞的悲剧了。《新唐书·王昌龄传》记载：

> 以世乱还乡里，为刺史闾丘晓所杀。张镐按军河南，兵大集，晓最后期，将戮之，辞曰："有亲，乞贷余命。"镐

---

① 《新唐书》卷二百三。
② 王琦注：《李太白全集》卷十三，中华书局，1977年，661页。

曰："王昌龄之亲欲与谁养？"晓默然。①

这里说得很明白，王昌龄是被刺史闾丘晓所杀。但是到底王昌龄犯了什么大罪，要被处以死刑，仍然没有说明。关于王昌龄之死的记载，《唐才子传》这样写道：

> 归乡里，为刺史闾丘晓所忌而杀。后张镐按军河南，晓衍期，将戮之，辞以亲老乞恕，镐曰："王昌龄之亲，欲与谁养乎？"晓大惭沮。②

这段文字的记载，与《新唐书》大同小异，但是关于王昌龄的死因，这里却更明确地用了"所忌而杀"四个字。也就是说，闾丘晓仅仅因为个人好恶，就杀害了大诗人王昌龄。这样草菅人命，真是天理难容。

后来，闾丘晓因贻误战机而被张镐擒获，要处以死刑。行刑前，闾丘晓央求道：饶命！张镐问：为何饶你？闾丘晓答：我还有高堂老母，无人奉养。张镐冷笑道：王昌龄之母，何人奉养呢？闾丘晓无言以对。

先是稀里糊涂地被贬岭南，后来又不明不白地降职龙标，

---

① 《新唐书》卷二百三。
② （元）辛文房著、傅璇琮等校笺：《唐才子传校笺》卷二，中华书局，1995年，257页。

最后冤死于酷吏闾丘晓手中，王昌龄这一生，实在是太背了。

三

　　了解完王昌龄悲惨的宦海生涯，我们再来看这首茶诗的题目。

　　这首茶诗的题目很长，其中的核心在于"茶集"二字。所谓"茶集"，自可以解释为众人因茶而汇聚一处。这种活动的性质，与如今的茶会雅集大致相同。纵观《全唐诗》，这是唯一一首以"茶集"为题的茶诗，其意义因此又有所不同。

　　这次茶集的地点，选在了天宫寺岸道上人的禅房之中。这首茶诗的题目，向来有两个版本。一说为"府掾诸公"，另一说为"府县诸公"。这里的"掾"字，本意是佐助，后引申代指幕僚属官。因此这两个版本的题目，其意义大致相同。想必参与茶集的人并不会太少，所以仅用"诸公"二字，而不一一列举姓名。

　　至于题目中刘晏这个人名，不妨再多说两句。读过《三字经》的人，都一定记得"唐刘晏，方七岁。举神童，作正字"这几句话。刘晏，生于唐玄宗开元四年（716），是当时有名的神童。他从政后，曾改革榷盐制度、整顿漕运、修正常平法，在经济方面颇有建树。

　　但同名同姓的人，可是不在少数。这次茶集中的刘晏，是不是《三字经》里提到的那位呢？唐代诗人李颀《送刘四》中，曾有"尔来屡迁易，三度尉洛阳"①两句。这里的"刘四"，指的就是刘晏。而"三度尉洛阳"，则与本首茶诗中"洛阳尉刘晏"相互印证。另外，李颀与王昌龄之间，也有诗文往来，由此可见，王、李、刘三人同属一个社交圈。因此我们可以断言，茶诗题目中的刘晏，就是唐代那位赫赫有名的神童。

　　茶集发生的城市，显然是在洛阳。这是一条关键线索，为我们确定茶诗的写作年代提供了帮助。纵观王昌龄的诗作，提到洛阳的还有一首《东京府县诸公与綦毋潜李颀相送至白马寺宿》。《旧唐书·玄宗纪下》记载："（天宝元年）二月……甲午，……改……东都为东京。"②由此可以推测，王昌龄这两首与洛阳相关的诗作，都应该写于唐玄宗天宝元年二月之后。

　　这时的王昌龄，已经结束了贬谪岭南的生活，并转任江宁县丞。这与茶诗中"自从三湘还""远宦沧溟东"两句的内容相契合。再查王昌龄的生平行迹，在天宝二年（743）曾在江宁任上因事北返，行前曾作《别辛渐》，其中有"酒酣不识关西道，却望春江云尚残"③两句，由此可见，当时出发应是春天。后一路行进，暂留长安，曾返灞上，又作《宿灞上寄侍御玙弟》，其中有"独饮灞上亭，寒山青门外"④两句，显而易见，这时已是

①　王锡九校注：《李颀诗歌校注》卷一，中华书局，2018年，122页。
②　《旧唐书》卷九。
③　《王昌龄集编年校注》卷三，130页。
④　《王昌龄集编年校注》卷三，132页。

冬天。到了天宝三载（744）春，王昌龄与李白交游，李白作《同王昌龄送族弟襄归桂阳二首》。又同王维、王缙、裴迪游青龙寺，王昌龄作《同王维集青龙寺昙壁上人兄院五韵》。一直到天宝三载（744）冬，王昌龄才返回江宁。

因此笔者推测，这首《洛阳尉刘晏与府掾诸公茶集天宫寺岸道上人房》应大致写于唐玄宗天宝元年六月至天宝三载冬之间。这时的王昌龄，已在官场混迹多年，不仅没有多大的发展，反而遭受了贬官之苦，抑郁之情，可想而知。

四

茶诗的写作背景交代清楚，我们便可以来读正文了。

"良友呼我宿，月明悬天宫。道安风尘外，洒扫青林中"，是对茶集场景的描述。

这里的良友，想必指的便是刘晏。他身为洛阳尉，很可能是这次茶集的组织者。诗人这里用了一个"呼"字，体现了与良友间的亲密关系。依据诗文揣测，茶集似乎是在傍晚举行，因此刘晏便请王昌龄留宿在天宫寺。

诗人抬头仰望，只见明月高悬，照亮天宫寺。这看似只是淡淡一笔，其实不只是写景那样简单，个中奥妙，我们姑且按下不表，待全诗赏析完后，自然会水落石出。

诗文中的"风尘"，代指诗人旅途的艰辛。至于"青林"，则是天宫寺的雅称。诸公都来问候，洒扫禅室，备好香茗，以待贵客。

"削去府县理，豁然神机空。自从三湘还，始得今夕同"，是饮茶后的一番感慨。

职场上的烦恼压得人喘不过气来，仿佛一切问题都陷入了死循环，根本就是无解。这时候不要想着解决，不妨试着像王昌龄一样"削去府县理"，把这些工作上的烦恼暂时抛诸脑后，将自己的身心完全浸染在茶汤之中。

抑郁症不是人人会得，抑郁的情绪却是人人都有。有时候打针吃药真的不见得有效，不如坐下来认真喝茶。用紫砂壶也行，用瓷壶也罢。喝白茶没问题，选黑茶也不错。只要是坐下来，一杯一杯认真冲泡品饮就够了。请相信茶汤有这样的魔力，可以让你最终"豁然神机空"。

天宫寺茶集上，王昌龄遇到了许多好朋友。这些年宦海沉浮，当年的朋友也大半离散分别。若不是这一场茶集，真不知何年何月才能相见。现如今，吃饭太俗气，喝咖啡又显得商务，反倒是三两好友在闲暇时定期茶集一番，不失为平淡生活中的一件趣事。

人，因茶而聚。

茶，因人而香。

"旧居太行北，远宦沧溟东。各有四方事，白云处处通"，是全诗的点睛之笔。

　　虽然王昌龄是京兆人氏，但曾客居并州（今山西太原）、潞州（今山西长治）一带。《河岳英灵集》中也曾有"太原王昌龄、鲁国储光羲"①等句。本首茶诗中"旧居太行北"一句，也应指的是诗人青年时的这段经历。

　　其实纵观王昌龄的半生仕途，真可谓之漂泊劳碌，先是从京中的校书郎，改任汜水尉，后又遭贬官，经河南穿湖北最终走遍三湘大地，后来遇赦，又去江宁作县丞。这虽是平反升职，但又踏上了漫漫旅途。个中甘苦，只有诗人自己知道了。

　　其实现如今的职场中人，不也是四处奔波吗？虽然只是出差而不是贬官，但奔波的程度比之古人更甚，借助飞机、动车这些现代化的交通工具，"朝发太行北，晚至沧溟东"已是很常见的事情了。

　　当汽车速度太快时，我们便很难看清窗外的风景。

　　当生活节奏太快时，我们就很难欣赏生活的美好。

　　我们与王昌龄一样，也希望能够过上"悠闲"的生活。但反过来要问，怎么样才能"悠闲"呢？悠，底下是一个心字。这就是在提醒我们这些大忙人，要时刻保持与自己心灵对话的过程。《诗经》中有"悠悠我心"一句，而"悠悠"二字，本就有慢下来的意思。

　　一杯茶，咕咚一口牛饮下去，只能是走肾。

———————————
　　① 《河岳英灵集》卷下。

　　一杯茶，仔细冲泡徐徐品饮，才会是走心。

　　至于"闲"字，古时写作"閒"，门的里面，是一个月字。我们不妨反问自己，多久没有站在楼门口，欣赏一下空中的月色了呢？傍晚下班的路上，心里仍想着白天的工作，或是低头摆弄着手机，月色再美也看不见。这样的生活，又何谈"悠闲"二字呢。

　　在仕途上奔波打拼的王昌龄，在洛阳天宫寺参加茶集。几碗茶汤入喉，诗人骤然仰望天空。正巧玉兔东升，一轮皎洁的明月，高挂在天宫寺的上空。看到了"月明悬天宫"的王昌龄，这一刻的心中才真正有了闲情。

　　茶汤的魅力，在于总能悄悄地为我们繁忙的生活减速。

　　节奏慢了，茶汤自然香甜。

　　茶汤香了，月亮自然明亮。

　　天下没有不散的宴席，自然也没有不散的茶集。茶汤饮尽，大家又要各奔东西了。想再像今日这样，齐聚在天宫寺茶集，恐怕是不可能的了。那么我们这些爱茶人，怎么才能保持联络呢？是加个微信？还是留个电话？古人没有这些通讯工具。王昌龄在茶诗的结尾，提出了一个奇特的联络方式——白云处处通，意思是只要你身处白云之下，我们还是可以一起茶集。

　　怎么做到呢？靠茶汤联络。

　　人与人之间，还能靠茶汤联络吗？

　　当然可以。

禅宗里有这样一个故事：佛祖说法，不言不语，仅仅拈花示众。大家都感觉莫名其妙，不知道佛祖这是何意。只有摩诃迦叶，莞尔一笑。于是佛祖说，我已经将代表最高智慧的涅槃妙心传给摩诃迦叶了。于是，大家彻底糊涂了：您拈花示众，他微微一笑，什么也没说，什么也没写，最高智慧是怎么传递过去的呢？

看似高深莫测，其实也不难理解。朋友间相视一笑，恋人间眉目传情，不是常见的事情吗？什么也没说，什么也没写，一切尽在不言中了。这是什么？这就是默契。有默契的领会，便是心领神会。心领神会后的微笑，就叫会心一笑。原来人与人之间的联络，不见得一定需要语言与文字。

佛祖与摩诃迦叶之间，靠拈花而传递佛法。

我们这些爱茶人之间，靠茶汤而互通心意。

身在四方又如何？杂事缠身又如何？

一碗茶汤间，白云处处通。

无住《茶偈》

幽谷生灵草，堪为入道媒。

樵人采其叶，美味入流杯。

静灵澄虚识，明心照会台。

不劳人气力，直耸法门开。①

一

这首茶诗的作者，是一位经历传奇的僧人。他法号无住，凤翔郿县（今陕西眉县东北）人。关于他的生平经历，敦煌文书《历代法宝记》中有着详细的记载。由于他俗家姓李，我们就姑且先称年轻时的无住禅师为小李吧。

---

①陈尚君辑校：《全唐诗补编·续拾卷十五》，中华书局，1992年，888页。

　　唐玄宗开元年间，小李代父从军，在唐朝的边疆朔方当兵。他膂力过人，武艺绝伦，在军中颇有威望。这时正赶上信安王李祎督师朔方，一下子就看中了能征惯战的小李。有王爷的青睐，想不升官也很难了。不久之后，小李就当上了先锋官。

　　但是当上先锋官的小李，却一点也不开心。他每日长吁短叹，感慨富贵荣华仅是过眼云烟。没过多久，他就辞职不干了。自此之后，小李走访高僧大德，每日讲经论法。到了天宝年间，他正式出家为僧。从此，俗世少了一位小李将军，佛门多了一位无住禅师。

　　这里不妨多聊几句。军人转型为僧人的事，在唐代并不少见。元稹的七绝《智度师》二首中，也描述了这样一位特别的僧人。

　　其一云：

　　　　四十年前马上飞，功名藏尽拥禅衣。
　　　　石榴园下擒生处，独自闲行独自归。

　　其二云：

　　　　三陷思明三突围，铁衣抛尽衲禅衣。
　　　　天津桥上无人识，闲凭栏干望落晖。①

---

① 吴伟斌辑佚编年笺注：《新编元稹集》，三秦出版社，2015年，142页。

　　第一首，写的是禅师对过去戎马生涯的回忆。四十年前，他骑在战马上驰骋厮杀，简直就像飞起来一样。但是后来将功名全部掩藏起来，穿上僧衣成了和尚。那片石榴园，本是自己作战时擒生的地方（笔者按：擒生，即捉生，类似于战争片中所说的抓舌头），现在却成了老僧散步的地方。

　　第二首，也是由智度禅师的回忆起笔。他显然参加了大唐反击叛军史思明的战役，三次陷入了敌人的包围，又三次突围而出。战争的惨烈，禅师的英勇，一下子都表现得淋漓尽致。按说这样百战余生的军人，应该获得高官厚禄。但是他却抛弃了军人的铁甲，穿上了僧人的袍服。现在他站在天津桥上（笔者按：天津桥在洛阳西南洛水上），又有谁知道他就是"四十年前马上飞""三陷思明三突围"的英雄呢？

　　旧时有人认为，这两首诗讽刺了皇帝的寡恩薄义，凸显了功臣的落寞无助。可在我看来，这位智度禅师更可能在看淡了生死之后，自愿遁入空门寻求禅理。这首茶诗的作者无住禅师，与智度禅师经历上有颇多相似之处。元稹的这两首七绝，也大可以当作无住禅师的白描画像来看待。

二

　　按照《历代法宝记》的记载，有一次无住禅师讲法，有幕府郎官侍卿等三十多人在场。在座的听众看无住禅师饮茶，便问道：大和尚也爱喝茶吗？无住禅师答：爱喝。众人不解茶的妙处，于是无住禅师就即兴做了这首《茶偈》。

偈，音同寄，是一种独特的文学形式。佛经的形式，大致包括两种，即长行与偈颂。长行，类似俗家的散文。偈颂，可比文人的诗歌。所以诗僧的诗作，有时也就以"偈"名。无住禅师的这首《茶偈》，也就是其中一例了。

但是，偈到底算不算诗，这在历史上存在争议。御定《全唐诗》凡例之一曰：

> 《唐音统签》有道家章咒、释氏偈颂二十八卷，（季振宜）《全唐诗》所无，本非歌诗之流，删。[1]

《全唐诗》中不收僧人的偈，大约就是依据了上述原则。但我们不妨把唐代僧人某些颇有文采饶有理趣的偈语，视作诗歌来欣赏和诵读。因此笔者在写作时，仍然把无住禅师这首《茶偈》算在唐代茶诗之列。

历史上有名的诗偈很多。例如宋释惠洪《冷斋夜话》卷一《李后主亡国偈》，就是广为后世传颂的一首。话说宋太祖将问罪江南，李后主用谋臣的计策，准备抗拒宋兵。法眼禅师观牡丹于大内，因作偈讽之曰："拥毳对芳丛，由来趣不同。发从今

---

[1] 《全唐诗》凡例。

夜白，花似去年红。艳曳随朝露，馨香逐晚风。何须待零落，然后始知空？"可惜后主不解其意，最终国破家亡。

在唐代佛教的各宗派中，禅宗的势力最大，信奉的人最多。这一宗派不重学习经典，而是通过各种启示的办法，引导他人明心见性，立地成佛。运用偈语进行启导，是禅僧常用的手段之一。法眼禅师以偈示李后主，便是这样的用意。诗偈，既有文辞的优美，也有佛法的深意，可读性很高。例如无住禅师的这首《茶偈》，便宛若一杯好茶，熨帖顺口，令人回味无穷。

三

全诗共四十字，可分为上下两个部分。

"幽谷生灵草，堪为入道媒。樵人采其叶，美味入流杯"为第一个部分，关键词为"入道媒"三个字。

我走过很多茶区，各茶区风格迥然不同，例如江南的茶田，多是平缓丘陵；可是云贵的茶树，却在深山老林；至于闽北武夷山的坑涧，又是别有一番风光了。但是各地的茶山，总有一点高度相似，那便是尽量远离城市与乡镇。

茶树离人越近，受到的侵扰也就越多。生活垃圾的污染，工业污水的排放，汽车尾气的熏染，这些都会影响茶树的正常生长。

记得在我国台湾访茶时，我去了台北著名的木栅茶区。以前那里生产的铁观音，质量堪比福建安溪铁观音。但自1980年以来，台北市政府推动成立"台北市木栅观光茶园"，以旅游带动农业，成了木栅基本的产业思路。木栅，几乎是离台北市区最近的知名茶区，再加上"猫空缆车"的开通，着实使得原是穷乡僻壤的郊区木栅热闹了起来。

20世纪90年代一直到21世纪初，是猫空及木栅最为鼎盛的时期，不少政要甚至日本前首相福田赳夫等人都曾是木栅茶园里的座上客。在"国立"政治大学地政系于1998年的调查中，猫空有75家茶坊，其中18家专营品茗，54家兼营餐饮及小吃，另有4家土鸡城。等我到木栅时，那里的茶坊、饭馆、土鸡城，数量几乎又翻了一倍，我曾亲眼看到，一辆辆私家车就停在茶园边的道路上。突突冒着的尾气，"滋润着"旁边的茶树。还有一家家饭馆后厨飘出的油烟，以及大批量游客上山制造出的垃圾……

正如这篇茶诗中所写，幽谷生出的才能算珍贵的灵草，景区长出的只能是普通的树叶。鱼和熊掌，不可兼得。既为景区，难做茶区。如今想发展文旅产业的茶区，真该仔细品读"幽谷生灵草"五个字了。

这样的灵草，有什么样的妙用呢？后半句给出了答案，原来可以作为人们"入道"时的媒介。按《历代法宝记》中的记载，无住禅师写这首《茶偈》时，面对的是三十多位来求法学佛的信众。任何初接触禅的人，都会被他既深奥又简朴的哲理所吸引，也会情不自禁地对他富于美学意味的姿态着迷。然而行持日深后，多数人虽隐隐觉得禅机处处，但总有难于入门、望洋兴叹之感。事实上，这正是禅的迷人之处，也是禅的学习难点。

无住禅师，对渴望参禅的信众们说：

想悟道？那就喝茶吧。

"入道媒"三个字，是总领全篇的诗眼，也是无住禅师对茶最为精准的定位。茶，到底神奇在哪里？竟然可以作为人们参禅悟道的媒介。答案，就是美味。农人辛苦采摘嫩芽嫩叶，再加以匠心制作，最终造就杯中美味的茶汤。这杯美味的茶汤，会让人沉浸其中，流连忘返。

人们常说，工作的时候真痛苦，游玩的时候很快乐。然而，事实果真如此吗？其实并不是工作给你带来了痛苦，也不是游玩给你带来了快乐。只是你在工作与游玩时，状态不同而已。只要全身心地投入现在做的事情，完全不想其他东西，就可以让我们感到快乐和喜悦。你觉得工作时很痛苦，恐怕是这份工作没法让你全身心投入。

我们"多聊茶"每个月都会组织同学们进行茶学经典的抄写活动。时至今日，已坚持了数年之久。大家一笔一画的抄写古文，不但不觉得枯燥，反而乐在其中。有的同学甚至说，结束了一天的工作，抄上几篇茶诗，就是最好的休息。实话实说，坚持抄写古文不是容易的事情。但是大家为什么还乐此不疲呢？这便是由于抄写茶学经典时，整个人已经全身心投入其中了，投入得越深，幸福感自然越高。

一杯茶汤，足够好喝，足够有趣，自然会引得爱茶人沉浸于其中。有时候两三好友，边喝边聊，不知不觉一下午的时间就过去了。以茶为媒，心绪不知不觉便已入道。这是茶的神奇之处，也是我们这些爱茶人离不开茶的原因。

"静灵澄虚识，明心照会台。不劳人气力，直耸法门开"为第二部分，关键词是"法门开"三个字。

这部分的四句话，颇有禅宗韵味。"明心照会台"一句，出自佛教史上禅宗六祖慧能所传的法偈。

五祖弘忍宣布以示法偈选定接班人。种子选手神秀，先写了一篇，文曰："身是菩提树，心如明镜台。时时勤拂拭，勿使惹尘埃。"[①]

其实神秀的偈，五祖弘忍并不满意。但是寺里僧众已经开始传颂神秀的偈了。在厨房干活的慧能，不久也听到了神秀的偈，他不以为然，也作了一偈："菩提本无树，明镜亦非台。本来无一物，何处惹尘埃？"[②]

禅宗主张，实相无相。凡是常人耳闻目睹甚至亲身经历，都是假相，也称色相。世界的真实情况和真实性质，则称为实相。神秀的偈，又是菩提树，又是明镜台，又要勤打扫，又怕惹尘埃，显然，他还没有真正懂得禅宗奥义。

---

① 《坛经·行由品第一》。
② 《坛经·行由品第一》。

其实哪有菩提树？哪有明镜台？每天清晨一睁眼，看到的就是开门七件事——柴米油盐酱醋茶。很多人，喝茶时心不在焉，脑子里在想工作。但其实往往这种人，工作时也不能全身心投入，又去规划着度假的事情了。

无住禅师劝导众人以茶汤入手，过好每一天的生活。面对"美味入流杯"的茶汤，你不必东想西想，而是应集中精力于眼前。每一杯茶，都可以视为一个点，这些点连接起来，就会变成长长的线，这条线一直连下去，就是我们的生活。

生活，就是一杯茶，接着一杯茶。

茶汤，可静灵，澄清虚识。

茶汤，能明心，照耀会台。

认真对待每一杯茶汤，生活一定会充满阳光。

皎然《饮茶歌诮崔石使君》

越人遗我剡溪茗，采得金牙爨金鼎。

素瓷雪色缥沫香，何似诸仙琼蕊浆。

一饮涤昏寐，情来朗爽满天地。

再饮清我神，忽如飞雨洒轻尘。

三饮便得道，何须苦心破烦恼。

此物清高世莫知，世人饮酒多自欺。

愁看毕卓瓮间夜，笑向陶潜篱下时。

崔侯啜之意不已，狂歌一曲惊人耳。

孰知茶道全尔真，唯有丹丘得如此。①

---

① 《皎然集》卷七。又《全唐诗》卷八百二十一。

一

茶道，是如今爱茶人常提及的词汇。

只不过，提到"茶道"二字，联想到的不是中国，而是日本。

茶道的名人，是千利休。

茶道的四谛，是和敬清寂。

茶道的核心，是一期一会。

与茶道相关的一切，似乎都伴有浓浓的和风。

有学生问：中国有茶道吗？

当然有。

我国最早提及"茶道"二字的书籍，是唐代封演的《封氏闻见记》。

我国最早提及"茶道"二字的诗歌，是唐代皎然的《饮茶歌诮崔石使君》。

《封氏闻见记》卷六中记载：

> 楚人陆鸿渐为《茶论》，说茶之功效并煎茶炙茶之法。造茶具二十四事以"都统笼"贮之。远近倾慕，好事者家藏一副。有常伯熊者，又因鸿渐之论广润色之，于是茶道大行，王公朝士无不饮者。

这其实就是一段夸赞茶圣陆羽的话。说的是，陆鸿渐之后饮茶之风盛行。

这里提到的"茶道",可以解释为饮茶的习惯。

《封氏闻见记》的作者封演,生卒年代不详。但可知他于唐天宝十五载(756)登进士第,与陆羽算是同时代的人。由此可见,我们早在一千两百年前的唐代,便提出了"茶道"的概念。日本自村田珠光才开始称茶为道,而珠光生活的日本室町幕府,相当于我国的明代中期。因此中国茶文化中,提出"茶道"一词的时间要远早于日本。只是两国关于"茶道"的内涵与外延,又有着不同的认知罢了。

如果说《封氏闻见记》中写的茶道还过于简略,那么皎然的茶诗《饮茶歌诮崔石使君》中,则蕴含着对于中国茶道更为丰富的诠释。由此可见,茶史研究也不能绕开茶诗。

二

皎然,大约生于公元720年前后,不知具体何时去世。他是唐代著名的诗僧,俗家姓谢,字清昼,是南朝文人谢灵运的十世孙。皎然早年也学儒学道,安史之乱后在杭州灵隐寺剃度出家,后来长期居于吴兴杼山妙喜寺。

陆羽在《陆文学自传》中,提到的师友不多,却有皎然和尚,茶圣称与皎然是"缁素忘年之交",可见二人关系莫逆。陆羽的一生,都以与皎然交友而自豪。

皎然也在《赠韦早（卓）陆羽》中写道：

只将陶与谢，终日可忘情。
不欲多相识，逢人懒道名。①

　　作者把韦卓与陆羽比作是南朝高士陶渊明与谢灵运，表明自己不愿过度社交，唯独与韦、陆二人交好。
　　不知是不是受了陆羽的影响，皎然一生醉心于茶事。《全唐诗》收其诗七卷，其中茶诗及咏陆诗加在一起多达二十八首。《唐诗三百首》中收录的唯一一首茶诗，就是皎然的《寻陆鸿渐不遇》。在皎然众多的茶诗当中，最为精彩的还要数这首《饮茶歌诮崔石使君》了。这首诗也深刻影响了后来卢仝《走笔谢孟谏议寄新茶》的创作。可以说，皎然的茶诗是研究唐代茶文化不可或缺的珍贵文献。

三

　　诗的题目里，有一个字比较生僻。诮，音同敲，解释为责备或者嘲讽，可以组词作诮诘、诮责或诮斥。纵观上下文，作者皎然和这位崔石使君应是朋友。好朋友之间，将"诮"解释

　　①《皎然集》卷二。又《全唐诗》卷八百十六。

为"责备"就有点重了，还是解释为"嘲讽"更为恰当。毕竟，好友之间互相挤对两句，也是常有的事。

这个字解释清楚了，题目的意思也就明白了。皎然要作一首饮茶歌，来嘲讽好朋友崔大人。因为什么事，崔大人要遭受嘲讽呢？想必，和茶有关。

四

第一部分，"越人遗我剡溪茗，采得金牙爨金鼎。素瓷雪色缥沫香，何似诸仙琼蕊浆"，讲的是饮茶的过程。

今天我们总说吴越文化，其实范围涉及两个省，吴文化，以江苏省为中心；越文化，以浙江省为中心。越人送来的茶，自然是浙江的名茶。

剡溪，是水名，一般指的是天台山入杭州湾的曹娥江上游部分，具体位置大致在今浙江省绍兴市的嵊州境内。唐朝时的剡溪，是爱茶人心中的圣地。茶圣陆羽《会稽东小山》中，便有"月色寒潮入剡溪，青猿叫断绿林西"[1]的诗句。虽然剡溪距离湖州尚有一段距离，但茶圣陆羽似乎常出游于此。越地的朋友，送来了这么好的剡溪茶，诗人自然不能等闲视之。

下面的一句中，连用了两个"金"字。"金牙"，不是真的

---

[1]《全唐诗》卷三百八。

金牙，而是指名贵的茶芽。"金鼎"，也不是黄金的宝鼎，而是指名贵的茶器。按照唐代煎茶法烹饮，茶汤中泛起层层沫饽。美味异常，如同仙蕊琼浆。诗歌不同于著作，有实写也有虚写。虚实结合，美感自生。

第二部分，"一饮涤昏寐，情来朗爽满天地。再饮清我神，忽如飞雨洒轻尘。三饮便得道，何须苦心破烦恼"，讲的是饮茶的感受。

第一碗喝下去，昏昏沉沉的状态荡然无存。请注意，这便是咖啡因在起作用了。古人没喝过咖啡，更没喝过可乐，对于咖啡因十分敏感，这种"涤昏寐"的效果，原要比今天的人体会深刻。当然，如今在沉闷的午后，我们坐在工位上泡一杯好茶，还是会"情来朗爽满天地"，那大半不是咖啡因的作用，而是因为我们心中爱茶。

与其说喝茶是提神，不如说喝茶是悦心。

第二碗喝下去，神清气爽的状态呼之欲出。如果刚刚还是在和不好的情绪做斗争，那么现在则是在开始享受美好的心情了。

再来第三碗，情况又有了变化。这已经不是高兴与否的问题，而是一下子便"得道"了。

得的是什么道？想必就是茶道。人们总是在苦苦思考，怎么才能消除忧愁呢？是修仙，还是拜佛？皎然答：喝茶。要想脱离苦海，难得不是应该皈依三宝吗？皎然说：三饮便得道，何须苦心破烦恼。身为僧人，这样说岂不是有悖于佛法？其实，并非如此。皎然茶诗中的说法，恰好符合佛教禅宗的思想。

为了更好地理解皎然从茶中所得之道，我们不妨来讲个故事。

有一次，佛印和尚与苏轼同游杭州灵隐寺。

逛来逛去，二人来到观音像前。

苏轼问：善男信女拿着佛珠，是为了念诵菩萨。大师请看，观音怎么也拿着念珠呢？观音又念诵谁呢？

佛印回答：念诵观音。

苏轼追问：观音为什么要念诵观音？

佛印回答：因为菩萨比谁都清楚，求人不如求己。

快乐生活其实也是一样，一杯清茶便可开心，又"何须苦心破烦恼"呢？

这句诗，恐怕只有爱茶人才能够真正理解吧？

诗读到这里，大家恐怕都已经觉得耳熟了。皎然的"三饮茶"，会让人不自觉想到卢仝的"七碗茶"。其实在唐代诗坛，卢仝的确是皎然的晚辈。文学史中，有一个重要的诗歌派别叫作"韩孟诗派"。这个"韩孟诗派"是唐代中期贞元、元和、长庆时期的一个诗歌派别，主要人物是韩愈和孟郊，重要人物还有李贺、贾岛和卢仝等人。这个派别形成于安史之乱后，风格一反盛唐风貌，诗歌创作追求奇险，甚至有些怪癖。而对"韩孟诗派"有直接影响的人，就是诗僧皎然。

纵观皎然的诗论及诗歌，已经有着明显创新的努力。他在谈及诗歌意境创造时曾说：

取境之时，须至难至险，始见奇句。成篇之后，观其气貌，有似等闲不思而得。①

如文中所言，皎然自己也确实写了很多"险怪诗"。例如这首《饮茶歌诮崔石使君》，不是常规的五言或七言，而是更为灵活多变的杂言诗。诗句忽长忽短，不拘泥于格式，才有了"三饮便得道"的妙语连珠。

卢仝作为"韩孟诗派"的重要成员，诗歌风格上也明显受到了皎然的影响。通过诗文结构以及形式，我们可以断言大名鼎鼎的《走笔谢孟谏议寄新茶》，就是脱胎自《饮茶歌诮崔石使君》。卢仝凭借那首茶诗，几乎与茶圣陆羽齐名并举。倒是皎然这首《饮茶歌诮崔石使君》，知道的人并算不多。

第三部分，"此物清高世莫知，世人饮酒多自欺。愁看毕卓瓮间夜，笑向陶潜篱下时。崔侯啜之意不已，狂歌一曲惊人耳。孰知茶道全尔真，唯有丹丘得如此"，讲的是茶与酒的关系。

皎然感叹，茶虽清雅，世人知道的却很少；反倒是饮酒之人，比比皆是。这部分用了两个典故，是理解的难点。第一个

---

① （唐）皎然撰：《诗式》卷一。

是毕卓，他是东晋时期的官员，常因喝酒而贻误工作；另一个
是陶潜，也就是著名的陶渊明，常因畅饮而备受推崇。

　　皎然提到这两位"酒鬼"时，用了"愁看"和"笑向"两
个动词，字里行间，透着一股子轻视。他在《九日与陆处士饮
茶》一诗中，也有"俗人多泛酒，谁解助茶香"①的讲法，显然，
皎然不推崇饮酒。

　　后面写"崔侯啜之意不已"，虽然没有点透，但联系上下文
也能知道，这位崔大人也是一位好酒之人。皎然作为朋友，不
禁要以"诮"的方式进行讽谏。

　　茶诗最后犀利地指出：真正的茶道，恐怕不是凡夫俗子能
体会的吧。

　　那么，到底什么是茶道呢？

　　这是个大课题，恐怕不是三言两语可以讲清楚。

　　日本学者桑田忠亲在《茶道六百年》中写道：

　　　　茶道，是日常生活中的艺术，是生活起居的礼节，也
　　是社会的规范。②

　　这与皎然茶诗中的茶道，可能还不完全相同。

---

①《全唐诗》卷八百十七。

② （日）桑田忠亲著、李炜译：《茶道六百年》，北京十月文艺出版社，2016年，
"前言"，1页。

冈仓天心《茶之书》中，开宗明义地指出：

> 本质上，茶道是一种对"残缺"的崇拜，是在我们都明白不可能完美的生命中，为了成就某种可能的完美，所进行的温柔试探。①

这样的描述虽好，却不免伴随了过于浓郁的日本文化视角，想必也很难引起中国爱茶人的共鸣。

在皎然看来，连陶渊明采菊东篱下的生活，都带有借酒消愁般的消极。爱茶，才是更豁达、更积极、更健康的价值观。清醒地看待世界，涤去心中的昏昧，面对爽朗的天地，这才是爱茶人的生活。

皎然的茶诗，奠定了中国茶道健康积极的基调。

其实关于"道"字，在汉语中的含义非常复杂。老子一句"道可道，非常道"，就囊括了"道"字的几种用法。《现代汉语词典》中，直接把日本茶道之"道"解作"技艺"，显然是不够妥当的，当然，也不可能涵盖住皎然《饮茶歌诮崔石使君》中"茶道"的意义。

禅宗六祖慧能有一位法孙，因俗家姓马而法号道一，所以世称马祖道一。他是禅宗洪州宗的祖师，与皎然算是同时期的

---

① （日）冈仓天心著、谷意译：《茶之书》，山东画报出版社，2012年，3页。

僧人。我们不妨从马祖道一的思想中，来找寻一下对于"道"的理解。

马祖道一主张，能认识本来清净的自性就是佛。但是常识的杂念会污染自性，所以要用各种方法破除杂念，从而重新发现自性。关于"道"的理解，马祖道一常说：

若欲直会其道，平常心是道。①

道，就是平常心。

赵州从谂（音同审）禅师，是马祖道一的法孙。很多人看到这个名字，会感觉到陌生。但若说起从谂禅师提出的"吃茶去"三个字，恐怕就无人不知了吧？其实"吃茶去"，宣讲的也是平常心。这里面的故事很有趣，后有篇章详解。

马祖的另一法孙临济义玄，创立了临济宗，仍是继承了马祖禅法。临济子孙传至南宋杭州灵洞护国仁王禅寺无门慧开（1183—1260），收了位日本弟子名无本觉心（1207—1298）。慧开将自己所著《无门关》和自己之师月林师观禅师所书《体道铭》赠给觉心。觉心在日本古代禅僧里的影响不能算大，但他传来的慧开禅法却很重要，特别为大德寺派所重视。

慧开在禅法上的成就，不为一般人所知。但他有一首诗，

---

① 《景德传灯录》卷二十八。

却流传很广，现抄录如下：

> 春有百花秋有月，
> 夏有凉风冬有雪。
> 若无闲事挂心头，
> 便是人间好时节。①

　　这首诗用字浅白，却又耐人寻味。显而易见，说的仍是"平常心是道"的禅意。慧开这首小诗，不妨作为皎然"茶道"一词的注脚吧。

　　如果日本茶道算是一种艺术，那么中国茶道则是一种生活。在任何情况下，一杯茶都是我们寄托情感的好办法。不论外在物质条件充裕与否，我们都可以在一杯茶汤中寻求到安慰。

　　没有茶室，有一张茶桌也好。

　　没有茶桌，有一把茶壶也行。

　　中国的茶道，不拘泥于表现的形式，而更看重内心的感受。

　　日本茶道，讲究和敬清寂。

　　中国茶道，追求开开心心。

---

①《全宋诗》卷二九九九。

皎然《九日与陆处士羽饮茶》

九日山僧院，东篱菊也黄。

俗人多泛酒，谁解助茶香。[1]

一

郁达夫先生《故都的秋》一文，提到了陶然亭的芦花，钓鱼台的柳影，西山的虫唱，玉泉的夜月，潭柘寺的钟声，可就是没有写到菊花。然而我偏偏以为，北京秋景之美，一半要归功于菊。

北京人种菊，是十分普遍的事情。北城宅门府邸空间宽敞，就可以采用畦栽的形式。像我们南城小门小户院子狭窄，那也可

———————

[1]《皎然集》卷三。又《全唐诗》卷八百十七。

以盆栽养殖。虽然品种有贵贱之别，但都能妆点秋日的气氛。

　　菊花的品种之繁，更胜于梅、兰两类，所以也极具观赏价值。明代王象晋《群芳谱》著录有菊花二百七十五种之多，现如今农学昌明，品种恐怕又远不止这个数字了。北京人赏菊，常常选择北海公园，花圃里逛上一圈后，再到仿膳喝杯清茶，吃两份点心，大半天就这么过去了。有时候忙得久了，就不如这样挥霍一次时间，权当作是"报复"了。有没有既有菊香又有茶韵的古诗，与这北京的秋日茶事相配呢？还真有。那就是唐代皎然的这首《九日与陆处士羽饮茶》。

<h2 style="text-align:center">二</h2>

　　处士，是对品行高洁且不愿为官之人的称呼。陆羽一生淡泊名利，以"野人"的身份闻名当时，所以皎然在题目里用"处士"二字，也是对于茶圣的一种尊称，这次与陆羽一起喝茶的时间，明确说是在"九日"。那么问题来了，到底是几月份的九日呢？

　　正文中提到的"菊"，是判断具体日期的重要线索。《礼记·月令》中，即有"季秋之月，……鞠有黄华"[①]的说法。鞠，即是菊。黄华，即是黄花。汉代崔寔《四民月令》也提到："九

---

　　① （清）孙希旦撰，沈啸寰、王星贤点校：《礼记集解》卷十七，中华书局，1989年，477页。

月九日，可采菊华，收枳实。"①这里的菊华，也就是菊花。所以题目中的"九日"，就是九月九日，即重阳节。

重阳佳节，皎然与陆羽相约饮茶。他们在哪里相见？他们会聊到何人？他们又会聊些什么？这一系列的问题，我们要在正文中去寻找答案了。

三

这是一首五言绝句，前后仅有二十个字。但也不妨，还是分成两部分来读。

第一部分，即前两句"九日山僧院，东篱菊也黄"。

由于菊花是秋日盛开，和九九重阳节日子挨得很近，所以二者慢慢产生了关联。唐代孟浩然的《过故人庄》中，便有"待到重阳日，还来就菊花"②的名句了。再后来重阳节渐以敬老为主题，菊花也成为长寿的标志。在中国传统瓷器的图案中常绘有菊花，就是取其长寿之吉庆寓意。

在中国文人的眼中，菊又不仅仅有长寿之意。中国传统文化中的花卉，不但有生命，而且有情感，更是有品格。说到菊花，就不能不说陶渊明。他不仅是了不起的文学家，更为后世文人探索出了一种生活方式——隐逸，虽然职场不顺生活艰难，

①（汉）崔寔著、石声汉校注：《四民月令校注》九月，中华书局，1965年，65页。
②徐鹏校注：《孟浩然集校注》卷四，人民文学出版社，1989年，261页。

然而精神方面却保持了轻松愉快。陶渊明的隐逸，也成为中国文人顺从命运与反抗命运之外的第三条出路。

"采菊东篱下，悠然见南山"[1]，浅白的字句，深沉的意味，悠闲的神色，宁静的风景，怎不使人顿生向往之心？陶渊明的菊花之歌，引发了千百年来诸多文士的共鸣。本诗中"东篱菊也黄"一句，自然是就典出陶渊明的咏菊名句了。

菊花自经陶氏品题，就成为隐逸的象征，民间尊奉他为菊花花神，也就顺理成章了。蒲松龄《聊斋志异》中《黄英》一篇的菊花精灵，干脆就以"陶"为姓氏，即陶三郎、陶黄英。可见陶渊明"菊仙"的称号，不光凡间认可，仙界也是承认的了。

晚明胡正言《十竹斋笺谱》中"高标八种"类目下，就收录有"篱菊"主题的彩笺一幅。所谓"高标"，语出南朝刘宋时刘义庆《世说新语·德行》"李元礼风格秀整，高自标持"[2]一句，后世就以"高标"二字，来比喻清高脱俗的风范。由此可见，东篱黄菊也为山僧院营造出了一份清雅的气氛。

第二部分，即后两句"俗人多泛酒，谁解助茶香"。

这里所谓的"俗人"，是在说谁呢？结合上下文来看，恐怕指的还是陶渊明。比起菊花，陶渊明对酒的痴迷更胜一筹。《归

---

① 龚斌校笺：《陶渊明集校笺》卷三，上海古籍出版社，1996年，219页。

② 余嘉锡撰，周祖谟、余淑宜整理：《世说新语笺疏》上卷，中华书局，1983年，6页。

去来兮辞》的序文中即写道：

> 余家贫，耕植不足以自给。幼稚盈室，瓶无储粟，生生所资，未见其术。亲故多劝余为长吏，脱然有怀，求之靡途。会有四方之事，诸侯以惠爱为德，家叔以余贫苦，遂见用于小邑。于时风波未静，心惮远役，彭泽去家百里，公田之利，足以为酒，故便求之。[①]

陶渊明是世家出身，当然不至于真的混到赤贫的程度，但是家里孩子多，自己又没有正经工作，恐怕经济上有点拮据也是事实。像陶渊明这样的文人，种田不擅长，经商不在行，很难靠劳动致富，再加上不会理财，缺钱也就成了常态。

于是家里的亲戚，就劝他赶紧去当官，当然，大官不是说当就能当的，文中说的是"长吏"，也就是基层公务员。别看职位不高，起码有个稳定收入。古往今来的长辈，都是希望自己家的孩子安安稳稳。

当时正逢乱世，社会动荡政权更迭，所以我们可以看到，陶渊明对于出世为官，一直是"心惮远役"的态度。他在官场中一直处于恐惧不安的状态，好像时时刻刻喘不过气来。

但是做官这件事，有一项特别的福利，那就是"彭泽去家

---

① 《陶渊明集校笺》卷五，390页。

百里，公田之利，足以为酒，故便求之"。敢情去彭泽当官最大的好处，就是有一块公田，收获的粮食足够酿酒，可以畅饮开怀。陶渊明眼中，当官最吸引人的地方就是酒管够。

到了《归去来兮辞》的正文里，也有这样的描述：

> 三径就荒，松菊犹存。携幼入室，有酒盈樽。引壶觞以自酌，眄庭柯以怡颜。①

久未归家，院中的小路都荒芜了，幸好松树与菊花长势都还不错。陶渊明拉着小孩子的手走进房中，酒已经准备好了。由此可见，家人是多么了解这位彭泽令。自斟自饮着美酒，赏着庭院中的菊花，陶渊明的幸福感已经爆棚了吧。

关于陶渊明以菊伴酒的故事，还不止《归去来兮辞》中这一则。话说有一年的九月九日重阳节，陶家又没有酒喝了。于是乎陶渊明就在房舍旁的菊丛闲坐，不一会儿就采了一手菊花。忽然间江州刺史王弘携酒来访，陶渊明席地而饮，最终在菊花丛中喝得大醉，这才回屋休息。

品格高洁的菊花，竟然成了下酒菜。陶渊明文采虽高，皎然也认为他是俗人一个。在山僧院中的皎然与陆羽看来，这满庭的秋菊实是为茶汤增色三分。谁解助茶香？自然是懂茶之人，

---

① 《陶渊明集校笺》卷五，391 页。

自然是爱茶之人。

皎然在茶诗中，曾不止一次批评过陶渊明。例如《饮茶歌诮崔石使君》一诗中，也有"此物清高世莫知，世人饮酒多自欺。愁看毕卓瓮间夜，笑向陶潜篱下时"①四句。为历代文人推崇的陶渊明，在皎然笔下成了滥饮自欺的酒鬼，也成了他嘲笑的对象。

其实皎然对待陶渊明轻蔑态度的背后，隐藏着中国文化中的茶酒之争。说起茶与酒的争斗，不可不提敦煌写本《茶酒论》。此文见于伯2718、伯3910、伯2972、伯2875、斯5774、斯406六个卷子。其中伯2718卷前，题有"乡贡进士王敷撰"七个字。关于这位王敷，后人一无所知。所谓"乡贡进士"，是指各州郡推荐参加进士考试的人。所以王敷一定是受过良好教育的文人，却不一定真的具有进士功名。

这篇文章的风格，也介乎于雅俗之间。作者以拟人的手法，写茶、酒互相争功论雄的故事。茶先生与酒大哥，都从各种角度进行辩论，都说自己作用最大、地位最高，颇有些自卖自夸的意思。本是一场寻常的辩论，却因作者的文学巧思而趣味盎然、

虽然《茶酒论》是茶文而不是茶诗，但是这篇文章里又有很多合辙押韵的四言句子，读起来朗朗上口。因此，不妨与皎然的这首茶诗对比着来解读。一雅一俗，共同描述出唐代茶酒

---

① 《皎然集》卷七。又《全唐诗》卷八百二十。

之争的一体两面。

《茶酒论》开篇：

茶乃出来言曰："诸人莫闹，听说些些。百草之首，万木之花。贵之取蕊，重之摘芽。呼之茗草，号之作茶。贡五侯宅，奉帝王家。时新献入，一世荣华。自然尊贵，何用论夸。"

酒乃出来："可笑词说！自古至今，茶贱酒贵。单（箪）醪投河，三军告醉。君王饮之，叫呼万岁，群臣饮之，赐卿无畏。和死定生，神明歆气。酒食向人，终无恶意。有酒有令，仁义礼智。自合称尊，何劳比类！"

……

茶为酒曰："我之茗草，万木之心。或白如玉，或似黄金。名僧大德，幽隐禅林。饮之语话，能去昏沉。供养弥勒，奉献观音。千劫万劫，诸佛相钦。酒能破家散宅，广作邪淫。打却三盏已（以）后，令人只是罪深。"

酒为茶曰："三文一缸，何年得富？酒通贵人，公卿所慕。曾道（遣）赵主弹琴，秦王击缶。不可把茶请歌，不可为茶交（教）舞。茶吃只是腰疼，多吃令人患肚。一日打却十杯，腹胀又同衙鼓。若也服之三年，养虾蟆得水病报。"①

---

① 黄征、张涌泉校注：《敦煌变文校注》卷三，中华书局，1997年，423页。

其实茶酒之争，酒总是要吃亏的，因为二者虽然各有优点，但茶的缺点明显少很多。以至于《茶酒论》中的酒找不到茶的弊端，只能编造"茶吃只是腰疼，多吃令人患肚"这样的荒唐论点了。

酒的缺点，又实在太多。民间虽有"酒壮英雄胆"的说法，但恐怕也不靠谱。《三国演义》中的刘备，青梅煮酒论英雄时最终还是"闻雷失箸"了，由此可见，酒壮胆的效果也不见得特别好。其实由于乙醇的作用，人饮酒后倒是常常精神兴奋，但要命的是，兴奋过了度就是亢奋，最终精神恍惚酒后乱性。

据说大禹时仪狄酿成了一种"旨酒"，味道非常鲜美，但大禹饮过之后，反而说出了"后世必有以酒亡其国者"①的话。这个故事出自《战国策·魏策一》，估计只能当传说故事来听。但是也可见，在先秦时代中国人对于酒已经持防备的态度了。毕竟，传说中夏桀与商纣都是因滥饮而亡国。汉字中的"酗"字，就是"酒"与"凶"两个字构成，古人造字时也提醒我们，酒喝多了是一件很凶险的事情。

西周时代开始，已建立了一套比较规范的饮酒礼仪，这也成为重要礼法之一。西周饮酒礼仪可以概括为四个字：时、序、数、令。时，指严格掌握饮酒的时间，只能在冠礼、婚礼、丧礼、祭礼或喜庆典礼的场合下进饮。随时随地的饮酒，便被

---

① （西汉）刘向集录，范祥雍笺证，范邦瑾协校：《战国策笺证》卷二十三，上海古籍出版社，2011年，1353页。

视为违礼。序，指在饮酒时，遵循先天、地、鬼、神，后长、幼、尊、卑的顺序，违序也视为违礼。数，指在饮酒时不可造次，要适量而止，过量亦视为违礼。令，指在酒筵上要服从酒官意志，不能随心所欲，不服也视为违礼。由此可见，中国酒文化的核心宗旨，便是对于酒的高度戒备。现如今所谓"不醉不归""感情深一口闷"等酒桌文化，不过是中国酒文化的糟粕罢了。

与陶渊明同时期的葛洪，对于酒干脆持全面否定的态度。他在《抱朴子·酒诫》中写道：

> 夫酒醴之近味，生病之毒物，无毫分之细益，有丘山之巨损。君子以之败德，小人以之速罪。耽之惑之，鲜不及祸。世之士人，亦知其然，既莫能绝，又不肯节。纵心口之近欲，轻召灾之根源。似热渴之恣冷，虽适己而身危也。小大乱丧，亦罔非酒。①

葛洪对酒的看法很糟，但也算网开一面。他认为如不能"绝"，起码要做到"节"，滥饮无度就是"纵心口之近欲"，最终一定会落得个"适己而身危"的处境。

总而言之，中国古人认为，酒要适度饮用，不可以影响

---

① 杨明照撰：《抱朴子外篇校笺（上册）》卷之二十四，中华书局，1991年，570页。

正常生活以及理性思考。像陶渊明那样喝大酒的行为，可以理解但绝不能推崇。这首《九日与陆处士羽饮茶》只有短短二十个字，但背后却隐藏着中国人崇尚理性、排斥纵欲的深刻文化背景。

话说至此，想起了《金瓶梅词话》第一回正文之前的四首饮词以及"四贪词"四首。这"四贪词"分别写酒、色、财、气，具有明显的劝诫世人之意。其中"酒词"颇为精彩，权且抄录下来，作为本文的结语吧：

> 酒损精神破丧家，语言无状闹喧哗。
> 疏亲慢友多由你，背义忘恩尽是他。
> 切须戒，饮流霞。若能依此实无差。
> 失却万事皆因此，今后逢宾只待茶。①

少酗酒，多饮茶。

健康快乐度生涯。

---

① (明)兰陵笑笑生著、戴鸿森校点：《金瓶梅词话》，人民文学出版社，1992年，1页。

刘长卿《惠福寺与陈留诸官茶会》

到此机事遣，自嫌尘网迷。

因知万法幻，尽与浮云齐。

疏竹映高枕，空花随杖藜。

香飘诸天外，日隐双林西。

傲吏方见狎，真僧幸相携。

能令归客意，不复还东溪。①

一

中唐诗坛，佳作频出，高手如云，其中有十位诗人格外出众，在文学史上被称为"大历十才子"。他们分别是钱起、耿

---

① 储仲君笺注：《刘长卿诗编年笺注》，中华书局，1996年，11页。

漳、卢纶、韩翃、李端、司空曙、吉中孚、苗发、崔峒和夏侯审。关于这个名单的说法，历代还略有不同。但"大历十才子"这个组合的名气，在中唐文坛却的确是熠熠生辉。

"大历十才子"名气虽大，但那时的文坛中还有人造诣在他们之上。南宋范晞文《对床夜语》中就说："李杜之后，五言当学刘长卿、郎士元，下此则十才子。"[①]这里显然是认为，刘长卿、郎士元二人的五言诗造诣要在"十才子"之上。清代管世铭在《读雪山房唐诗序例》中说得更直白："大历十子，所传互异，而皆不及随州。"[②]因刘长卿曾任随州刺史，所以后世便称呼他为"刘随州"。看来在管世铭心中，也认为刘长卿远胜"大历十才子"。比管世铭稍微晚些的方东树，在《昭昧詹言》中也说"大历十子以文房为最"[③]，而"文房"二字，正是刘长卿的表字。

正所谓文无第一、武无第二，诗人之间很难衡量谁高谁低，以上的诗评，也难免带有主观的色彩。但刘长卿的确是中唐时期的杰出诗人，可与钱起、韦应物等人齐名并举。他的诗文刻画精微、意境高远，常有极富魅力的句子，细细品味，很有些南朝谢灵运、谢朓的意韵，但在语言的锤炼、意象的选择和布局的匀称上，刘氏似乎还更胜一筹。

---

① 《对床夜语》卷二。

② 郭绍虞编选、富寿荪校点：《清诗话续编》，上海古籍出版社，1983年，1554页。

③ （清）方东树著、汪绍楹校点：《昭昧詹言》卷十八，人民文学出版社，1961年，419页。

刘长卿最得意的是五言诗，自称为"五言长城"。这样的自诩显然不够谦虚，很容易招来指责和攻击，但后世历代文人，却还都认同他这"自吹自擂"的说法。由此也可见，刘长卿的五言诗功力确实登峰造极。

传世的《刘随州诗集》共十卷，其中有五言茶诗一首，题为《惠福寺与陈留诸官茶会》。

二

刘长卿，字文房，籍贯有宣城、河间、彭城三说。但他从小生长在洛阳，自视为洛阳人。对于他的生卒年份，文献没有明确的记载。后世学者对他的诗文做了一番认真排比研究，推定刘长卿生于唐玄宗开元十四年（726）前后。卒于唐德宗贞元六年（790），享年约六十五岁。

唐玄宗天宝年间，刘长卿已经是颇具名气的文艺青年了。大家都认为他只要去考科举，一定会金榜题名。应试的学子们，甚至公推他为"棚头"。但诗人在天宝年间所作的诗篇，却多次明言自己应试不第。这就如同现如今的某些童星，十八岁前就已经拍戏成名了，但是真到了高考时，却愣是考不上电影学院，很多普通考生都被录取了，自己却是名落孙山。这种尴尬，想一想都令人压抑与难堪。

大约到了唐肃宗至德二载（757），刘长卿才考中进士，随后正式步入官场。其实刘长卿之前的考学之路，还仅仅是坎坷难行；接下来的仕途，则只能用"凶险"二字来形容了。

就在考中进士的同一年，刘长卿担任长洲县尉。转年的正月，摄海盐县令。不久便不明不白地因事下狱，议贬南巴并命令他在洪州待命。这一等，竟然就是六年。一直到了唐代宗广德元年（763），他才得以量移浙西某县。这一个阶段是刘长卿步入仕途后所遭到的第一次重大打击。

唐代宗大历元年（766）左右，刘长卿秩满赴京，随即入转运使府任职，充判官，兼殿中侍御史。他作为著名理财家刘晏的主要助手之一，投入了安史之乱后唐王朝经济复苏的工作当中。先是奉命出使淮西，接着驻守淮南，又到鄂岳任职，刘长卿的足迹遍及大江南北和洞庭左右的数十州。他勤勤恳恳，黾勉从事，可谓能臣。可是到了大历八、九年间，就在他任鄂岳转运留后、检校祠部员外郎期间，遭到了鄂岳观察使吴仲儒的诬陷，并因此事而贬睦州。多年的辛劳只换来再次的斥逐，这是刘长卿仕宦生活中第二次巨大的波折。

刘长卿离开鄂州后，回到常州，在义兴碧涧别墅暂住。大历十二年（777）春抵达睦州贬所。州司马是一个闲职，对刘长卿这样勇于担当的人来说无异于受罪。建中二年（781），他才得以迁任随州刺史。随州虽是小州，但州刺史能当家做主，使得刘长卿不再意气消磨。

但刘长卿到任未久，随州就被淮西节度使李希烈占领。因为李希烈的背叛，随州便陷于敌手。刘长卿的刺史自然就当不成了。在淮南节度使杜亚的幕府寄身数年以后，刘长卿便去世了。

现如今的职场人，常常会抱怨工作压力大，甚至因此出现了焦虑的情绪。但仔细想想，我们充其量也就是为升职加薪这样的问题烦恼而已。和刘长卿比起来，现如今的挫折真的只能算是"擦伤"了。

三

梳理了刘长卿一波三折的职场生涯，我们再来看这首茶诗的题目。

这首茶诗，到底是诗人何时所作呢?《刘随州诗集》中没有详细说明，但我们在题目中，可以寻找到一些蛛丝马迹。其中"陈留"这个地名，是破解谜团的关键所在。《元和郡县图志》卷七中记载:

> 本汉陈留郡陈留县地。武帝置陈留郡，属兖州。按:留本郑邑，后为陈所并，故曰陈留。

唐代的陈留，大致位于如今河南省开封市东。至此，这场茶会发生的位置便先锁定了。

《刘随州诗集》中还有一首《别陈留诸官》①，应与本首茶诗为同时期作品。而《别陈留诸官》开篇两句便写道："恋此东道主，能令西上迟。"由此可见，诗人应该是在一次"西上"途中，来到了陈留这个地方。当地"诸官"热情接待，令诗人恋恋不舍，迟迟不能继续向西行进。

那么诗人最终要去哪里呢?《别陈留诸官》一诗五六两句写道："上国邈千里，夷门难再期。"这里的"上国"二字，典出《左传·昭十四年》，指的就是京城。而"夷门"二字，典出《史记·信陵君传》，指的就是陈留。由此可见，诗人旅行目的地是首都长安城。

刘长卿在唐代宗大历元年（766）左右从浙西某县任满赴京。而从浙西往长安前行，自然可以称为"西上"了。说到这里，似乎时间、地点都对上了，但细细思量，还有一处疑点：按说刘长卿官职不大，又刚刚在仕途上受到挫折，为何行至陈留时会受到热情的接待呢?

从《刘随州诗集》中我们发现，刘长卿赴京前不久曾写过《毗陵送邹绍先赴河南充判官》，由此可见，诗人的朋友邹绍先此前已赴河南陈留为官。所以当诗人"西上"时，在陈留受到热情的接待就顺理成章了。

时间、地点、人物都能吻合，所以我大胆推测，这首《惠

---

① 《刘长卿诗编年笺注》，12页。

福寺与陈留诸官茶会》很可能就是写于唐代宗大历元年（766）年前后，诗人从浙西某县"西上"长安城的途中。

这一年，刘长卿大约四十一岁了。长期的贬谪，使得刘长卿的内心百感交集，这种失落的心态，是这首茶诗的写作背景，也是爱茶人理解这首茶诗的切入点。

四

开篇的头两句"到此机事遣，自嫌尘网迷"，可算是感叹。"机事"二字，直译为机巧之事。《庄子·天地篇》中写道：

> 有机械者必有机事，有机事者必有机心。机心存于胸中，则纯白不备；纯白不备，则神生不定；神生不定者，道之所不载也。

由此可见，"机事"不是什么好东西，要是"存于胸中"可就让人头疼了。

"尘网"二字，比喻人世间的种种困扰。汉代东方朔在《与友人书》中曾说"不可使尘网名缰拘锁"[1]，东晋陶渊明更是有"误落尘网中，一去三十年"[2]的名句。诗人不仅为机事所驱遣，

---

[1]《汉魏六朝百三家集》卷四。
[2] 龚斌校笺：《陶渊明集校笺》卷二，上海古籍出版社，1996年，73页。

而且为尘网所迷困，自然是怎么也快乐不起来了。

　　"因知万法幻，尽与浮云齐"两句，则应是开悟。

　　这首茶诗的写作地点，是陈留惠福寺茶会之上。山寺禅堂，晨钟暮鼓，是寻常的景色，却常常给人一种归属感。面对着青灯古佛，静静地坐上半日，似乎尘世间的烦恼都算不得什么了。

　　刘长卿自少年时起，就立志做治国安邦的栋梁。他在《归沛县道中晚泊留侯城》一诗中，盛赞西汉张良"运筹风尘下，能使天地开"①。显而易见，刘长卿希望自己能够与张良一样"功名满青史"。但现实的情况，却远不是少年理想中的样子，他费了九牛二虎之力才考中进士，步入仕途之后又是步步艰辛。惠福寺茶会中的刘长卿，经历了入狱、罢官、贬谪、搁置等一系列挫折，他苦苦追求的理想，已经破碎得一塌糊涂了。

　　这里的"万法"二字是佛家用语，泛指世间一切事物。抽象奥义的佛法，凝练在一碗茶汤之中。在茶会之上，刘长卿似有所悟。到底什么是真？什么又是假？世间的名利，不过是幻影而已。封侯拜相也好，青史留名也罢，都不如一碗看得见喝得到的茶汤实际。"应知万法幻，尽与浮云齐"两句，翻译成现在的网络流行用语就是——"神马都是浮云"。

　　虚幻与真实，似乎是一个永恒的话题。《红楼梦》故事的开始就写道：

----

　　① 《刘长卿诗编年笺注》，2页。

后来，又不知过了几世几劫，因有个空空道人访道求仙，忽从这大荒山无稽崖青埂峰下经过，忽见一大块石上字迹分明，编述历历。空空道人乃从头一看，原来就是无材补天，幻形入世，蒙茫茫大士、渺渺真人携入红尘，历尽离合悲欢炎凉世态的一段故事。①

这里的"空空道人""茫茫大士""渺渺真人"，名字看起来很奇怪，但实际上"空空""茫茫""渺渺"，都是在说"应知万法幻"的道理。

《红楼梦》第五回中，宝玉做了一个很长的梦。他梦见自己到了一个地方，牌坊上刻着"太虚幻境"，旁边还有一副对联：假作真时真亦假，无为有处有还无②。其实《红楼梦》本身，也正是在揭示对于生命虚幻的领悟。我有时会设想，若是太虚幻境的楹联换上刘长卿这两句茶诗，也会很贴切吧？

"疏竹映高枕，空花随杖藜"两句，表露的是闲情。

这里的"高枕"二字，自然取的是"高枕无忧"之意。至于"杖藜"一词，就是以藜做的手杖。这两句诗，营造出一种清空闲澹、飘逸隽永的生活趣味。与茶诗开头"机事遣""尘网迷"等一系列渲染，形成了鲜明的对比。

既然知道了万法皆幻，又何必执着呢？倒不如享受当下的

① 《红楼梦》第一回。
② 《红楼梦》第五回。

生活，做一个摆脱机事、逃离尘网的闲人。

"香飘诸天外，日隐双林西"两句，讲述的是茶事。

诗人自此一笔宕开，转而描写茶事情景。馥郁芬芳的茶汤，香气高昂持续，飘飘荡荡，似乎已经飞到九霄云外了。刘长卿与陈留当地的朋友们，在茶会上品茶谈心，时间过得飞快。不知不觉，红轮西坠，已经是傍晚时分了。诗中有画，寓意高远，却又真切可知。

家里的小朋友打游戏，是不是也经常忘记了吃饭和睡觉？先别批评他们，其实这也是投入与忘我。我们现如今的汉语里，总是拿"废寝忘食"一词来赞美工作认真的人。可实际上，若总是没日没夜地工作，恐怕不会开心快乐了。从汉字的角度分析，"忙"者，便是心亡之人。心都亡了，又怎么还会有幸福感呢？

反倒是自己的爱好，不妨偶尔"废寝忘食"一下，不仅不会疲惫，反倒是极好的休息与放松。我们每一个爱茶人，恐怕都有这样的体会。在一个闲暇的午后，挑三两款自珍的好茶，选一两件称心的茶器，认真冲泡仔细品饮，时间不知不觉就过去了。注水出汤，自然是"香飘诸天外"。不知不觉，便已"日隐双林西"了。古代的茶诗，离我们并不遥远，茶诗当中常常说出我们爱茶人的心里话。

再多说一句，五、六、七、八四句中的用词都颇有禅意。"空花""诸天""双林"三个词，都显然是佛家用语。但即使抛开佛法而仅从字面意义上去理解，用在这里也很贴切。刘长卿引经据典而不着痕迹，这一层精彩之处，却是要细细拆解方能品味出。

"傲吏方见狎，真僧幸相携。能令归客意，不复还东溪"四句，讲的是解脱。

这里的"归客"，明显指的就是诗人自己。至于"东溪"，则不见得是具体的地名。唐代人的诗歌中，常常会出现"东溪"二字。例如王绩有《夜还东溪》诗，王昌龄（一作王维）有《东溪玩月》诗，李颀有《裴尹东溪别业》诗，岑参有《宿东溪王屋李隐者》诗，耿湋有《夏日寄东溪隐者》诗，等等。难不成"东溪"是一处圣地，唐代文人都喜欢去打卡吗？显然不是。这里的"东溪"是一个象征，泛指归隐的场所。既然已经知道万法皆幻，那何必还要执着于一定去东溪归隐呢？倒不如，直接归隐在茶汤之中吧。

行文至此，再多说两句。储仲君《刘长卿诗编年笺注》一书中，推测《惠福寺与陈留诸官茶会》一诗写于唐玄宗天宝三载（744）。这一观点，笔者不能苟同。关于这首诗年代的文献考证，在前文中已有阐述，这里不赘述。即使不从文献角度去考证，而单从诗文意境中去体味，储先生的说法也难以成立。

按照储仲君先生的观点，刘长卿写这首茶诗时，不过是十九岁的少年。

十九岁，怎么能悟出"因知万法幻"的道理呢？

十九岁，又怎么能喝懂惠福寺的茶汤呢?

茶汤，即是人生。

年少时，只能喝到酸甜苦辣。

成年后，才能品出世间百味。

袁高《茶山诗》

禹贡通远俗，所图在安人。

后王失其本，职吏不敢陈。

亦有奸佞者，因兹欲求伸。

动生千金费，日使万姓贫。

我来顾渚源，得与茶事亲。

氓辍耕农耒，采采实苦辛。

一夫旦当役，尽室皆同臻。

扪葛上欹壁，蓬头入荒榛。

终朝不盈掬，手足皆鳞皴。

悲嗟遍空山，草木为不春。

阴岭芽未吐，使者牒已频。

心争造化功，走挺麋鹿均。

选纳无昼夜，捣声昏继晨。

众工何枯栌，俯视弥伤神。

皇帝尚巡狩，东郊路多埋。

周回绕天涯，所献愈艰勤。

况减兵革困，重兹固疲民。

未知供御余，谁合分此珍。

顾省忝邦守，又惭复因循。

茫茫沧海间，丹愤何由申。①

一

　　《全唐诗》中有一位诗人名下只收录了一首诗，而这一首诗还是首茶诗。这位诗人名叫袁高，这首茶诗题曰《茶山诗》。

　　袁高，字公颐。他生于唐玄宗开元十四年（726），比茶圣陆羽还要年长几岁。袁高于唐肃宗时中进士，后任御史中丞、京畿观察使等职。他为官直言敢谏，不避权贵，屡次上书针砭时弊。袁高并不算一位高产的诗人，而更应看作一位兢兢业业的官员。纵观其一生，只有一首诗歌传世，内容也与他的工作有关。

　　袁高的工作，与茶有什么关联呢？您就是翻遍了两《唐书》关于袁高的文字，也找不到只言片语的记载。可要是与茶无关，

袁高又为何去茶山呢？袁高诗中所写又是哪一座茶山呢？

二

宋代赵明诚曾在其《金石录》里，根据《茶山诗》及李吉甫（758—814）《碑阴记》，补正了两《唐书》关于袁高于代宗、德宗朝历官的记载：

> 右唐袁高《茶山诗》并于頔撰《诗述》、李吉甫撰《碑阴记》，共两卷。湖州岁贡茶，高为刺史，作此诗以讽。高，恕己孙也。贞元中，德宗将起卢杞为饶州刺史，高为给事中，争甚力，于是止用杞为上佐。德宗猜忌刻薄，出于天资，信任卢杞，几亡天下。奉天之围，赖陆贽之谋以济。杞之贬黜，迫于公议，然终身眷眷不能忘；于贽则一斥不复，其奔走播迁而不亡者，岂非幸欤！非高等力排其奸，则复任用杞，未可知也。《唐史》称高代宗时累迁给事中，建中中，拜京畿观察使，坐累贬韶州长史，复拜给事中。吉甫为《碑阴》，述高所历官甚详。云大历中，从其父赞皇公辟"为丹阳令，再表为监察御史、浙西团练判官。德宗嗣位，累迁尚书、金部员外郎、右司郎中，擢御史中丞，为杞所忌，贬韶州长史，寻刺湖州。收复之岁，征拜给事中以卒"。然则高代宗朝未尝为给事中，德宗朝未尝拜

京畿观察使，其贬韶州时，实为中丞。而其为中丞与湖州，《传》皆不载。今并著之，以证《唐史》之误。[①]

袁高曾经为李栖筠的下属，李吉甫是李栖筠之子，因此他所补的内容可信度应该很高。由此可知，两《唐书》关于袁高的记载，最主要就是漏掉了他担任湖州刺史的经历。

袁高"寻刺湖州"，主要是因为得罪了权臣卢杞，可算是贬官了。而后"征拜给事中"，则是因为唐朝刚刚平定了朱泚之乱。唐德宗认识到袁高的重要性，因此再度重用袁高。这些内容，都在这首茶诗里有所体现。随后的正文中，我们再慢慢拆解。这里着重说明一下湖州在茶史中的重要性。

在唐代茶史中，湖州的地位可谓举足轻重。湖州常年贡茶，起始于唐代宗大历五年（770）。据北宋钱易《南部新书》记载：

唐制，湖州造茶最多，谓之"顾渚贡焙"，岁造一万八千四百八斤。焙在长城县西北。大历五年以后，始有进奉。至建中二年，袁高为郡，进三千六百串，并诗刻石在贡焙。故陆鸿渐《与杨祭酒书》云："顾渚山中紫笋茶两片，此物但恨帝未得尝，实所叹息。一片上太夫人，一片充昆弟同啜。"后开成三年，以贡不如法，停刺史裴充。[②]

---

① （宋）赵明诚撰：《宋本金石录》卷二十八，中华书局，1991年，662页。
② （宋）钱易撰：《南部新书》戊，中华书局，1958年，49页。

这段文字中，简述了湖州贡茶之始。除此之外，也提到了袁高在唐德宗建中二年（781）任湖州刺史之事。由此可知，袁高于湖州刺史任上督造贡茶，便是这首茶诗的写作背景了。《茶山诗》中的茶山，也不是寻常之地，而是大唐的贡茶区。

三

这首茶诗很长，前后足足有二百个字，我们不妨将其分成十个部分来研读。

第一部分，"禹贡通远俗，所图在安人。后王失其本，职吏不敢陈"，说的是土贡的流变。

禹贡，是《尚书·夏书》中的篇名，记载了大禹治水及九州地形、土壤、物产、贡赋的情况。古时的君王，要求各地进贡，还有一些节制；后来的统治者索要无度，上贡这事就变了味儿。下面的官吏，虽然也看到了上贡对于百姓的叨扰，但却没有人敢直言进谏。

第二部分，"亦有奸佞者，因兹欲求伸。动生千金费，日使万姓贫"，讲的是小人在作祟。

这些官员若仅仅是不肯为民请愿，那最多也就算是胆小怕事。可有些人却还要利用进贡之事，来献媚于皇帝。为了自己能升官发财，不惜费千金而贫万姓。这些人就不可简单视之为庸才，而是不折不扣的奸佞了。袁高在字里行间对这种谄媚的行为嗤之以鼻。结合袁高的官场经历来看，诗中提到的"奸佞者"一词，很可能就是在暗讽卢杞了。

第三部分，"我来顾渚源，得与茶事亲。氓辍耕农未，采采实苦辛"，说的是作者的经历。

如前文所述，因在朝堂上直言进谏，袁高最终自长安贬至湖州。但也正因如此，才得以真正与茶事亲近。笔者推测，在来湖州之前，袁高应该已是一位爱茶之人。为何这么说呢？因为遍查唐代诗歌，我们发现袁高与皎然是十分要好的朋友。皎然的诗中，多首都涉及袁高。例如《奉酬袁使君高春游鹤鸰峰兰若见怀》《奉送袁高使君诏徵赴行在效曹刘体》《同袁高使君送李判官使回》《酬袁使君高春暮行县过报德寺见怀》等。

正所谓"近朱者赤，近墨者黑"，皎然是茶圣陆羽的好友，更是一位爱茶懂茶之人，那么袁高很可能也受到好友的影响，而醉心于茶事之中了。当然，袁高留下的诗文很少，笔者也只是按照常理推测。毕竟，喝茶这件事，多半都是由朋友介绍"入坑"的嘛。

就在第三段中，还提到了一个关键的地点——顾渚源。据《嘉泰吴兴志》卷十八中记载：

> 长兴有贡茶院，在虎头岩后，曰顾渚，右所（斫）射而左悬白。或耕为园，或伐为炭，惟官山独深秀。旧于顾渚源建草舍三十余间，自大历五年至正（贞）元十六年于

此造茶，急程递进，取清明到京。袁高、于頔、李吉甫各有述。至正（贞）元十七年，刺史李词以院宇隘陋，造寺一所，移武康吉祥额置焉。以东廊三十间为贡茶院，两行置茶碓。又焙百余所，工匠千余人。引顾渚泉亘其间，烹蒸涤濯皆用之，非此水不能制也。刺史常以立春后四十五日入山，暨谷雨还。

通过上述文字我们可以看到，顾渚源不仅有贡茶院及众多工匠，还形成了稳定的贡茶规定。由此可见，唐代湖州的贡茶已经颇具规模。

甿，音同盟，百姓之意。耒，音同磊，农具的一种。老百姓必须放下手中的农活，去山里辛辛苦苦地采茶。如果说前两段，还是袁高对于贡茶的模糊印象。来到顾渚源后，他才真切地感受到贡茶的危害。

第四部分，"一夫旦当役，尽室皆同臻。扪葛上敧壁，蓬头入荒榛"，讲的是采茶的艰难。

要是有一个人被选去负担采茶的徭役，那么这一家子人都算跟着倒霉了。扪，音同门，即摸、攀之意。敧，音同七，即倾斜之意。当时的茶树，可不是整齐地生长在人工的茶园之中。如果那么好采摘，陆羽也就不用"远远上层崖"了吧。因此老百姓必须要拽着藤蔓登上陡壁，才可以采到茶青。一番劳动过后，蓬头垢面，狼狈不堪。

第五部分，"终朝不盈掬，手足皆鳞皴。悲嗟遍空山，草木为不春"，说的是嫩芽的难得。

掬，音同拘，意为双手捧着的状态。采茶是个辛苦活，不仅日晒雨淋，还要攀山越岭，因此手脚上不免都是皴皮老茧。费了这么半天的劲，结果采下来的茶芽都不满一捧。

这里虽然有文学的夸张，但也的确反映了采茶的艰辛。现如今有不少人，参加了各种机构组织的茶山游，因此也会在茶田里体验一番采茶。一个新手若是按规范来操作，半天儿时间真的采不下几两茶芽。当然，您要是连老叶带茶梗来个大把抓，那估计速度能快点，但是回到茶厂，老板可是要扣钱的。袁高眼前的这些茶农，做的都是贡茶，这要是出了纰漏，估计又不是罚款那么简单了。

第六部分，"阴岭芽未吐，使者牒已频。心争造化功，走挺麋鹿均"，讲的是茶农的挣扎。

赶上天气回暖较晚，茶树迟迟不肯发芽，那麻烦可就大了。因为宫里催促贡茶的官吏们，可不看天气预报，他们一件件索茶的牒，如同一封封催命的符，逼得顾渚源的茶农只得铤而走险。为了与造化相争，这些茶农不得不走上山中野兽才能行走的险路，为的只是到人迹罕至的茶山深处，去看看有没有可以采摘的茶青。

第七部分，"选纳无昼夜，捣声昏继晨。众工何枯栌，俯视弥伤神"，说的是茶农的苦困。

采回来的茶青，不免夹杂有一些非茶类物质，还得再度精挑细选后才可以用来制作。可是采摘下来的茶青鲜叶，又是时刻都在失水变化，稍不留神，就有发酵甚至腐败变质的危险。因此，白天摘下来的鲜叶，晚上必须抓紧时间制作。而刚刚完成制茶，又该上山采茶了。周而复始，真是"无昼夜"而"昏继晨"了。笔者认识一位制茶师傅，每年茶季都要暴瘦二十斤，其辛苦程度可见一斑。

第八部分，"皇帝尚巡狩，东郊路多堙。周回绕天涯，所献愈艰勤"，讲的是皇帝的贪婪。

唐德宗建中四年（783），发生了震动朝野的泾源兵变。唐德宗放弃长安，出逃到了奉天。兴元元年（784）春，又发生了李怀光的叛乱。万般无奈，唐德宗又逃往汉中。茶诗中"巡狩"二字，其实是对于唐德宗"逃命"一事美化的一种说法而已。

即使流亡在外，唐德宗仍然要求湖州顾渚源进献贡茶。可是从长安向东到江淮一带的道路都因为兵变而阻塞不通，承担运送贡茶的劳役，不得不兜一个大圈子，才能找到流亡朝廷。贡茶之路，自然也就"愈艰勤"了。

第九部分，"况减兵革困，重兹固疲民。未知供御余，谁合分此珍"，说的是诗人的疑问。

即使是和平年代，贡茶的任务就够辛苦的了。更何况如今兵荒马乱，老百姓再要负担贡茶，哪里还有活路呢？

根据上文所引《南部新书》的记载，袁高时贡茶的数量为三千六百穿。根据《茶经·二之具》的记载，江东、淮南的习惯，上穿（大穿）为一斤，中穿为半斤（八两），小穿为四两或五两。假设袁高所进贡的就是大穿，那么贡茶数量也就是三千六百斤。

朝廷要了这么多贡茶，肯定是喝不了的。既然喝不了，为何还要这么多茶呢？是用来赏赐权贵？还是另有他用呢？诗人在此，看似是疑问，实则是质问，以表心中的不满。

第十部分，"顾省忝邦守，又惭复因循。茫茫沧海间，丹愤何由申"，讲的是袁高的自省。

忝，音同舔，意为辱或愧。袁高反思自己，不能够祛除弊政，还要因循守旧，督造贡茶，实在愧为湖州的父母官。心中的愤懑之情，如何得以排遣呢？于是乎，这才有了这首《茶山诗》。

现如今，已经没有贪得无厌的皇帝了，横征暴敛的贡茶制度，自然也就消散在了历史红尘当中。但是这首茶诗，对于当下的爱茶人仍有现实意义。

虽说茶树培管日趋完善，但工人采茶仍然是"终朝不盈掬，手足皆鳞皴"。

诚然茶园环境今非昔比，但茶人寻茶也常是"心争造化功，走挺麋鹿均"。

即使科学技术突飞猛进，但匠人制茶却还是"选纳无昼夜，捣声昏继晨"。

　　袁高《茶山诗》中的每字每句，都透出一份好茶来之不易。小时候我们在吃饭时，父母总要再三强调："不要剩饭剩菜！"以至于很多中国人会背的第一句诗，都是"谁知盘中餐，粒粒皆辛苦"。一粒米虽小，却是农民辛苦耕种而来。袁高的《茶山诗》，其实与《悯农》一样，都一再提醒我们应该如何知福，如何惜物。

　　几片小小的茶掉在桌子上，我们当然可以随手用抹布抹掉。但若是读过这首《茶山诗》之后，我们对这几片茶的感觉就会有所不同。可能有人会说，我自己花钱买的茶，想怎么处理就怎么处理，即使是浪费了、挥霍了、糟蹋了，别人也管不着。这话一点都不假。但是我也想提醒大家，注意人与物质之间的关系：大量的浪费物质，并不会使我们快乐；与此相反，只有满怀对物质的感谢，我们才会更好地享受他们带来的快乐。

　　作为一个爱茶人，小心存储，就是对茶最大的珍惜。

　　作为一个爱茶人，认真冲泡，就是对茶最大的珍惜。

　　作为一个爱茶人，用心品饮，就是对茶最大的珍惜。

顾况《过山农家》

板桥人渡泉声，茅檐日午鸡鸣。
莫嗔焙茶烟暗，却喜晒谷天晴。[1]

一

茶诗多是文人所作，笔墨大都集中在"品饮"环节，很少涉及"工艺"领域，唐人顾况的《过山农家》算是个特例，因此值得一读。

顾况，晚字逋翁，自号华阳山人。他大约比茶圣陆羽大五岁，老哥儿俩算是同时代的人。既然时代相同，诗中所言的茶事，也就可与《茶经》互为印证，这便是顾况茶诗的另一点价

---

① 赵昌平校编：《顾况诗集》卷四，江西人民出版社，1983 年，92 页。

值所在。

唐肃宗至德二载（757），三十岁的顾况登进士第。历任杭州新亭监盐官、温州新亭监盐官、浙江东西使、秘书郎、著作佐郎等职。后因厌倦官场气氛，辞官而去。此诗大约作于诗人晚年隐居润州茅山期间①。

如今我们很多人被职场所困，其实不妨洒脱些，或许更大的舞台，是生活。顾况的归隐，便是正确的选择。他的成就，不在官场，而在诗坛。连大诗人白居易的成名，都是拜顾况所赐呢。

话说白居易少年时闯荡长安文坛，初来乍到，总是要先拜拜码头，拜谒一下当时的文坛名家。

白居易来到顾况府上，恭恭敬敬递上名帖。

顾况一看"白居易"三个字，不禁顺口开玩笑说："米价方贵，居亦弗易。"②那意思就是说：长安物价挺贵，你一个毛头小子，想"居易"可很难呀！

白居易没说话，而是递上自己的作品：

　　离离原上草，一岁一枯荣。

---

① 刘学锴著：《唐诗选注评鉴》，中州古籍出版社，2013年，1399页。
② （唐）张固著：《幽闲鼓吹》，见《大唐传载　幽闲鼓吹　中朝故事》，中华书局，1958年，27页。

野火烧不尽，春风吹又生……①

顾况一看，不禁暗自称赞：看不出来，这小伙子竟然能有这样的文笔。他随即改口说："道得个语，居即易也。"②也就是说：凭着你这才气，想在长安城居住（即站住脚）也很容易！

自此，白居易名满京城。一句赞誉，就能成就白居易的美名，顾况在文坛的地位可想而知。

二

诗题《过山农家》只有四个字，内容却很丰富。一个"过"字，可解释为"经过"或"路过"，表明了诗人客场的身份。

关键是故事发生的地点也很特别，是山农的家中，而非府邸豪宅。一旦走出书斋，这首茶诗也就不只是品饮了。因此这首茶诗的内容上，便有了特别的价值。

按老规矩，说罢题目后该讲正文了。但这一次，我们得破个例，先聊聊《过山农家》十分特别的体例。没办法，谁让这首诗是比较少见的六言绝句呢。

四言诗，《诗经》中比比皆是，五言诗、七言诗，也都不算新鲜，唯有六言诗，在中国诗歌史上数量较少。原因何在？六

---

①谢思炜撰：《白居易诗集校注》卷十三，中华书局，2006年，1042页。

②《幽闲鼓吹》，27页。

言诗，看似简单，实则最吃功夫。因为这种体例，每句字数都是偶数，六个字，明显是由三个词组成，因此一句话念出来，可以分出三次停顿。如果写得妙，对偶骈俪，精致整饬，语言灵动；但稍不留神，又非常容易落入单调、板滞的状态。因此一般的诗人，都不敢轻易碰六言诗。

纵观唐代诗歌，六言绝句寥寥无几。时代较早，且精彩夺目者，当首推盛唐诗人王维《田园乐七首》的第六首，顺带抄录如下：

> 桃红复含宿雨，柳绿更带春烟。
> 花落家僮未扫，莺啼山客犹眠。[①]

诗人用鲜妍清新的文字，勾勒出田园中恬然自适的生活情趣，堪称诗中有画的经典之作。自王维此诗以下，六言诗之精品就应数顾况的《过山农家》了。《过山农家》，也成了唐代唯一一首六言茶诗，爱茶人不可不读。

三

拆解过题目，分析了体例，我们便可以来读正文了。

[①] 陈铁民校注：《王维集校注》卷五，中华书局，1997年，456页。

别看这首诗就是二十四个字，也可分为上下两个部分。

前两句"板桥人渡泉声，茅檐日午鸡鸣"，写景。

后两句"莫嗔焙茶烟暗，却喜晒谷天晴"，记言。

每一句，还可再断为三个场景。三个场景，就是三个分镜头。若是拍一部题为《过山农家》的短片，这首诗就是现成的拍摄脚本。画面感极强，是此诗的一大亮点。

第一句六字，可断为：板桥、人渡、泉声。

短片由远处开拍，本是一座板桥。慢慢镜头推进到近处，便见过桥之人。背景音乐，顾况也已想好，就用潺潺泉水之声。

第二句六字，可断为：茅檐、日午、鸡鸣。

这次拍摄手法，从由远及近，变为由下至上。先从农家的茅草房开拍，镜头一摇，再给太阳一个特写，既表明了故事发生的天气——晴天，又说明了故事发生的时间——中午。

背景音乐，诗人也有安排，就用声声鸡鸣之音。

看来，顾况生在唐朝是大诗人，要是活在当下也可能成为名导演。

艺术之间，本有相通之处。

写诗，像拍电影。

读诗，像看电影。

电影看到这里，主角已经到达指定场景，即山农的家中。由此，便引出来后半段，也就是第三四两句。茶事，就在当中。

顾况到了山农家里一看，原来人家正在忙碌，又是焙茶又是晒谷。这便有了"莫嗔焙茶烟暗，却喜晒谷天晴"两句。这两句诗没有生僻字，理解起来却不太容易。

我们来讨论一下，这两句话是谁说的呢？

是诗人？还是山农呢？

一般都理解为，这是山农对诗人表示歉意的话：

　　因为焙茶，将家里弄得乌烟瘴气。又赶上喜人的大太阳天，正好晒晒谷子。

　　瞧把我给忙活的，家中来了贵客，我却不能分身招待。

可诗人顾况久居山中，应该与山农已相当熟悉，那么这样的对话，倒显得山农与诗人间生分了；而且诗人对于农家的生活，也应该适应才对，又怎么会嗔怪"焙茶烟暗"呢？看起来，这句话不应该是山农所说。

如果这句话是诗人对山农所说，似乎更为合理。既然是"过"山农家，肯定没有提前预约。诗人来的时候，正赶上山农起火焙茶，烟熏火燎，自然没法待客，弄了山农一个措手不及，场面不免尴尬。但顾况不是一般的城里人，也没有高级官员的架子，不仅不怪，反而上前解围：

　　老乡你说焙茶把家里搞得乌烟瘴气，此言差矣！难得是个晴天，正好还能翻晒谷子呢！

这样一来，"莫嗔"与"却喜"两个词，就都解释得通了。

与此同时，我认为还有一种可能性，即这两句是诗人对同来的朋友所说。

我们假设这样一个场景，顾况隐居山中多年，做了名副其实的"逋翁"。这一日，诗人在官场或文坛的朋友来到山中探望拜访，赶上是个好天气，一行人便进山观景游玩。行至半路途中，感觉又渴又累。顾况久居山中，知道渡过板桥便有一户农家，便提议到那里打尖休息。

来到山农家中，正赶上主人焙茶晒谷，忙得手脚不停。诗人的朋友久居城里，哪里见过这种乌烟瘴气的焙茶场景，不由得面露不悦之色。顾况隐居山中，早已习惯了这些劳动场面，因此便出来打圆场。他向朋友们劝解说：你们哪里知道山中的生活呢？好容易赶上个大晴天，自然要好好利用，晒谷焙茶一样也少不得。诸位，就莫要嗔怪了。

这样的解释，是不是更合乎情理呢？

当然，这仅是我一家之言罢了。

好茶，有百味。

好诗，有百解。

茶可以慢慢品，诗不妨细细读。

品茶与读诗，道理真是像极了。

话说回来，这两句诗，为何要反复推敲呢？

因为这两句诗，恰好道出了"焙茶"的奥秘。

其实"焙火",可谓是最早的制茶工艺之一。这种工艺有多早？早在陆羽所在的时代，焙火工艺就已经十分成熟了。正确认识"焙"这种工艺，有利于我们分别茶叶的好坏。《茶经·二之具》记载：

> 焙，凿地深二尺，阔二尺五寸，长一丈。上作短墙，高二尺，泥之。

由此可见，当时的"茶焙"要挖地修建。换句话讲，"茶焙"是半永久性而绝非临时性。为何如此？因为想制好一款茶，绝离不开焙茶的工艺。

翻回头来，再读茶诗。

为何要焙茶？

大胆推测，可能是近些天来一直阴雨连绵。

虽是推测，但也有不少旁证：

其一，诗人来的路上听见"泉声"。小溪潺潺，水声本不应太大。但若是近来雨水频繁，导致溪水暴涨，那"泉声"两个字就解释得通了。

其二，只有在空气湿度大的时候，点火烧炭才会容易起烟，所以"焙茶"才会导致"烟暗"。

其三，谷子同样容易受潮，因此才有"晒谷"之事。

由此我们可以得出结论：由于阴雨连绵的天气，使得茶叶受潮，从而用焙的方式，祛除茶中的水气。这种对于茶叶的处理方法称为"复焙"，至今仍在使用。

这首《过山农家》，是目前发现最早讲述"焙茶"工艺的茶诗。顾况与陆羽，生活时代相同，此诗便可与《茶经》互为佐证，说明"焙茶"工艺已有一千多年的历史。

其实先人焙茶想法单纯，就是为了祛除茶中水分，从而使其在保存过程中不易霉变。可是久而久之，人们发现焙过的茶风味独特，口感也明显优于不焙的茶。很多有年份的茶叶，看似风烛残年，但经过焙茶师傅的巧手，老树新花，大放异彩。无心插柳柳成荫，焙火工艺从此受到重视。

焙火，本是茶农千百年来摸索出的经验。现如今，焙火的神奇之处，也得到了科学的解释。夏涛主编的《制茶学》（第三版）中认为：

> 烘焙是稳定、提高和形成乌龙茶品质的重要工序。烘焙可使揉捻叶中的水分不断蒸发，紧结外形；固定烘焙之前形成的色、香、味和形品质，稳定茶叶品质，使茶叶得以长时间贮存而不变质。[1]

焙茶过程中，在热的作用下，茶叶中的有效成分进行转化，

①夏涛主编：《制茶学》（第三版），中国农业出版社，2016年，244页。

焙茶工艺可有效提高滋味甘醇度，增进汤色，发展香气。现如今的焙茶工艺，在《茶经》时代的基础上大为发展，广泛应用于白茶、红茶以及乌龙茶等的制作当中。

仅以乌龙茶焙火为例，就要再细分为初焙、复焙和足干。初焙又称毛火、初烘，复焙又称复火、复烘，足干又称足火。其中毛火火温高，时间短，足火火温低，时间长。至于焙茶的具体温度及时间，则要根据茶叶情况而定了。

众所周知，焙火茶如今并不走红。

习茶人都知道，焙火茶的美好，需要细细品味。

喝不惯，急不得。

喝惯了，戒不掉。

可为了迎合市场，打造快销品种，香高汤靓的清香型茶，才更能吸引不了解茶的人。走红的乌龙茶不但不焙火，甚至有绿茶化的趋势。不焙火的乌龙茶，喝久了伤胃怎么办？管不了那么多，茶商需要的是畅销，而不是常销。为了抬高所谓的"清香型茶"，有的人还口出谬论："好茶，绝对不焙火！只有廉价茶、变质茶、发霉茶才要焙火……"

传承千年的工艺，如今却要摒弃。

技法精妙的焙茶，如今濒临失传。

长此以往，爱茶人会不会再无焙火茶可饮？

长此以往，爱茶人会不会只能空读《过山农家》？

不得而知。

皇甫曾《送陆鸿渐山人采茶回》

千峰待逋客，香茗复丛生。
采摘知深处，烟霞羡独行。
幽期山寺远，野饭石泉清。
寂寂燃灯夜，相思磬一声。①

一

皇甫曾，字孝常。唐天宝十二载（753）登进士第，历侍御
史，后因受牵连贬为舒州司马、阳翟令。《全唐诗》中称其"诗
名与兄相上下"②。因此，我们想要研究皇甫曾，就不能不了解他
的哥哥皇甫冉。

---

① 《唐皇甫曾诗集》卷一。
② 《全唐诗》卷二百十。

　　皇甫冉，字茂政，润州丹阳人。据说他是个神童，十岁就能写一手漂亮的诗文，深得唐朝开元年间宰相张九龄的器重。但有意思的是，皇甫冉考上进士的时间是在唐天宝十五载（756）。也就是说，哥哥皇甫冉比弟弟皇甫曾晚三年考中进士。估计没考中的几年，哥哥的压力也着实不小吧。但正所谓不鸣则已一鸣惊人，皇甫冉"举进士第一"[①]，又算是在弟弟面前找回点面子了。

　　皇甫兄弟是三国西晋年间医学家、史学家皇甫谧的后代，绝对算是名门之后。两人先后考中进士，皆在诗文上有高妙的造诣。当时的人将皇甫冉、皇甫曾兄弟比作西晋的文学家张载、张协兄弟，一时间传为美谈。这两位唐朝的学霸，都是茶圣陆羽的好友。

　　可能是《茶经》的影响太广，茶圣的名气太大，反而掩盖了陆羽其他领域的成就，以至于他所著的其余书籍，都没有流传下来。《全唐诗》中，也只收录其诗《会稽东小山》、《歌》二首及句三则而已。

　　陆羽所作的诗，留传下来的很少，但《全唐诗》中，写给陆羽的诗却有二十七首之多。将这些诗文以及作者都罗列在一起研究，呈现出来的便是茶圣陆羽的朋友圈了。这里选的这首《送陆鸿渐山人采茶回》，可算是其中的精品之作。

[①]《全唐诗》卷二百四十九。

　　皇甫兄弟的诗文，是他们与陆羽友谊的最佳见证。其中皇甫冉有《送陆鸿渐赴越并序》《送陆鸿渐栖霞寺采茶》，皇甫曾则有《送陆鸿渐山人采茶回》《哭陆处士》。兄弟二人的诗文，都涉及陆羽采茶的场景。这为我们研究茶圣陆羽的茶事活动，提供了珍贵的资料。

　　从中进士的时间上推断，皇甫兄弟应该与陆羽是同辈人。但论社会地位，皇甫兄弟是名门之后又是进士出身，则是远优于陆羽。但这一切，都没有阻碍他们与陆羽成为终身的挚友。

　　陆羽，究竟有何独特的人格魅力呢？

　　这里暂且按下不表，我们随后在正文中寻找答案。

二

　　这一首诗的题目不长，却可提炼出"鸿渐""山人""采茶"三个关键词。

　　第一个关键词"鸿渐"，是茶圣陆羽的表字。李肇撰《唐国史补》卷中记载：

　　　　竟陵僧有于水滨得婴儿者，育为弟子。稍长，自筮，得蹇之渐，繇曰："鸿渐于陆，其羽可用为仪。"乃令姓陆名羽，字鸿渐。

一套卦辞，连姓带名外加表字都解决了，也算是一段茶史趣谈了。但时至今日，能知道茶圣姓陆名羽字鸿渐的人却寥寥无几，这不能不说是一种遗憾。我后来设计制作茶器，皆以"鸿渐"作为底款，以此作为对茶圣陆羽的纪念。

第二个关键词"山人"，算是对于茶圣陆羽的尊称。其实我一看到"山人"两个字，总是会想起京剧舞台上的诸葛亮。他就是自称山人，手摇羽毛扇，身穿八卦衣，打扮得与满朝文武都不相同。《空城计》这出戏里，诸葛亮一开口就是"我本是卧龙岗散淡的人"，一副超然物外的神态。戏台上的"山人"，是诸葛亮的一种自谦。茶诗中的"山人"，是朋友们的一种赞誉。

其实古人的社交礼仪中，一般都不会直呼其名，直呼其名就是不敬。例如，《三国演义》里的曹操字孟德，宴会中就会说"孟德公，别来无恙"，而沙场上就会喊"曹操，快来受死"。《全唐诗》中涉及陆羽的诗作一般也都不会直呼其名，而是采用雅称或是尊称，除去陆山人外，还有陆鸿渐、陆处士、陆太祝、陆文学、陆季疵、竟陵子等称呼。一位古人多个名字，也成了阅读理解历代茶诗的难点。诸位爱茶人，平时习茶中需要多积累多记忆。

第三个关键词"采茶"，则是本诗的重点，更是陆羽的过人之处。

《茶经·二之具》中，第一种制茶工具就涉及"采茶"一事，原文如下：

　　籝，一曰篮，一曰笼，一曰筥，以竹织之，受五升，或一斗、二斗、三斗者，茶人负以采茶也。

　　这里出现"采茶"一词的同时，还伴随着"茶人"的称谓。

　　现如今，茶艺师这个头衔，已成为明日黄花。茶人，取而代之成为更加时髦的荣誉称号。喝茶的人，可以叫作茶人；泡茶的，也可以叫作茶人；制茶的人，自然也可以叫作茶人，仿佛只要和茶叶沾边的人，都可以叫茶人了。

　　那么问题来了，到底茶人的标准是什么呢？

　　由《茶经》原文可知，茶人的本意就是背着籝筐采茶之人。因此我曾戏称，天下第一位茶人应该就是采茶人，而天下第一的茶器自然也就是盛装鲜叶的"籝"了。

　　以皇甫兄弟的茶诗来看，陆羽常常进山采茶，怪不得在《茶经》中对于"籝"这样一件不起眼的器物，从材质到尺寸都可以描述得如此清晰明确。其实又何止于"籝"这一件茶具，茶圣陆羽对于茶叶生产流程以及所用全部器具都了如指掌。《茶经》，绝非是一本人云亦云的著作。实践出真知，此言非虚。

　　很多人都说，如今茶叶市场水很深，其实要我看，茶叶市场的水并不算深，只是太浑罢了。只要对茶学知识稍做了解研究，商人炮制的谬论不攻自破。例如现如今所谓的生普洱，不仅价格炒得火热，而且身世扑朔迷离，恨不得六大茶类之外，要另立出第七大茶类了。可是只要熟知绿茶的制法，你就会发现夸赞得神乎其神的生普洱不过就是晒青绿茶罢了。

都怪茶的魅力太大，让我们日久生情成了爱茶人。既然爱茶，自然想要了解得更多。爱茶人，便成了习茶人。习茶人为了泡好一杯茶、品好一杯茶，就势必要适当了解茶叶的生产制作环节。这一点，陆羽已经为我们做出了榜样。

全面习茶，是茶圣陆羽的过人之处。

纸上空谈，是今人习茶的短板不足。

三

前两句"千峰待逋客，香茗复丛生"，可概括为一个"隐"字。

这里面的"逋客"一词，现代汉语中并不常用，但在唐诗中却也不算少见。

唐颜真卿《颜鲁公集》卷十五《谢陆处士杼山折青桂花见寄之什》诗："群子游杼山，山寒桂花白。绿荑含素萼，采折自逋客。"[1]唐陆龟蒙《甫里集》卷十七《丁隐君歌》："自言逋客持赠我，乃是钱塘丁翰之。"[2]这两处的"逋客"，可以解释为"避世之隐者"。

但请注意，"逋客"一词的释义不止这一种。唐白居易《长

---

[1]《颜真卿集·诗集》。

[2]何锡光校注：《陆龟蒙全集校注》，凤凰出版社，2015年，982页。

庆集》卷十五《读李杜诗集因题卷后》诗："暮年逋客恨，浮世
谪仙悲。"[1]这里上句说的是杜甫，下句说的是李白，也就是说，
在白居易眼中杜甫也是一位逋客。众所周知，杜甫并没有做过
隐士，他三十四岁刚到长安的时候，就怀有"致君尧舜上，再
使风俗淳"（《奉赠韦左丞丈》）的雄心壮志。虽然他一直不为朝
廷所重，抱负不能施展，也曾偶尔流露一点消极思想，但他并
没有因此遁迹山林，不问世事。即使在他病倒湘江船上，将不
久于人世的时候，他也没有忘记险恶的时局。杜甫的后半辈子
基本上是在兵荒马乱中度过的，他饱尝了颠沛流离之苦。这里
的"逋客"，则应该解释为"颠沛流离之人"。

那么这首《送陆鸿渐山人采茶回》中的"逋客"一词又当
做何解释呢？

纵观陆羽一生，青年时恰逢安史之乱，唐朝由盛转衰，陆
羽平静的生活也被打破。为避兵乱，陆羽无奈南渡。《文苑英华》
卷七九三《陆文学自传》中写道：

> 洎至德初，秦人过江，子亦过江，与吴兴释皎然为缁
> 素忘年之交。[2]

即使到了江南后，陆羽也未在一地定居。他或是访茶或是

---

① 谢思炜撰：《白居易诗集校注》卷十五，中华书局，2006 年，1236 页。
② 《文苑英华》卷七百九十三。

交友，先后在乌程、宜兴、丹阳、茅山、栖霞山、苏州、无锡、越州、庐山、上饶、抚州、长沙等多地留下过足迹。因此若说陆羽是颠沛流离的逋客，一点也不为过。

但另一方面，陆羽算是终身过着闲云野鹤的生活。《新唐书·陆羽传》中记载：

> 上元初，更隐苕溪，自称桑苎翁，阖门著书。或独行野中，诵诗击木，徘徊不得意，或恸哭而归，故时谓今接舆也。久之，诏拜羽太子文学，徙太常寺太祝，不就职。贞元末，卒。①

虽然没有参加过科举，但陆羽还是曾被朝廷任命过官职，只是陆羽性格使然，最终以"不就职"而告终。因此，自然也算是避世隐逸的逋客。

上面两种解释都说得通，但作者在题目中有"山人"二字，自然还是尊称陆羽为世外高人。另外，上文提到的唐颜真卿《谢陆处士杼山折青桂花见寄之什》，本就是写给陆羽的诗，其中也有"绿蕚含素萼，采折自逋客"两句。由此可见，逋客应该是朋友们对陆羽的惯用尊称。综合分析，《送陆鸿渐山人采茶回》中的"逋客"，解释为"避世之隐者"更为恰当。

---

① 《新唐书》卷一百九十六。

　　将功名利禄抛却脑后，穿过崇山峻岭，踏遍林地草丛，只为了寻找心中的香茗，这不正是大家心中隐士的形象吗？其实每一位忙碌的职场中人，心中都有一份隐逸的冲动与情节，只是客观条件所限，因此不是人人能付诸行动罢了。

　　2019年底，一位叫李子柒的女孩火爆全网，也便是这个道理了。生活在城市里的人，心中向往返璞归真的生活，但是大人不能辞职、孩子不能辍学，只能是远远地在网络上遥望一下罢了。李子柒替大家过着归隐田园的生活，因此受到热捧。

　　皇甫兄弟都是官场中人，难免身不由己，而陆羽孑然一身，无功名利禄的困扰，皇甫兄弟与陆羽倾心相交，恐怕也是欣赏羡慕茶圣的生活方式吧？

　　其实，我们醉心于茶事的那一刻，不也正是短暂的归隐吗？

　　古人云，大隐隐于市。

　　我认为，大隐隐于茶。

　　不用辞职，不用进山，一杯香茗，便得片刻清闲。

　　我们到底是爱茶？还是爱饮茶时的自己呢？

　　只有爱茶人自己知道。

　　"采摘知深处，烟霞羡独行。幽期山寺远，野饭石泉清"，可概括为一个"侠"字。

　　越是好茶，生长的地方越是偏僻。我曾在武夷山的桐木关保护区里徒步翻山五个小时，只为寻找到几株老枞茶树。那时刚下过一场冬雨，山中道路满是泥泞，寒气刺骨，行进途中最累的时候，我心中默诵的正是"采摘知深处，烟霞羡独行"这两句。

我们进山时毕竟还带着保温壶和面包，而陆羽进山当更为清苦吧。投靠打尖的山中古刹还路途遥远，但已经是饥肠辘辘了，万般无奈之下，只好找点野果权当饭食，喝点泉水权当饮料了。外人看来是潇洒，实则是甘苦自知了。

进山访茶多了，我便深深感受到陆羽与书斋文人的不同之处。能够独自走深山，与烟霞为伴，茶圣陆羽的身上有着一股侠的精神。

《文苑英华》卷七九三《陆文学自传》中写道：

> （陆羽）往往独行野中，诵佛经，吟古诗，杖击林木，手弄流水，夷犹徘徊，自曙达暮，至日黑兴尽，号泣而归。

独行荒野，诵经吟诗，通宵达旦，乘兴而归。这不正是一位敢爱敢恨快意恩仇的大侠形象吗？

其实这种侠客的精神，在唐代诗人中普遍存在。比如李白写的诗"十步杀一人，千里不留行"，"纵死侠骨香，不惭世上英"[1]，怎么品都带着侠客味道。元稹是个薄情文人，但他居然也

---

[1]（清）王琦注：《李太白全集》卷三，中华书局，1977年，216页。

写出了"侠客不怕死，怕在事不成"①的诗句。还有一位叫崔涯的进士，虽是一介文人，居然也"即自称侠"。这位崔侠客还作诗说："太行岭上三尺雪，崔涯袖中三尺铁。一朝若遇有心人，出门便与妻儿别。"②当然，崔涯的诗再好，我们也要对这种没有家庭责任感的行为予以谴责。幸好陆羽无妻无子，可以安心做深山独行的侠心逋客了。

　　茶圣陆羽，承继的正是盛唐时代的傲然侠骨。他独特的人格魅力，使得如皇甫氏兄弟这样的一批文化名流为之折服。陆羽能交到如此多的好友，也绝非是偶然的事情。陆羽身上"侠"的精神，只读《茶经》而不读茶诗，便不易察觉，也难怪研究陆羽的学者，一直忽略未见。

　　"寂寂燃灯夜，相思磬一声"，可概括为一个"思"字。

　　好友陆羽已入深山采茶，夜晚格外清冷，就连照明的灯火，也显出寂寥之意。想念之情，伴着挂念之意，此时无处排遣，敲击铜磬，长鸣悠悠，希望声音飘荡，也能将我的思绪传递给深山中的陆羽吧？

　　此诗的题目向来有两种版本，其一为《送陆鸿渐山人采茶》，其二为《送陆鸿渐山人采茶回》。我们品最后两句，显然描述的不是陆羽的境遇而是作者皇甫曾的感受。至于前面的

①《新编元稹集》，4149页。

②（唐）冯翊子撰：《桂苑丛谈·崔、张自称侠》，见（唐）李濬等撰：《松窗杂录　杜阳杂编　桂苑丛谈》，中华书局，1958年，65页。

六句，也不是皇甫曾亲眼所见，而是思念时的脑补画面。由此可见，这首诗的重点并不是送别，而是表达送好友回来后皇甫曾自己的惆怅思绪。因此，我倾向于题目为《送陆鸿渐山人采茶回》。

这首《送陆鸿渐山人采茶回》向来未受学界重视，但对我个人影响很大。反复诵读这首茶诗，让我更深刻感悟到想做一名合格的茶人，绝不能仅仅纸上空谈，而应多方面熟知茶事。我们虽做不成"烟霞羡独行"的侠客，但起码应努力在制茶、泡茶、品茶等多方面深入了解。

只有全面习茶，才能让我们保持独立思考。

只有全面习茶，才能让我们免遭商家蛊惑。

只有全面习茶，才能让我们更好地体会一杯茶汤带给我们的快乐。

我曾以皇甫曾这首《送陆鸿渐山人采茶回》为灵感，设计了茶圣陆羽负蔂采茶的卡通形象，后来以这幅卡通图案为主视觉做了一款T恤衫，索性就命名为"茶人服"了。

恰当？不恰当？就交给爱茶人去评判吧。

韦应物《喜园中茶生》

洁性不可污，为饮涤尘烦。
此物信灵味，本自出山原。
聊因理郡余，率尔植荒园。
喜随众草长，得与幽人言。[1]

一

读诗与品茶，道理相近。品味名茶，要以茶汤为中心，却
又不可仅仅局限于农学。只有了解这款茶的历史文化，才可以
更好地体会到茶汤中的韵味。品读茶诗，自然是要仔细推敲字
句，但是文本之外，也仍需下一番功夫。只有了解清楚作者的

① 陶敏、王友胜校注：《韦应物集校注》卷八，上海古籍出版社，1998年，525页。

生平经历和性格特质，才可以理解到更深一层的含义。

　　例如韦应物的《喜园中茶生》，既没有惊人之语，也没有生僻字词，甚至连一个典故都没有援引，全诗宛若一潭秋水，泠然清雅间透露着平淡。仅是园中长出一棵茶树，他就如此高兴，甚至专门作诗一首。单从文本字义来品评，我们似乎很难理解诗人喜从何来。这时我们不妨从韦应物的经历为切入点，可能就更容易体会出诗中的味外之味了。

　　韦应物，大约生于公元733年，与茶圣陆羽同岁。但二人的出身门第，却有着天壤之别。陆羽不过是弃婴，承蒙龙盖寺智积禅师收养，才得以安身立命。韦应物则出身于京兆长安的名门望族，其曾祖父韦待价曾是武则天时代的宰相。虽然韦待价最终兵败被贬，但韦氏门第也绝非寻常人家可比。

　　唐玄宗在位时，十五岁的韦应物当上了三卫郎。没有通过科举，便顺顺利利地步入了仕途。单从这一点，也可以看出韦家的势力仍在。此后他历任洛阳丞、比部员外郎、滁州刺史、江州刺史，贞元年间任苏州刺史。

　　与一般的纨绔膏粱不同，韦应物努力工作勤于政事。我们在他的作品中，经常可以读到有关政务工作的诗句。例如他在《始至郡》中写道："宾朋未及宴，简牍已云疲"①，在《高陵书情

――――――
　　① 《韦应物集校注》卷二，76页。

寄三原卢少府》中写道："开卷不及顾，沉埋案牍间。"①

　　与此同时，韦应物也表现出了对于底层人民的关注与同情。例如他在《夏冰歌》中同情取冰者，写道："当念阑干凿者苦，腊月深井汗如雨"②，又在《采玉行》中关心采玉的家庭，写道："独妇饷粮还，哀哀舍南哭。"③韦应物诸如此类的诗篇不少，其中都流露出一种父母官对子民的关怀。纵观史料，韦应物任职期间生活很简朴，对老百姓也不苛刻。当他去世时，当地"池雁随丧，州人罢市"④。由此可见，韦应物是颇受老百姓爱戴的一位地方长官。

　　但作为一个文人，韦应物有着自己的纠结。他一方面努力工作，另一方面却又不太愿意埋头于繁琐事务之中，用他自己的话说，几乎是"日夕思自退"⑤，每天都想归隐山林田园之中，寻找一种恬静与安闲的生活。

　　唐宋的文人，内心往往有一种忧伤，尤其是在做官之后，他们身上文人气真性情的部分，都在慢慢地消磨与丧失。就像韦应物这样，在职场与生活中不断犹豫：是向前一步出仕为官，还是退后一步归隐民间？

---

　　① 《韦应物集校注》卷二，66页。

　　② 《韦应物集校注》卷十，590页。

　　③ 《韦应物集校注》卷十，593页。

　　④ (唐)丘丹：《唐故尚书左司郎中苏州刺史京兆韦君墓志铭并序》，见赵力光主编：《西安碑林博物馆新藏墓志续编》，陕西师范大学出版社，2014年，420页。

　　⑤ 《韦应物集校注》卷二，66页。

其实每一个职场中人，又何尝不是韦应物般的心态呢？我们积极工作，努力打拼，升职加薪，买车买房，并不断实现着自我价值。努力工作，是为了更好的生活，但要将生活过得更好，却不能仅仅只知道努力工作。因为工作不光可以给我们带来名利，可能还会随之"附赠"上不少的烦恼。

在一些佛教国家，遇到烦恼就可以直接削发为僧，离开尘世，寻找清净，也就完成了自我解脱。可是在中国，还有儒家思想的牵绊，君君、臣臣、父父、子子，这些关系哪里是容易割舍的呢？人们既要在现实中生存，又想要保持自己精神世界中的一方乐土。这便是，修行在人间。这首茶诗的作者韦应物，又是如何在人间修行的呢？答：向偶像学习。

韦应物的偶像，就是大名鼎鼎的陶渊明。作为对现实生活的心理补偿，韦应物常常在诗里写隐逸、写田园、写山林，与此同时，他毫不隐晦地表露出对陶渊明的极大敬意。韦应物不但作诗"效陶体"①（《与友生野饮效陶体》），而且在为人上也要"慕陶"②、"等陶"③（《东郊》《沣上西斋寄诸友》），甚至专门写了一首诗，题目就叫《效陶彭泽》。

其实陶渊明的粉丝，可不止韦应物一人。宋代的苏东坡，就受到陶渊明很大的影响，他甚至与陶渊明隔空交流，最终开

① 《韦应物集校注》卷一，30页。
② 《韦应物集校注》卷二，111页。
③ 《韦应物集校注》卷七，463页。

创了"和陶诗"的先河。陶渊明之所以如此受欢迎，是因为他解决了职场中人的困惑与焦虑。

　　陶渊明在《饮酒》一诗中，给出了解决的方案，特抄录如下：

> 结庐在人境，而无车马喧。
> 问君何能尔，心远地自偏。
> 采菊东篱下，悠然见南山。
> 山气日夕佳，飞鸟相与还。
> 此中有真意，欲辩已忘言。[①]

　　诗的开头就告诉我们，陶渊明不是真的去山林隐居，而是住在一个寻常的小区里罢了。窗外不是没有"车马喧"，只是心中没有被车马的喧杂所打扰。你可以活在人间，却不一定有人间的烦恼，这才是高妙之处。

　　你不必辞职，不必消失，更不必特意跑到深山老林里去参加什么禅修班，你就踏踏实实地生活在自己的小区里，上班下班买菜做饭，仍然可以活得很宁静。有人会问：这怎么可能做到呢？答：心远地自偏。在职场之中，怀揣着一颗寄托在远处的心灵，自然就会有一种安静之感，怀揣着出世的心态，不妨

---

① 龚斌校笺：《陶渊明集校笺》卷三，上海古籍出版社，1996年，219页。

做入世的俗人。

韦应物的诗歌中，确实有不少类似陶渊明田园诗的作品，风格清新质朴，行文疏朗流畅。从白居易以下唐宋不少人都爱把他和陶渊明联在一起评说，像《后山诗话》《竹坡诗话》等。《蔡宽夫诗话》甚至说："（陶）渊明诗，唐人绝无知其奥者，惟韦苏州、白乐天尝有效其体之作，而乐天去之亦自远甚。"[①]这首《喜园中茶生》既是一首茶诗，也可看作是韦应物颇具代表性的一首田园诗。

二

现如今提起"园"字，想到的多半是遍植花卉的公园，可实际上，"园"的本义却没有那么浪漫。《说文》中，解释"园"是"所以树果也"。可见古时的"园"，本来只是种植果木的场所，

作为陶渊明的粉丝，生活中势必也要有些田园乡土的气息，于是韦应物在工作之余，也打理着一处园子。这一日闲逛，突然发现园中有了几株茶苗，诗人不由得高兴不已，因此在题目中，他特意用了一个"喜"字。

在此我们还是要问这个问题：园子里长了几株茶苗就这样高兴，至于吗？

---

① （宋）蔡启：《蔡宽夫诗话》，见胡仔纂集、廖德明校点：《苕溪渔隐丛话前集》卷四，人民文学出版社，1962年，22页。

　　唐代文人的园中，流行栽种茶树。例如岑参在《郡斋望江山》一诗中就写道："庭树纯栽橘，园畦半种茶。"[①]日本平安时期的文人岛田忠臣，也在《乞滋十三摘茶》一诗中写道："见我铫中鱼失眼，闻君园里茗为芽。"[②]韦应物这样心向田园的诗人，园中自然也该有些茶树。题目中的一个"喜"字，体现了诗人对园中生茶的欣喜之情。这便是"喜"字的第一层含义。

　　这一个"喜"字，可称是本首茶诗的题眼。本首茶诗的"喜"字，共有三层含义，这也成为理解本诗的关键之处。题目中只说出了一层，另外两层含义我们要到正文中寻找答案。

三

　　开篇两句"洁性不可污，为饮涤尘烦"，点透了茶的品格。

　　中国的文化传统中，会为植物赋予个性与品格，所以中国文人以诗歌咏诵植物，或是以笔墨绘画植物，其用意皆是寄寓心志。例如国画用以标章气节的植物，主要以松、柏、竹、菊、棘等植物为多。松、柏处严冬而不凋谢，寓意君子在艰苦环境中仍能屹立不摇。竹的结构"心虚有节"，象征正人君子的谦虚美德及清高志节。菊通常在冷凉的秋季开花，寓意着在艰苦环

　　① 陈铁民、侯忠义校注：《岑参集校注》卷四，上海古籍出版社，1981年，365页。
　　② （日）岛田忠臣著，（日）中村璋八、（日）岛田信一郎注释：《田氏家集全释》，汲古书院，1993年。

境下仍能坚持操守的君子品格。棘就是酸枣，木材粉红色，谓之"赤心"，比喻忠贞的心志。

在韦应物眼中，茶具有高洁的性格，绝不可以玷污。在韦应物心中，茶具有清洁的神力，甚至可以涤尘烦。茶，既是韦应物的知己好友，也在某种程度上是诗人自身的投射。

三四句"此物信灵味，本自出山原"，说明了茶的脱俗。

这里的"信"字，可以解释为语言真实。老子曰："信言不美，美言不信。"其中"信"字的用法，就与这首茶诗相同。

为什么茶的味道具有灵性？因为它来自远离尘世的山林之间。中国古人，常会根据植物生长的环境而赋予其性格特征。例如荷花的珍贵之处，就在于"出淤泥而不染"，由此象征君子的品德及节操。再如兰花的可贵，在于生长在深山静幽无人之处。君子爱兰，以彰显自己不染尘凡的价值取向。因此，"出山原"的茶，自然也就理所当然地具有"灵味"了。

虽然韦应物在这里使用了文学的手法，但也符合当时的茶叶生产情况。陆羽《茶经·一之源》中，明确指出"野者上，园者次"。现如今很多茶商，拿着这句话当金科玉律，甚至于把茶圣陆羽当作了野茶的形象大使。这其实是对于茶学经典的误读和曲解，这里不妨一起简要说明。

唐朝时，野茶确实要比种植茶品质好。茶圣陆羽便非常热衷于到野外采茶。如皇甫冉《送陆鸿渐栖霞寺采茶》诗中，就说陆羽采茶要"远远上层崖"[1]；再如皇甫曾《送陆鸿渐山人采茶回》诗中，也描述陆羽采茶是"采摘知深处，烟霞羡独行"[2]。由此可见，陆羽采茶绝非总是在茶园当中。

但这一切，并不能证明野生茶质量有多好；事实上，是唐代的种植茶品质不够好，才衬托出了野生茶，才有了"野者上，园者次"的结论。

"本自出山原"的诗句，可见在唐人的心目当中普遍认同"野者上，园者次"的结论。

五六句"聊因理郡余，率尔植荒园"，讲述了茶的种植。

在处理完地方公务之余，随意将茶种植在自己的园子当中。这里的"率尔"二字，透露着无心插柳般的闲适。其实种茶这件事，可远没有那么简单。

《茶经·一之源》中，关于茶的种植问题这样写道："凡艺而不实，植而罕茂，法如种瓜，三岁可采。"对于"凡艺而不实，植而罕茂"这两句话，过去有着各种不同的理解。明代钱椿年撰、顾元庆校的《茶谱》中概括地说是"艺茶欲茂，法如种瓜"，只侧重谈了种茶要"法如种瓜"，对其上的两句都未做解释。美国乌克斯在《茶叶全书》中对《茶经》的译文，干脆把这两句略去了，看来也并未真正理解其意思。

2018年初，原西南大学茶叶研究所所长刘勤晋教授来京开

---

[1]《唐皇甫冉诗集》卷三。

[2]《唐皇甫曾诗集》卷一。

会。刘教授不仅是原国家茶学课组的副组长，更因家学渊源而精通古文。会后小聚，我特意向勤晋先生请教《茶经》中"艺而不实，植而罕茂"的意义。老人家从古文释义讲到茶树种植，使我最终搞清楚了这两句话的内涵。

这里的"实"，应解释为"种子"。这一句的意思，即但凡茶树栽培不采用种子直播者，种植后都很难长得茂盛。

其实我国的农耕文明之中，用种子直播和用苗木移栽的种植方法，都早已为劳动人民所了解。茶树的特性，是冬不落叶和永年性生长，所以直根伸展最深。若是移植茶树，第一二年由于根系功能恢复缓慢，吸水能力和抗逆性都很差，特别是移植后如果管理不当，确实不容易存活。

因此，我国自古的茶树种植就采用茶子直接播种的方式，较之茶苗移栽，具有便于管理和成活率高的优势。陆羽深入茶事生活，总结出了茶树种植的特性，并用精炼的文字加以记录。只是后人多是从字面上去考究，而不结合茶事生产的实际情况，因此"艺而不实，植而罕茂"这八个字，倒是成了《茶经》理解的难点。

至于具体如何种茶，《茶经》后面说得也很明白，"法如种瓜"即是要诀。北朝贾思勰《齐民要术》中，对于种瓜的方法记录得十分清晰：

　　凡种法：先以水净掏瓜子，以盐和之。先卧锄，耧却

燥土，然后掊坑，大如斗口，纳瓜子四枚、大豆三个，于堆旁向阳中。瓜生数叶，掐去豆……①

那么，韦应物熟悉种瓜的方法吗？

答：熟悉。

有何为证？

答：有诗为证。

《全唐诗》卷一百九十三收有韦应物《种瓜》诗一首，其中"今年学种瓜，园圃多荒芜"②两句，明确指出了诗人曾经学习并实操过种瓜的方法。而《种瓜》后的诗，就是这首《喜园中茶生》。由此我们可以推断，韦应物很可能就是利用种瓜的方法，成功用种子直接播种的方式种出了茶树。

也正因为是种子直接播种的方式，所以起初一切都是未知，也并不知道是否能够萌发。当有一天诗人突然在园中看到刚刚破土而出的茶苗时，那种欣喜之情实在溢于言表。茶诗读到这里，我们对于"喜"字的第二层含义有了更真切的理解。

最后两句"喜随众草长，得与幽人言"，流露出了诗人的情感。

小小的茶苗，能够与周遭的植物一同生长，生机勃勃的样

---

①石声汉译注，石定枎、谭光万补注：《齐民要术》卷二，中华书局，2015年，240页。

②《韦应物集校注》卷八，524页。

子让人欣喜。另一层意思，则更值得人深思。本是"出山原"的灵物茶树，仿佛就是诗人自己；周遭的"众草"，则是暗喻身边的官员同僚。茶树，不一定要回到山原，即使在韦应物的私园中，也都能与众草一起生长；诗人，也不一定要辞官归隐，即使在蝇营狗苟的职场里，也可与同僚和睦相处。

这不正是"结庐在人境，而无车马喧"的翻版再现吗？

诗人题目中流露出的欣喜之情，不仅仅是因为成功孕育出了茶苗，更重要的是，茶为诗人做出了榜样，茶为诗人找到了答案。看到茶苗的那一刻，诗人找到了职场困扰的解决办法。这便是"喜"字的第三层含义了。

韦应物，因园中茶生而喜。

我们喝茶时，又是因何而喜呢？

是茶汤好喝？还是在茶汤里看到了可爱的自己？

刘言史《与孟郊洛北野泉上煎茶》

粉细越笋芽，野煎寒溪滨。

恐乖灵草性，触事皆手亲。

敲石取鲜火，撇泉避腥鳞。

荧荧爨风铛，拾得坠巢薪。

洁色既爽别，浮氲亦殷勤。

以兹委曲静，求得正味真。

宛如摘山时，自歠指下春。

湘瓷泛轻花，涤尽昏渴神。

此游惬醒趣，可以话高人。①

---

① 《全唐诗》卷四百六十八。

一

这首茶诗的作者刘言史，生平事迹扑朔迷离。

总结起来，大致有三不详。

第一，是他的名字不详。

有人会说，他叫刘言史，这不是很清楚的事情吗？其实古人的称谓构成，远要比今人复杂得多，"人生而有名，冠而有字"，而在名与字之外，还有雅号和尊称。例如三国时的诸葛亮，复姓诸葛单字名亮，字孔明，号卧龙，封爵武乡侯，所以，诸葛亮、诸葛孔明、卧龙先生、武侯，说的都是同一个人。

那么"言史"二字，到底是这位诗人的名？还是字？抑或是号？皮日休文中云："先生姓刘氏，名言史。"[①]可刘言史死后，友人孟郊曾作《哭刘言史》一诗，按照常理，古人一般不称朋友的"名"，而习惯于称"字"以示尊敬，这样看来，"言史"似乎应为字而非"名"。唐朝人的说法已经不太统一了，我们也就更弄不清楚了。好在名字只是一个代号而已，我们今天称呼其"刘言史"即可。

第二，是他的生年不详。

刘言史生年，也不可确考。据《刘枣强碑》："故相国陇西公夷简之节度汉南也，少与先生游。"可知刘言史应与李夷简年

① 皮日休撰：《刘枣强碑》，见萧涤非、郑庆笃整理：《皮子文薮》第四卷，上海古籍出版社，2017年，46页。

龄相近。刘言史又与孟郊相交甚密，亦应年龄相仿。李夷简生于唐天宝十二载（753），卒于长庆二年（822）。孟郊生于唐天宝十载（751），卒于元和九年（814）。据上述我们可推断，刘言史生年约在天宝十载（751）前后。

第三，是他的仕途不详。

刘言史青年时代也是耕读为业，《唐才子传》中说他是"少尚气节，不举进士"①。因此可见，刘言史并非进士出身。从《乐府杂诗》《春游曲》等诗来看，他最初应是在京城为小官，后来不知道犯了什么错误，竟然从京城贬去岭南了。他自己在《偶题二首》中只模糊地说："得罪除名谪海头。"②京官再小，也是编制内的公务员。这一下子，不仅铁饭碗砸了，而且一下子给贬出几千里地。我们可以用六个字总结刘言史的仕途：官不大，罪不小。

多年之后，刘言史也有一次转运当官的机会，但是却被他坚定地拒绝了。皮日休《刘枣强碑》中写道：

> 武俊益重先生，由是奏请官先生，诏授枣强县令，先生辞疾不就。

可以看到，这次有人主动邀请刘言史作县令，可是他却以

---

① 《唐才子传》卷四。
② 《全唐诗》卷四百六十八。

身体不好为由推掉了。面对来之不易的晋身之阶，刘言史为何反而不要了呢？

上文提到的"武俊"，即王武俊。据《新唐书》记载，王武俊起初是史思明恒州刺史李宝臣的裨将，后来平叛有功出任御史中丞。唐德宗时，他又晋升为检校秘书监兼御史大夫、恒冀观察使。按《刘枣强碑》的说法，"王武俊之节制镇冀也，先生造之"，也就是说，刘言史自己主动去造访了王武俊。这位封疆大吏非常看重刘言史的才学人品，准备让他做枣强县令，但是刘言史却"辞疾不就"，这岂不是前后矛盾吗？

就在刘言史拒绝王武俊后不久，唐朝北部边疆发生了一件大事。《唐方镇年表》记载：王武俊，建中三年（782）二月甲子为恒冀观察使。六月，恒冀观察使王武俊反[1]。由此我们推测，刘言史在这次主动造访中，敏锐地察觉出了王武俊已有不臣之心。刘言史虽是落魄文人，但却于大节不亏，身体不好只是说辞，不愿成为乱臣贼子才是刘言史未接受官位的真正原因。《唐才子传》中说："（王武俊）因表荐请官，诏授枣强令，辞疾不就，当时重之。"[2]虽然刘言史没有当这个枣强县令，但后世仍因此事尊称他为刘枣强。

刘言史诗数量很多。《刘枣强碑》称"所有歌诗千首"。《新唐书·艺文志四》载："刘言史·歌诗六卷。"《宋史·艺文志七》

---

① 吴廷燮撰：《唐方镇年表》卷四，中华书局，1980年，579页。

② 《唐才子传》卷四。

载："刘言史，诗十卷。"说明唐宋时刘诗盛传于世。元辛文房
《唐才子传》载："有歌诗六卷，今传。"①说明元代刘诗还完整保
存。但至明代以后，刘诗竟神秘地散逸了，原因至今不明，以
至于《全唐诗》仅载录刘言史诗一卷，共计七十九首。

　　在刘言史如今仅存的七十九首诗中，就有这首《与孟郊洛
北野泉上煎茶》。这既是刘言史之幸，更是中国茶文化史之幸。

<h2 style="text-align:center">二</h2>

　　这首诗的题目信息量很大，涵盖了人物与地点。

　　首先，与刘言史一起喝茶的人是大诗人孟郊。很多人提起
孟郊，会想到"慈母手中线，游子身上衣"这一千古名句。但
很少有人知道，孟郊也是茶圣陆羽与诗僧皎然的好朋友。他的
《凭周况先辈于朝贤乞茶》《送陆畅归湖州因凭题故人皎然塔陆羽
坟》《题陆鸿渐上饶新开山舍》等作品，都是非常精彩的茶诗。

　　至于孟郊与刘言史，更是倾心相交的好友。现遍查刘言史
的诗作，有两首反映与孟郊的友谊，即《与孟郊洛北野泉上煎
茶》及《初下东周赠孟郊》。考虑到刘言史的作品在明清时曾大
量散佚，那么推论他与孟郊交往唱和的诗作，应该还远不止此
两首才对。刘言史去世后，孟郊作《哭刘言史》，可谓情真意

---

① 《唐才子传》卷四。

切，表达了对于挚友离世的伤悼之情。

其次，刘、孟二人一起喝茶的地点是在洛北的郊外。唐宪宗元和初年，孟郊曾在洛阳为官，想必是刘言史访友而至，这才有了二人郊外泉边饮茶的故事。

三

茶诗共九十字，可以分为五个部分来解读。

第一部分，"粉细越笋芽，野煎寒溪滨。恐乖灵草性，触事皆手亲"，讲的是煎茶活动的起因。

越笋芽，直译就是越地的细嫩芽茶。老哥俩拿到了这样的好茶，决定要"野煎寒溪滨"。这里的寒溪，即洛中溪，孟郊此时居于洛阳立德坊，门前溪水萦回。孟郊还写有《寒溪》九首。

唐代流行的是煎茶法，说白了也就是煮茶。为了让茶中内含物质更好地析出，所以要先将茶弄得"粉细"。又因为是户外泡茶，所以自然要在家碾茶备用。刘言史先谈"粉细越笋芽"，后写"野煎寒溪滨"，道理就在这里了。

这么好的茶，可不敢让粗笨的童儿伺候。二人怕辜负了"灵草性"，于是决定茶事中的每一个环节都要亲力亲为。吃火锅的乐趣，一半在于吃，另一半在于涮，假借他人之手涮出来的肉，怎么吃都觉得不香。其实喝茶这件事，与吃火锅有相似之处。自己冲泡出来的茶汤，总是觉得更加甜美。那是因为从注水到等待，从出汤到品饮，我们全身心投入在一杯茶汤当中。饮茶的乐趣，不只体现在茶汤里，也体现在过程中。

第二部分，"敲石取鲜火，撇泉避腥鳞。荧荧爨风铛，拾得坠巢薪"，讲的是煎茶活动中的水火。

现代人习惯了用电，所以一到室外就傻眼了。点火煮水，总是户外茶事活动的重点与难点。但是不管怎么说，我们总是比古人方便多了，既有打火机，也有桶装水。而刘言史与孟郊，则只能是敲打火石才能点燃薪火，接着再寻找清泉，细细撇取以避腥鳞杂质。

荧，即微弱之光。铛，即是烧水之器。当年的煎茶，宛如今天的煎药，是一件十分细致的活计。现如今有些药店，也提供代煎中药的业务，可最终的药汤，怎么也不如家里小火慢煎的浓稠有效，究其原因，恐怕还是缺少"用心"二字。刘言史煎茶一丝不苟，水烧开之后便转以文火，慢慢地煮，慢慢地煎，火绝不能大，不然水很快被熬干，可味道却没出来。所以诗人用"荧荧"之火，煎煮铛中的越地芽茶。

老哥俩一个人看着火，一个人再去拣一些坠巢之薪，用以增进火力。这当然不一定真的要用鸟窝上的树枝，而只是比喻所添的柴火不能太过粗大。柴添多了，火变大了，茶也就煎砸了。我们现如今考究每一泡茶的浸泡时长，其实也是一种对于火候的把控。有时候一冲茶，出汤时间前后差个几十秒，味道就完全不同了。由此可见，古今茶事都丝毫马虎不得。

第三部分，"洁色既爽别，浮氲亦殷勤。以兹委曲静，求得正味真"，讲的是煎茶的核心。

洁色，即指汤色。浮氲，则指香气。这样细心煎煮的茶汤，自然是汤色明快香气持久。诗人经过一番操作之后，不仅获得了美味的茶汤，那纷繁的心绪也不由得安静了下来。

我曾前后写过《茶经新解》与《茶经新读》两册小书，意在呼吁现代爱茶人重视《茶经》的意义。诚然，我们今天的饮茶方式，已经和陆羽时代有了很大的不同。可是当你仔细研读《茶经》时，便能体会到陆羽对于烹茶器具的一丝不苟，以及对烹茶流程的极致讲究。由此我们可知，陆羽所倡导的并不仅仅是一种对待茶的方法，更是一种对待茶的态度。

那是一种全身心认真侍茶的态度。奉行这种态度的人，将会在茶事中得到心灵的超越。这便是刘言史在《与孟郊洛北野泉上煎茶》中"以兹委曲静，求得正味真"两句更深层次的意义了。

第四部分，"宛如摘山时，自歠指下春。湘瓷泛轻花，涤尽昏渴神"，讲的是饮茶的享受。

歠，音同辍，可解释为品饮。一杯馥郁鲜浓的茶汤下肚，不由得将饮茶人带回到了茶山的场景。我们握着的是茶器，茶器中盛放的是茶汤。可这哪里只是茶汤？分明是春季的芳华。不得不说，"指下春"三个字，真是茗茶极好的别称了。

与此同时，我们看到了茶的神奇之处。我们吃西瓜时不会想起瓜地，吃苹果时很难想起果园，但是喝茶时，却似乎在感受山场带来的气息。龙井的香甜，让我们想到了江南的花草；岩茶的骨鲠，让我们想到了闽北的坑涧；六堡的厚重，让我们想到了南洋的岁月。一杯茶汤，在带给我们美好风味的同时，也无限延展了我们的精神享受。诚如刘言史在诗中所讲，茶真乃"灵草"也。

第五部分，"此游惬醒趣，可以话高人"，讲的是饮茶的回味。

从敲石取火，到撇泉打水。从扇风煎茶，到拾柴添火……刘言史与孟郊一番忙活之后，不仅昏渴尽消，而且趣味盎然。

二位诗人是心满意足了，可现代人读到这里不禁要问：这样喝茶，是不是太麻烦了？有些人认为，现如今都市生活的节奏这么快，哪里还有时间喝茶？于是乎，便有一些"聪明人"开始简化喝茶的流程，没两年的光景，连人工智能泡茶机器人都要上市了。可机器人泡茶，真的会流行吗？

喝茶这件事，总是要有点仪式感。我在写《凤凰单丛》一书时，数次前往广东的潮州。我心中潮州城的魅力，不止于牌坊街与开元寺这些景点，更在于老城区的街头巷尾。因为我总能在潮州城大街小巷的商户那里，看到浸染了茶渍的壶承上，摆放着一个盖瓯和三只茶杯。大家是边卖肉边饮茶，边杀鱼边饮茶，边称菜边饮茶……反正是随时泡茶，随时奉茶。一圈转下来，感觉这才是真正浸泡在茶汤里的城市呢。

潮州城里的人嗜茶如命，但恐怕泡茶机器人在那里是卖不出去的。因为中国人的泡茶法，其精髓在于"游戏感"与"趣味性"。这两点，才是中国茶独特的魅力所在。看着机器人泡茶，算是游戏吗？看着机器人泡茶，有什么趣味呢？不能做游戏，没有真趣味，那还是中国茶文化吗？

《台湾通史》的作者连横，终身醉心茶事。我们不妨就用他的一首诗，来为刘言史的这首茶诗作注脚吧。其文如下：

> 若琛小盏孟臣壶，更有哥盘仔细铺。
> 破得工夫来瀹茗，一杯风味胜醍醐。[1]

先是选茶杯，再是挑茶壶，最后还得配上一只恰当的壶承，这才算完成了准备工作。再加上烧水泡茶认真品饮，这确实要破费一番工夫才可以。为了一杯味胜醍醐的茶汤，可能大半天的时间就在不知不觉间"浪费"掉了。

喝茶一定要这么麻烦吗？

---

[1] 连横著：《剑花室诗集》外集卷二，台湾银行经济研究室，1960年，145页。

没办法，"恐乖灵草性，触事皆手亲"。

喝茶必须要这么麻烦吗？

没办法，"以兹委曲静，求得正味真"。

看来，喝茶总要"麻烦"一些才好。

孟郊《凭周况先辈于朝贤乞茶》

道意勿乏味，心绪病无悰。

蒙茗玉花尽，越瓯荷叶空。

锦水有鲜色，蜀山饶芳丛。

云根才剪绿，印缝已霏红。

曾向贵人得，最将诗叟同。

幸为乞寄来，救此病劣躬。[①]

——

现如今，小朋友上幼儿园必须学英语。

想当年，小孩子在学龄前都是背唐诗。

① 韩泉欣校注：《孟郊集校注》卷九，浙江古籍出版社，2012年，424页。

背唐诗的好处很多，既可以锻炼口齿，还可以招待客人。每当有人串门时，大人就会喊家里的孩子出来，有模有样地吟诵表演一番。其中唐代孟郊的《游子吟》，就是我儿时的保留节目：

> 慈母手中线，游子身上衣。
> 临行密密缝，意恐迟迟归。
> 谁言寸草心，报得三春晖。①

这首诗，我从小就会背。但直到系统整理唐代茶诗时，我才发现作者孟郊不仅是位大诗人，还是一位爱茶人。《全唐诗》中共收录孟郊的茶诗八首，其中我偏爱《凭周况先辈于朝贤乞茶》这一首，便以此诗聊聊孟郊与茶的故事吧。

二

孟郊，字东野，湖州武康（今浙江德清）人。他早年多次参加科举，但是一直考场失意，一直到唐贞元十二年（796）才终于考中了进士。可是这一年，孟郊已经四十六岁了。

现如今的学生，将复读一年就称作"二战"，视为极度痛

---

① 《孟郊集校注》卷一，10页。

苦的事情。可是孟郊却是在将近半百之年，才得了一个进士的功名。这种压抑的人生，真是想想就让人不寒而栗。反过来讲，这种考中后的欣喜若狂，自然也是异于常人的了。这就如同一根压得太久的弹簧，突然一松手，简直要飞起来了，以至于孟郊在考中后，马上吟出了"春风得意马蹄疾，一日看尽长安花"的名句。

考中进士后，孟郊就满怀信心地准备步入仕途了。但是官场比起考场，就更为坎坷不平了，之后的生活，远没有他想象中的顺利与愉快。中举后，他并没有马上得到官职，四年后才当上了一个小小的溧阳尉。后因吟诗而荒废吏事，被罚去一半俸禄，遂辞官。唐宪宗元和元年（806），河南尹郑馀庆辟为水陆转运从事，试协律郎。元和九年，郑馀庆镇守兴元，上奏封孟郊为参谋，试大理评事。孟郊赴任途中经过阌乡，突然得急病去世了。

要说孟郊这一辈子，可真是够憋屈的了。不幸中的万幸，他交了一个好朋友，那便是茶圣陆羽。陆羽比孟郊大将近二十岁，几乎是隔了一辈人。但在陆羽的晚年，孟郊是其知心好友。根据孟郊《题陆鸿渐上饶新开山舍》一诗来看，陆羽晚年隐居江西上饶时曾请孟郊到山舍小聚。陆羽去世后，孟郊还曾前往凭吊，并且写下《送陆畅归湖州因凭题故人皎然塔陆羽坟》一诗。

正所谓"近朱者赤近墨者黑"，我们回想一下，能够爱上饮茶，多半是受身边好友亲人的影响。很多人没有饮茶的习惯，那也不一定就是不爱茶，而是与茶的缘分未到罢了。所以每一个习茶人，都会有意或无意间在旁人心中播撒下爱茶的种子。孟郊是因陆羽而爱茶，还是因爱茶而与陆羽相交，我们如今已不得而知。但可以肯定的是，孟郊的茶瘾一点不比陆羽小。您要是不信，读一读这首《凭周况先辈于朝贤乞茶》便知。

三

这里的"凭"字，可解释为仰仗与凭借。至于周况，是唐元和三年（808）进士及第，其他具体情况并不是非常清楚。当然，这里就有一个疑点。周况中进士的时间要晚于孟郊，那为何还要称他为"先辈"呢？

接着往下读题目，我们发现孟郊是拜托这位周况先生，向朝中的某位贤达求乞好茶。既然是求人办事，自然要客气些才对，这里的"先辈"一词，可能就是一种礼貌。这就如同老一辈学者也称呼年轻人为"兄"或"哥"一样，这是自身修养的表现，并不是实际的辈分。

日本平安时期学者岛田忠臣，曾写过一首《乞滋十三摘茶》，行文风趣幽默，却又不失茶人情怀，算是"乞茶诗"中的精品之作。因此，我建议可将两首诗对比着来品读，当别有一番趣味。岛田忠臣那首茶诗，是未得茶而乞茶；而孟郊这首茶诗，则是得茶后的感谢，两者在情景上还是有着微妙的不同。这便是我们在赏诗时要特别注意的地方了。

四

"道意勿乏味，心绪病无惊"，描写的是状态。

"勿"与"病"，都是否定的词汇。"乏味"与"无惊"，都是糟糕的心情。心不在焉，外加心烦意乱，这时候诗人的状态，显然不是太好，用北京的土语来形容，就叫"五脊六兽"了。到底是什么事情，让孟郊如此坐立不安呢？随后的两句，给出了答案。

"蒙茗玉花尽，越瓯荷叶空"，刻画的是窘境。

"蒙茗"自然是好茶，"越瓯"即是指茶器。但是诗人请我们注意，茶不是一般的茶，器也不是一般的器。"玉花"，是蒙茗的美化说法。"荷叶"，是越瓯的诗意表达。用玉花一词，来凸显茶之珍贵。用荷叶一词，来彰显器之灵动。

好茶配好器，孟郊又何必乏味无惊呢？原来好茶已用尽，徒留茶器空。这两句与"见我跳中鱼失眼，闻君园里茗为芽"可谓有异曲同工之妙，都是乞茶，都不明说，都让您自己看着办。扮可怜这件事，估计没人比得过诗人了。

"锦水有鲜色，蜀山饶芳丛。云根才剪绿，印缝已霏红"，点明的是时令。

春至河开，冰雪消融，锦水自然就有了鲜色。绿柳时来，万物复苏，蜀山于是就有了芳丛。如今生活在城市里的人很可怜，视野完全让钢筋水泥和玻璃幕墙所遮挡，根本看不了多远。要知道目光短浅，可绝不是什么好词。但诗人向茶山方向极目远眺，看到的是远处天际线露出一条绿线，整齐得如同裁剪了一般。春天物候变化很快，稍不留神，绿色的天际线上又多了一抹霏红。将云根比作印缝，用剪绿映衬霏红，这个春天，被孟郊写活了。

季节上已是春天，饮食中自然也要有个春天的样子。中国人的饮食之道，尊崇孔圣人的谆谆教诲，讲究不时不食。可这不时不食反过来说，就是某个时候一定要吃某种东西。拿我的家乡北京城来说，春夏秋冬四季分明，吃东西也一定讲求个应时当令儿。比如到了春天，一定要吃春饼来应景，还有个名字叫"咬春"。

吃春饼，用的是薄饼。这种饼很讲究，要求一斤面烙出八合或十六合。所谓一合，就是两页。烙饼的时候，两页饼中间要用小磨香油涂匀，这样烙出的饼打鼻儿香，而且还便于撕开一分为二。很多人以为春饼的饼与烤鸭的饼相同，这是一种误解。

别看饼就这么讲究，可其实吃春饼的重点在于菜。饼烙好了之后，要炒一个合菜戴帽，也就是把绿豆芽、菠菜、粉丝、肉丝、韭黄炒在一起，再摊一个鸡蛋饼往菜上一盖就算大功告成了。这里的绿豆芽、菠菜、韭黄等物，都是春季的应景蔬菜，将它们卷上吃，自然就是咬春喽。

当然，春茶自然更能代表春天的气息。每到春季，很多平时不大饮茶的人也会买上二两春茶，泡上一杯，闻香赏叶，再轻啜一口，徐徐咽下，仿佛自己就与春天发生了关联似的。至于爱茶人，自然更要迫不及待地网罗几款春茶享用，才算不辜负这一年中最美好的时节了。

孟郊抬头看到外面大好春光，低头望见瓯中空空荡荡，触景生情，自然难免心情低落了。春景写得越美，就越反衬出诗人的窘迫。这一切的铺垫，都为的是后面的感谢之词。

最后的四句，讲的是茶珍情浓。

"曾向贵人得，最将诗叟同"，讲的是这款茶出身不凡，能得到他的人可谓是非富即贵。如前文所述，孟郊在官场中很不得志，照理说是没办法得到这样的好茶，但是好在有这位"周况先辈"仗义出手，帮忙从朝中贤达手中要到了一些，寄来与孟郊品鉴，这才解了燃眉之急。

比孟郊稍晚的诗人姚合，也曾写过一首《乞新茶》，诗文如下：

> 嫩绿微黄碧涧春，采时闻道断荤辛。
> 不将钱买将诗乞，借问山翁有几人。①

---

① 吴河清校注：《姚合诗集校注》卷八，上海古籍出版社，2012年，429页。

同为乞茶，但写的却不如孟郊，姚合的字里行间，只看到对仗工整的诗句，却读不出情真意切的茶瘾。孟郊在无茶可饮时，起初还是"道意勿乏味"的低落，随后便转为"心绪病无惊"的狂躁，最后得饮好茶时，那种欢快与解脱又溢于言表。

不是爱茶之人，不能体会没茶喝的痛苦。

不是爱茶之人，不能理解喝好茶的幸福。

所以人对于茶，只分爱与不爱，没有懂与不懂。

再精通茶学知识，却没有爱茶的情感，也算不得懂茶。

讲到最后，说几句文学界对于孟郊的看法。

宋元人似乎特别讨厌孟郊的诗，觉得它"寒涩""穷僻"甚至是"憔悴枯槁"。苏轼尤其瞧不起孟郊，用一个"寒"字来贬斥他。不仅如此，苏轼还专门写了两首《读孟郊诗》，把孟郊诗比作没有多少肉的小鱼小蟹，说读来白费力气；又把孟郊比作"寒号虫"，说根本不必读他的诗。金代的文学家元好问，则干脆将他比作"诗囚"，以此来讽刺孟郊是一个哆哆嗦嗦地蜷缩在桎梏中的苦役囚犯。

这样的评价，虽有偏激之处，但也非空穴来风。毕竟，孟郊的一生太不顺遂，抑郁的心情，坎坷的仕途，压抑的生活，都直接影响了他的诗风。正如葛兆光教授指出的那样，孟郊惯"用一些透骨钻心的动词、冰冷坚硬的名词和令人惊悸的音声，构成一组组险怪瘦峻的句子，传递他心中难言的愤懑愁苦，让人读来仿佛听到铁片刮瓷碗似的感到不舒服"①。我曾经拿铁钉子试着划了两下碗底，那种声音带给人的感觉还真不好形容，反正是不想再听到第二次了。怪不得，那么多人不喜欢孟郊。

但是奇怪的是，我们在这首《凭周况先辈于朝贤乞茶》之中，看到的似乎是另一个孟郊。这里的孟郊，世界似乎是温暖的彩色，而非冰冷的黑白。他眼中的茶是玉花，器是荷叶，至于大千世界更是花红柳绿生机盎然。单读这首诗，又有谁能说孟郊是一位哕哕嗦嗦的"诗囚"呢？

这一切，都是茶的力量。

孟郊的生活恐怕确实并不如意，身在职场的我们又何尝事事顺心呢？以至于，很多现代人都或多或少有一些心理疾病。你也会心烦意乱吗？吃药可能都没用，看心理医生只会更烦，最好的解决办法，莫过于认真饮茶。

喝什么茶都行，只要能坐下来就行。别听那些行为艺术家般的茶人恐吓，总觉得茶事离自己的生活很远。对于茶，热爱才是关键，想弄懂并不会太难。用紫砂壶可以，用侧把壶也不错，没有规定的姿势，你觉得舒服最重要。这么一说，是不是觉得放心了呢？

喝茶，就是要放心。

所谓放心，就是把悬着的心放下。

① 葛兆光著：《唐诗选注》，中华书局，2018年，230页。

当你真正投入茶事时，你才会发现身边事物的优点。茶其实挺香，器其实挺美，窗外的景色更是不差。至于内心，也似乎像诗人孟郊一样，一扫"道意勿乏味，心绪并无惊"的状态，而慢慢地归于平静。

平静，是茶汤送给我们的礼物。

请一定珍惜。

武元衡《资圣寺贲法师晚春茶会》

虚室昼常掩，心源知悟空。

禅庭一雨后，莲界万花中。

时节流芳暮，人天此会同。

不知方便理，何路出樊笼。①

一

这一首茶诗作者，名叫武元衡。

他一路努力打拼，最终入阁拜相位极人臣。这样的成功人士，自然有一番励志的奋斗史。但我们今天换个视角，不从他的辉煌入手，而从他的死亡讲起。

① 《武元衡集》卷中。又《全唐诗》卷三百十六。

唐元和十年（815）六月初二日深夜，身为宰相的武元衡正在府邸庭院里乘凉，表面上看起来，他是一副泰然自若的休闲状态，可实际上，他的内心深处如被烈日炙烤般烦躁难耐。思来想去，他吟诵出了一首《夏夜作》：

　　夜久喧暂息，池台惟月明。
　　无因驻清景，日出事还生。[①]

在寂静清凉的夏夜，白天的喧闹烦恼都与暑气一起暂时消散。明月皎洁，照亮庭院，一派安静祥和之态。但这一切的美景，都如水中月镜中花一样短暂。只要太阳升起，烦恼便也回来了。

显然，武元衡如同一般的职场中人一样，因为工作上的不顺心而辗转难眠。武元衡这时还不知道，这是他人生中写下的最后一首诗。

六月初三日清晨，武元衡就要出门上朝了。虽然贵为宰相，但是上朝也绝不能迟到。可见什么年代的职场人，也睡不了懒觉。这时的天刚蒙蒙亮，周遭的房舍也只能看个模模糊糊。家仆打着灯笼前头开路，武元衡在坐骑上缓缓而行。

刚刚走出靖安里东门，武元衡忽听得黑暗处传来一声："灭烛！"说时迟，那时快，远处飞来一支箭，不偏不倚地射灭了武

---

① 《武元衡集》卷下。又《全唐诗》卷三百十六。

元衡家仆手中的灯笼。在武元衡前面导骑的家仆惊恐之下大声喝问，结果被快速飞来的第二支箭射中肩部，立刻摔下马来。武元衡暗叫一声不好，可再想跑已经来不及了。街边的大树后闪出一个彪形大汉，他手抡一条大棒，直接打中了武元衡的左大腿。

平时陪同武元衡上朝的家仆们，都被这突如其来的阵仗吓坏了，丢下宰相不顾，只知四散逃命去了。刺客们也不追赶，只将尚在马上的武元衡挟持到靖安里东北外墙之下，残忍地砍下了他的头颅。原文写"批其颅骨怀去"[①]，也就是将武元衡的人头带走了，估计那是论功行赏的凭证。长安街上，只留下宰相武元衡的无头尸体。

堂堂宰相横死在首都长安的街头，消息传来，大唐王朝为之震动。显然，这不是突发事件，而是恐怖袭击。刺客不是一个人，而是打手、剑客、神箭手齐备的犯罪团伙。他们事先埋伏，分工明确，行刺进退有度，最终从容脱逃。

唐朝的长安城实行严格的宵禁制度，从每天日落时分开始，以八百鼓声为信号，关闭所有城门与坊门，闲杂人等不得随意走动。所以甭说拿着凶器，就是夜里在街上散步也可能被抓。刺客是怎么到达犯罪现场的？又是怎么运送武器的？又是怎么消失在茫茫黑夜之中的？这一切，都太匪夷所思了。

---

① 《旧唐书》卷一百五十八。

一下子，长安城笼罩在了恐怖袭击的阴影当中。这时第一个站出来的人，是时任东宫左春坊正五品上左赞善大夫的大诗人白居易。他首先上疏朝廷，要求彻查武元衡被杀一案，严惩凶手以正视听。

这是一个再正常不过的建议，但是却给白居易惹来了大祸。朝中众臣认为，白居易是东宫官员，这事不在他的职权范围，轮不上他插嘴，于是白居易最终被贬去九江。武元衡的死，间接成就了"江州司马青衫湿"的千古名篇。

其实白居易并非错在多事，而是不能审时度势。能导演操作这一幕恐怖袭击的人，绝非是一般的江洋大盗。朝廷的这班重臣，一个个心知肚明，他们不敢查，是怕成为下一个武元衡。

到底是谁杀了武元衡？

这一切，还要从武元衡的职场生涯讲起。

二

武元衡，字伯苍，河南缑氏（今河南偃师东南）人。唐德宗建中四年（783）进士。他从监察御史做起，历任华原县令、员外郎、右司中郎，不久又升为御史中丞。

到武元衡从政的时候，大唐朝已经身患顽疾。这项顽疾不是外部的强敌，而是内部的藩镇。藩，本意是保卫。所谓藩镇，也就是保卫中央的军事重镇，他们本应是抵御外敌的桥头堡，但是后来却成了大唐朝的致命伤。

藩镇拥兵自重，对于中央朝廷阳奉阴违，颇有尾大不掉之势。这样的局面，一直是安史之乱后唐王朝的常态，以至于唐代宗、唐德宗和唐顺宗，都只能在当皇帝的同时兼职当"忍者"。而唐宪宗李纯，则与前几任皇帝不同，他不能再忍了。原因很简单，再忍下去大唐朝就该宣告破产倒闭了。

唐宪宗对抗藩镇，并非是毫无把握，他手中有两张好牌，都是他爷爷德宗皇帝留给他的遗产。

第一张好牌，就是钱财。自唐德宗起，朝廷实行了两税法，以至税收"每岁天下共敛三千余万贯"①。新的税制改革，给朝廷带来了大笔财政收入，这是打仗的根基。

第二张好牌，则是人才。唐德宗在位时，颇为看好一位叫作小武的青年才俊，甚至夸赞他有"宰相器也"②。这位小武，就是武元衡。到了宪宗即位时，小武也成了老武，在官场中历练得更为老辣。于是，武元衡就成为宪宗对付藩镇的左膀右臂。

公元805年，镇守四川的韦皋去世。朝廷便借此机会，派要员出任西川节度使，想直接控制蜀地。但是当地的军阀刘辟，却态度强硬地予以抵制。朝廷思虑再三，决定封刘辟为西川节度副使，以求息事宁人。但是刘辟不依不饶，还想乘机把东川道和山南西道也吃下来，直接称霸四川。

---

① 《通典》卷六。

② 《旧唐书》卷一百五十八。

唐宪宗大怒，派大将高崇文出兵，武力夺取西川。刘辟不敌，一败涂地，便想窜逃到吐蕃，后来被抓，押到长安城处斩。随后，唐宪宗派出自己信任的武元衡，接管了四川。

随后的几年，唐宪宗又灭掉了镇海节度使李琦、昭义节度使卢从史等几处割据势力。再要打，就轮到平卢和淮西了。和这两个藩镇相比，之前打下来的就都只能算小毛贼了。面对难啃的硬骨头，唐宪宗想起了武元衡。

于是乎，武元衡离开四川，回到了首都长安城，入阁拜相，主持对付藩镇的工作。别看武元衡是文臣，却是坚定的主战派。武元衡回到中央不久，就开始了对淮西军阀吴元济的军事行动。

不比当年的西川，这一战打得非常艰苦。武元衡调动了十万大军，与吴元济展开了殊死决战。双方都用尽全力，一时间竟成僵局。但吴元济深知，以一隅对全国，以地方对中央，淮西久战必败。于是他又找到了两个帮手，一个是成德节度使王承宗，一个是平卢节度使李师道。三个藩镇联合起来，共同与武元衡对战。

与此同时，这三个藩镇派人进入长安。王承宗先是派出了一名说客，直接到中书门下找到了武元衡。这次谈话的内容，文献上没有明确的记录，无非就是软硬兼施外加威逼利诱。别看武元衡是文人，可真不吃这一套，直接将说客轰出去了。

一计不成，再生一计。三个藩镇又派出写手，到处给武元衡造谣；后来还向唐宪宗举报武元衡种种"不法行为"。前文提到的《夏夜作》，能够感觉到武元衡每日都是烦恼缠身。明枪易躲暗箭难防，这样高压的职场生活怎么可能顺心呢？还好，唐宪宗不是后来的崇祯皇帝，武元衡自然也不会成为袁崇焕。这一招离间计，到底没有成功。

这些招数都不能奏效，藩镇这才派出了刺客。于是，便有了文章开篇讲述的那场血案。

交待清楚了写作背景，我们便可以来读诗了。

三

这首诗的题目不难，信息量却不小，时间、地点和人物都交代清楚了。茶诗的起因，是武元衡参加了一场茶会。茶会的举办时间是在晚春，地点是在资圣寺，主办者则就是这位贲法师了。

《全唐诗》中收武元衡诗二卷，其中却只有两首茶诗。除去这首《资圣寺贲法师晚春茶会》，另一首为《津梁寺采新茶与幕中诸公遍赏芳香尤异因题四韵兼呈陆郎中》。两首茶诗，都与寺庙有关，这透露给我们一些重要信息。武元衡，不见得不爱茶，只是工作过于繁忙，饮茶这件事始终未能融入这位宰相的日常生活，只有到了寺庙当中，才偷得半日清闲，得以亲近茶事。

武元衡，是一位典型的职场中人。他既享受职场中的荣耀，也背负职场上的压力。他无时无刻不心系工作，周而复始不曾停歇。即使有"夜久喧暂息"的片刻清闲，心中还是怀着"日出事还生"的焦虑情绪。

比起李白、杜甫、白居易，武元衡似乎离我们更近，他似乎更像我们工作中的某位同事、领导，或者说，他就像努力工作打拼的我们自己。读他的茶诗，会更有一种熟悉亲切的感觉。这便是这首《资圣寺贲法师晚春茶会》的意义所在了。

四

这首茶诗，我们可以分成上下两个部分来品读。

开篇的四句："虚室昼常掩，心源知悟空。禅庭一雨后，莲界万花中"，都是写景。

资圣寺的殿宇，平时都是大门紧闭，屋外少有闲人，屋内装潢简单。一场春雨的润泽，寺庙的庭院显得格外清爽干净，盛开的莲花亭亭玉立，这一切，都显得这场茶会禅意十足。

可这四句，又不仅仅是写景。

前两句看似是写庙宇的环境，实际上用的却是一种高妙的对比手法。僧房的清寂，反衬着朝堂的热闹，僧房的布置简单，又暗讽了朝堂的错综复杂。作为一个职场人，武元衡既热爱工作，也会想逃离工作。在茶的面前，他仿佛得到了暂时的解脱。

后面两句也有深意。晚春茶会之上，徐啜几口香茗。茶绝不是简单的解渴饮料，茶在带来口感上美妙享受的同时，也从未忘记关照爱茶人的内心。茶汤如春雨，心境似禅庭。一雨过后，禅庭焕然一新。茶汤下肚，心灵似乎也得到了洗礼。

那么，为何又出现了莲花呢？自然是与寺庙的佛教文化相关，但与此同时，又有更深一层的文化隐喻。武元衡深得唐宪宗的信任，职场上可谓顺风顺水，但官做得越大，诱惑也就越多：朝臣的贿赂，藩镇的拉拢，在纷繁复杂的中唐乱世，想清清白白做人谈何容易？莲花，出淤泥而不染，因此也被人们赋予了廉洁自律的文化特质。那万花丛中傲然独立的莲花，正是武元衡自身的心理投射。

后面的四句："时节流芳暮，人天此会同。不知方便理，何路出樊笼"，是感叹。

与今人相比，古人更能深切感受到自然的变化。题目中讲明，这是一场晚春举办的茶会。流芳溢彩的春景，自然也是茶会中欣赏的主题之一。花红柳绿，草长莺飞，四季总是在不停地流转。晚春的景色，也会在不久后消散。

"人天此会同"一句，透露了武元衡的心事。他由眼前的春景，想到自己的职场生涯。俗话讲，人无千日好，花无百日红。既然没有永不凋谢的鲜花，又怎么会有永远在位的宰相呢？全身而退，终老林泉，恐怕就是一位宰相最成功的归宿了。当然，参加茶会的武元衡还不知道，这一切最终都成了奢望。最终，武元衡横死街头，身首异处。

结尾处的两句诗，听起来总觉得耳熟。东晋的陶渊明，就曾有"久在樊笼里，复得返自然"①的诗句。武元衡显然是受其影响，但二人之间的处境又有不同。陶渊明也曾是职场中人，但在彭泽令的岗位上只干了八十一天就辞职而去了，最后，还留下"不为五斗米折腰"的名言。但是武元衡不是陶渊明，一般人也不可能成为陶渊明。

"何路出樊笼"一句，是武元衡代所有职场人的发问。

排遣职场压力的最佳方法，当然不是赌气辞职。生活总要继续，工作不必逃避，说走就走的旅行，虽然浪漫却不实际。

排遣职场压力的最佳方法，莫过于培养一种兴趣或嗜好，种花、养鸟、练习书画、钓鱼等都可以，当然，我更推荐的是习茶。

中国茶，种类繁多，文化深厚。茶汤，永远喝不尽。茶诗，永远读不完。喝茶，交的是五湖四海的朋友。读诗，交的是唐宋元明清的朋友。既有古今的朋友都有了，快乐自然也就来了。职场中讨厌的同事，你又何必在乎呢？

与此同时，你习茶越久，热忱越高，研究得就会越深，最后达到忘我的状态，一切烦恼自然就消失了。因为你已经进入到茶的世界当中，别人没法打扰到你了。

资圣寺的晚春茶会上，可能有这样的一番对话：

武元衡：何路出樊笼？

贲法师：喝茶去。

_____

① 《陶渊明集校笺》卷二，73页。

裴度《凉风亭睡觉》

饱食缓行新睡觉，一瓯新茗侍儿煎。

脱巾斜倚绳床坐，风送水声来耳边。①

一

关于这首茶诗的作者，一直以来有两种不同的说法。

《全唐诗》卷三百三十五之中，将这首茶诗列于裴度的名下；可是宋代周密《齐东野语》卷十八中又称此诗为宋代丁谓所作的《昼寝》。到底哪一位才是这首茶诗的作者呢？

我觉得是唐代的裴度。

原因何在？

————————

① 《全唐诗》卷三百三十五。

我们不妨从裴度的生平经历之中去寻找答案吧。

裴度，字中立，河东闻喜（今山西闻喜县东北）人。河东裴氏，是三世簪缨的河东大族，此家族与唐王朝从开国之初就关系密切，曾在唐代产生过十七位宰相，人数之多仅次于皇室。裴度在789年中了进士，并且在792年和794年中过两次更高级的制科。他在河南任过官，后又到御史台任职。

公元808-809年，武元衡平定西川时，裴度在其帐下充当幕僚。自此，裴度与武元衡便结下了不解之缘。唐宪宗调武元衡回京后，裴度改任御史中丞，实际上仍在武氏身边充当副手。

唐元和十年（815）六月初三日凌晨，长安城街头出现了骇人听闻的血案。蓄谋已久的恐怖分子，刺杀了宰相武元衡并当街割下了其头颅。这段故事，在武元衡《资圣寺贲法师晚春茶会》的赏析文字中已经详细论述，这里便不再多言了。

就在武元衡被刺的同时，裴度在距离他至少四五坊距离的通化坊，也遭到了恐怖分子的袭击。在刺杀过程当中，毫无防范的裴度三次中剑：第一剑，砍破了他的靴子；第二剑，砍烂了他背上的衣服；二击不中，刺客也着急了，慌忙又砍下了第三剑，这一次，裴度没有这么幸运了，剑锋砍中了他的头颅。

但不幸中的万幸，裴度当时带着一种帽檐很长的扬州毡帽，伸出来的帽檐抵消掉了刺客剑锋的大部分力道，使得裴度的头部只受了一些轻伤。

　　大唐朝的宰相与御史中丞，竟然同时在首都的街头遇刺，并且造成了一死一伤的惨烈后果。可朝堂上的明眼人都知道，这根本不是什么治安问题，行凶的人也不是毛贼，而是彻头彻尾的恐怖分子。这一切的真正症结，都出在藩镇的身上。

　　元和八年（813），武元衡被任命为宰相。这时已经是平定淮西藩镇战役的发动前夕。不久之后，武元衡实际担任了朝廷对抗藩镇战争的总指挥，因此得罪了淮西、平卢、成德几家藩镇。这一次的暗杀行动，就是这几家藩镇一手策划导演的恐怖袭击。目的很简单，让朝廷有所忌惮，从而停止对这几家藩镇的征讨。

　　尽管有一些小心翼翼的朝臣很害怕进一步激怒藩镇，可唐宪宗不但没有畏缩，在盛怒之下反而坚定了攻打藩镇的决心。此时的裴度，刚刚从恐怖袭击中捡回了一条性命，又挺身而出，这让唐宪宗大为敬重。就在武元衡被刺杀后不久，唐宪宗正式起用裴度为相。

　　此时的唐宪宗，可谓是忧心忡忡。股肱之臣武元衡惨死在长安街头，裴度已经是他最后的希望了。在出征前的送行大会上，裴度似乎看出了皇帝的忧心，于是说出了一番感人至深的言辞。《旧唐书·裴度传》记载：

　　　　主忧臣辱，义在必死。贼灭，朝天有日；贼在，归阙无期。①

抱着必死的决心，裴度开赴前线。

所谓兵贵神速，一场战争最好是速战速决。但是征讨淮西和成德的战事，最终却弄成了持久战。从公元816年一直持续到公元817年，双方就毫无进展地僵持在战争的前线。旷日持久的战争，对于国家财政消耗很大，物资供给濒临崩溃。白居易在《放旅雁》一诗中最后写道：

> 雁雁汝飞向何处，第一莫飞西北去。
> 淮西有贼讨未平，百万甲兵久屯聚。
> 官军贼军相守老，食尽兵穷将及汝。
> 健儿饥饿射汝吃，拔汝翅翎为箭羽。②

由此可见，前线的战士们饿得眼睛都绿了。要是大雁真的飞到阵地上空，恐怕逃不掉被射杀分食的厄运了。等战士们吃饱了，大雁的翅翎还可以做成箭羽。两军疆场的物资匮乏，由此可见一斑。

唐军之所以久战不胜，原因来自两方面：其一，淮西方面确实进行了顽强的抵抗；其二，更重要的是，唐朝经常阵前易

---

① 《旧唐书》卷一百七十。

② 《白居易诗集校注》卷十二，921页。

将，并且各路联军缺乏有效的统一指挥。有历史学家认为，淮西之役暴露了自安禄山叛乱以来，唐帝国军事行动中最坏的毛病，即各路兵马各自为战。裴度在到达前线后，努力平息各军之间的无谓纷争，大大提高了唐军的凝聚力和行动力。

最后决定性的一战，是将军李愬在风雪之夜偷袭了蔡州，并活捉了淮西吴元济。但是必须承认，李愬最多是男主角，裴度算是总导演，而唐宪宗则是制片人。没有唐宪宗的战争决心，没有裴度的政治铺垫与组织工作，朝廷对淮西的战役不可能胜利。

淮西吴元济的失败，对于其他藩镇产生了强烈的震慑作用。成德节度使王承宗主动提出与朝廷和解，平卢节度使李师道虽负隅顽抗但最终也以兵败收场。至此，淮西、成德、平卢三个藩镇都被朝廷打败，唐朝中央政府的声威空前高涨。裴度成为了时代的英雄，在朝堂上地位显赫。

与此同时，裴度与唐宪宗的矛盾也渐渐显现出来。公元818年，唐宪宗想任命皇甫镈和程异为宰相。裴度和其他许多大臣都表示激烈反对，结果反对皇甫镈和程异的声浪未产生效果，因为皇帝决定自己建立一套任命大臣的标准。裴度逼着宪宗摊牌，甚至以自己的名望来对抗皇帝的权威，唐宪宗便把他免职，出为河东节度使。满身功勋的裴度，就这样被排斥于政治核心之外了。

虽然与唐宪宗最终不欢而散，但裴度的官场生活仍在继续。

到了唐文宗时，裴度已经是德高望重的三朝元老。但此时的政局已与宪宗时大不相同了：朝堂上，有争斗得你死我活的牛李党争；后宫里，有阴险毒辣的宦官专权。裴度的宦海生涯起起落落，最终不得不以"稍浮沉以避祸"①的战略，到远离政治中心的洛阳去任职。

自此之后，在职场上打拼了一辈子的裴度，全心全意地修建位于洛阳集贤里的宅院以及绿野堂别墅，做起了不问世事的散淡闲人。《新唐书·裴度传》中，有一段关于他晚年生活的描述，抄录如下：

> 度不复有经济意，乃治第东都集贤里，沼石林丛，岑缭幽胜。午桥作别墅，具燠馆凉台，号"绿野堂"，激波其下。度野服萧散，与白居易、刘禹锡为文章、把酒，穷昼夜相欢，不问人间事。②

这段文字中透露出的慵懒与闲适，正与这首《凉风亭睡觉》相暗合。平日就无所事事的人，只会觉得平淡生活无聊，只有经历过职场打拼的人，才会感受到平淡生活中的美好。因此，这样的茶诗出于裴度之手，是完全合理的。

讲完了裴度的职场生涯，我们来看这首茶诗的题目。

---

① 《旧唐书》卷一百七十。
② 《新唐书》卷一百七十三。

二

　　每次提到中式园林的建筑，我们总会统称为亭台楼阁，其实它们各有所指，大小规格完全不同。就拿亭与台来讲，台以高大为尚，而亭则以小巧取胜。人们自六朝开始，在山林间、庭院里修筑小亭以为游宴之所。由于常常作为举办文化活动的场所，因此历代文人记咏亭的文字，真是不胜枚举。其中北宋欧阳修的《醉翁亭记》因为选入了课本，更是成了70后80后的童年记忆。这首茶诗题目中的凉风亭，猜想也是裴度晚年隐居的别墅中的建筑吧。

　　后面的"睡觉"二字，与今天的意义完全不同，值得格外注意。

　　古文里的"睡"字，专指午睡。至于题目中的"觉"字，读音同"绝"字，是觉醒之意。因此本首茶诗题目中的"睡觉"二字，绝不可按现代汉语去直译，而应解释为午觉睡醒。这首茶诗的内容，便是裴度在凉风亭午间小憩睡醒后发生的事情了。

三

　　搞清楚"睡"与"觉"的意思，茶诗的前两句的意思也就不言而喻了。隐居在家的裴度，卸下了职场人的一身疲惫，过上了悠然自得的慢生活，吃饱了喝足了，在自家的庭院里遛一遢，所谓"饭后百步走，能活九十九"嘛。可能是吃得太饱，一时间困意袭来，于是他又甜甜地睡了一个午觉。

他一觉醒来，不由得口中干渴。旁边伺候的小厮，实在是太有眼力见儿了，裴度迷迷糊糊地吧嗒吧嗒嘴，一碗刚刚煎好的新茶就已经送到他面前了。这样的退休生活，实在是羡煞人也。

后面的两句，也有两个字与今天意义不同，成为了理解的难点。

首先是巾，今天以洗脸擦手之物为手巾，俗称为毛巾。这是新鲜事物，唐代的时候可没有。试想一下，裴度脖子上围着一条毛巾，坐在凉风亭内，这镜头就实在太滑稽了。堂堂宰相就算退休了，也不能来个劳动人民的扮相儿吧？

古代的巾，一种用以覆物，如《周礼·天官》："幂人掌共巾幂。祭祀，以疏布巾幂八尊，以画布巾幂六彝。"[1]此巾即用以覆物。一种专用以擦手，别称为帨，如《礼记·内则》"左佩纷帨"注："纷以拭器，帨以拭手。"[2]

后来人们把擦手及佩带之用的巾称为手帕，这样就与洗面之巾区分开了。而帕的本意为裹头，故也称为额巾，亦称抹额。

① （清）孙诒让撰，王文锦、陈玉霞点校：《周礼正义》卷十一，中华书局，2013年，414—415页。

② （元）陈澔注，万久富整理：《礼记集说》卷之五，凤凰出版社，2010年，215页。

裴度在家里自然不用带上朝用的官帽，因此不过是一块额巾裹头而已。所以诗中的"脱巾"，应该摘掉的是头上的这块额巾才对。

其次是床，古时的床与榻都可以躺卧，但又有着不小的区别。正如《释名》所云：

> 人所坐卧曰床。床，装也，所以自装载也。长狭而卑曰榻，言其榻然近地也。[1]

古时无凳椅，床榻不但可卧，也可以坐，故《说文》又专解：

> 床，安身之坐者。[2]

此外还有一种"胡床"，与中国传统的床不同，其实就是后来座椅的前身。据宋代欧阳修《演繁录》中记载：

> 今之交床，本自外国来，始名胡床，隋以谶改名交床，唐穆宗时又名绳床。[3]

---

① 《释名疏证补》第二卷。

② 《说文解字·木部》。

③ 周翠英著：《〈演繁露〉注》卷之十四，中国社科文献出版社，2018年，285页。

由此可知，茶诗中"脱巾斜倚绳床坐"一句，裴度坐的便是这种类似于如今座椅样式的胡床。要是把绳床误以为如今郊游时用的吊床，那可就大错特错了。毕竟裴度已经年迈，吊床又不稳当，这要是摔下来可不得了喽。古今名物意义不同，这是理解茶诗的一处难点，也是拆解茶诗的必要所在。

前三句用白描的手法，勾勒出裴度晚年的悠闲生活，但末句更为精彩，统摄全诗之魂。

煎茶时煮水之事，尺寸格外难以拿捏，火候小了，水不熟；火候过了，水又老了。那时没有电水壶，也没有测温仪器，茶人如何把握水的火候呢？陆羽《茶经》"五之煮"中写道：

其沸如鱼目，微有声，为一沸。缘边如涌泉连珠，为二沸。腾波鼓浪，为三沸。已上水老，不可食也。

由此可见，沸腾时的水泡及声音，是古人判断煮水火候的重要依据。

作为爱茶人，我们每天都煮水泡茶，可大部分时间，我们把水倒入电水壶中后，一按开关转身就去做别的事情了。扪心自问，又有谁真正注意过水开时的声音呢？

有时候学生会抱怨：老师，为什么我总喝不懂水的好坏？

我反问：你能描述一下煮水时的声音吗？

啊？水声？学生似乎没理解。

我重复：不错，就是水的声音。

学生答：没注意过。

太好了，问题已经找到了。

如果一个人能够听到水沸腾前后细微的声音，那么便可证明他在从事冲泡品饮活动这一刻心无杂念。反过来讲，心里想着全是工作，自然耳朵里听不见什么水声了。这样心忙意乱，再好的茶喝下去也尝不出什么滋味了。

老子《道德经》第十二章写道：

> 五色令人目盲，五音令人耳聋，五味令人口爽，驰骋田猎令人心发狂，难得之货令人行妨。①

现如今，我们每天盯着屏幕刷手机，塞着耳机听音乐，吃着各种带有添加剂的食品，行走在拥挤喧闹的都市里，是不是也已经目盲、耳聋、口爽与心发狂了呢？每天被欲望驱使，被周围环境鼓噪，不停地奔波劳碌的人，又怎么能听到清风送来的阵阵水声呢？连水声都听不到，这杯茶还能品出滋味来吗？

这首《凉风亭睡觉》之所以是精彩的茶诗，是因为诗人不费力去描写应该如何操作茶事，而是点透了应以何种心情对待茶事。裴度的晚年生活，真正放下了职场上的胜败是非。一首

---

① （魏）王弼注，楼宇烈校：《老子道德经注》，中华书局，2011年，22页。

《凉风亭睡觉》，四句诗说的都是一个"闲"字。裴度能听到水声，本已是暗喻心绪宁静，善于发现日常生活的美好。可偏偏还用了"风送"二字，表明自己并非刻意去听，更显得诗人的惬意与悠然。

老话说，心静自然凉。

实际上，心静茶也甘。

鲍君徽《东亭茶宴》

闲朝向晓出帘栊，茗宴东亭四望通。
远眺城池山色里，俯聆弦管水声中。
幽篁引沼新抽翠，芳槿低檐欲吐红。
坐久此中无限兴，更怜团扇起清风。[①]

一

前一段时间，到原北京燕山出版社总编辑赵珩先生家去串门，闲谈中聊起了旧时的文人雅集。珩翁大作《旧人旧事》中，就收录有《文人雅集的最后一瞥》一文，我很早就认真拜读过。但所谓"纸上得来终觉浅"，这次听老先生细聊一番，我对于旧

---

① 《全唐诗》卷七。

时的文人雅集更是心向往之了。

雅集，是千百年来中国文人的一种聚会方式。至今，为人所津津乐道的历代雅集仍然很多。例如，汉代的梁园雅集、西晋的金谷园雅集、东晋的兰亭雅集、宋代的西园雅集等。按珩翁的总结，举办雅集的首要条件便是商定一个明确的主题。换言之，雅集不同于一般的遥宴会饮，总要有一个因由，大体而言，逃不出琴、棋、书、画、诗、酒、花、茶这八个字。

旧时的雅集，今日生活中仍留有些影子。丹青切磋，可称为笔聚；棋友手谈，可称为棋局；饮茶啜茗，可称为茶会。说起"茶会"二字，其实是比较晚近的说法。唐代很少称"茶会"，而大多是叫"茶宴"。这是一个规范的叫法，专指以茶为主题而举办的雅集活动。

唐代茶诗中，有数首以"茶宴"为题，其中鲍君徽的《东亭茶宴》，颇有一些难得之处。总结起来，一是作者难得，二是内容难得，三是立意难得，所以这首茶诗，也成为了解唐代茶事雅集的重要材料。

二

鲍君徽，字文姬，为鲍征君之女。唐代女诗人，并没有开宗立派的名流，也没有独领风骚的大家，甚至这些女诗人的诗作，也罕见流传千古的绝唱、脍炙人口的名篇。但是作为唐代诗歌百花圃中的一簇奇葩，却以其独特的芳馨令人神往心驰。

现存的近五万首唐诗中，女诗人的诗作有近七百首。《全唐诗》所录的二千多名诗人中，有姓名、事迹可考的女诗人即达一百二十余人。女诗人当中，有深居皇宫的皇后、公主、嫔妃、宫娥，也有待字闺中的名媛、独守空房的思妇，还有远离尘世的尼姑、道士，甚至于还有生活在社会最底层的歌伎。除此之外，唐代宫廷中还有一批专职写作的女诗人，她们在宫廷中随皇帝游宴赋诗，奉制唱和，留下了不少诗坛佳话。《东亭茶宴》的作者鲍君徽，就是一名宫廷女诗人。

唐代茶诗虽多，但由女性书写者极少，这便是本诗第一难得之处了。

《全唐诗》鲍君徽小传中记载：

> 鲍君徽，字文姬。鲍征君女。善诗，与尚宫五宋齐名。德宗尝召入宫，与侍臣赓和，赏赉甚厚。[1]

这里讲的"五宋"，是当时以诗闻名的宋氏五姐妹。贝州宋庭芬，是大诗人宋之问的后裔。他生有五女，即若华、若昭、若伦、若宪与若荀，《旧唐书·后妃传下》中说她们"皆聪惠，庭芬始教以经艺，既而课为诗赋，年未及笄皆能属文"[2]。也就是

---

[1]《全唐诗》卷七。
[2]《旧唐书》卷五十二。

说，宋氏五姐妹都是极其聪明又受到良好教育的才女。五人当中若华、若昭"文尤高"，若华作《女论语》十篇，若昭为之注释，名声大振。

唐德宗贞元四年（788），昭义节度使李抱真将宋氏五姐妹推荐给皇帝。德宗亲试五姐妹之才，"试以诗赋"，"兼问经史中大义"①，宋氏五姐妹对答如流，唐德宗不由得"深加赏叹"②。自此，宋氏五人被留在宫中，加入宫廷日常诗会中，世人合称"五宋"。《全唐诗》中所讲"与尚宫五宋齐名"③，是对于鲍君徽诗歌水平的极大肯定。

鲍君徽因才华入宫，可谓一步登天，但她却不是爱慕虚荣的女性，对于宫廷生活也不留恋。她在入宫仅一百多日后，便以奉养老母为名上疏要求归家。从《全唐文》收录其《乞归疏》中，我们可以更多地了解到这位女诗人的家庭情况与个人操守。

鲍君徽先说"幼鲜昆季，长失椿庭，室无鸡黍之餐，堂有垂白之母"④。昆季，就是兄弟。椿庭，代指父亲。由此可知鲍君徽家境贫苦，她本人缺少兄弟相护，父亲死后家中只剩下老母亲一人。虽然"幸遇圣明，诏臣吟咏，一人御庭，百有余日，弄文舞字，上既以洽明圣之欢心，搦管挥毫，下既以倡诸臣之

---

① 《旧唐书》卷五十二。
② 《旧唐书》卷五十二。
③ 《全唐诗》卷七。
④ 《全唐文》卷九百四十五。

赓和"①，但这眼前的繁华荣耀并没有使她沉迷。鲍君徽接着说：
"惟是茕然老母，置若不闻，岂为子女者恝然若是耶！臣一思
维，寸肠百结……得赐归家，以供甘旨。"②她不像尚宫五宋那样
决心"以学名家"③，而是一心要归家养母。

最后鲍君徽补充了至关重要的一句话，即"则老母一日之
余生，即陛下一日之恩赐也"④。有理有据，情真意切，德宗只好
放鲍君徽归家养母。在这一点上，鲍君徽比宋氏五姐妹明智许
多。她深知伴君如伴虎的道理，富贵荣华名望只是浮云。女子
处于深宫，受宠便是招忌的开始。"尚宫五宋"留在宫中，但难
以得到善终。作为一位平民才女，鲍君徽比"尚宫五宋"看得
更加深远。

三

鲍君徽的《乞归疏》，也可作为解读《东亭茶宴》一诗的重
要参考资料。首先，既然鲍家贫穷到"室无鸡黍之餐"的程度，
那么自然不可能再有余力去参加或举办茶宴。换言之，鲍君徽
茶诗中的内容，记录的一定是宫廷茶宴的场景。这便是本首茶

① 《全唐文》卷九百四十五。
② 《全唐文》卷九百四十五。
③ 《全唐诗》卷七。
④ 《全唐文》卷九百四十五。

诗内容上的难得之处。

　　唐代诗歌中的茶宴，大部分都是文人的雅集活动。例如唐代大历年间的诗人钱起，曾写有一首七言绝句《与赵莒茶宴》，堪称是茶诗中的经典之作，抄录原文如下：

　　　　竹下忘言对紫茶，全胜羽客醉流霞。
　　　　尘心洗尽兴难尽，一树蝉声片影斜。①

　　唐代另一位诗人李嘉祐，曾写有《秋晓招隐寺东峰茶宴送内弟阎伯均归江州》，诗中有"幸有茶香留稚子，不堪秋草送王孙"②两句。由此可见，在唐代文人送行也可以办成茶宴。

　　除去诗，还有文。唐代诗人吕温，比钱起生活的年代稍晚，他是唐贞元十四年（798）进士，次年又中博学宏词科，授集贤殿校书郎。吕温在《三月三日茶宴序》一文中提到：

　　　　三月三日，上巳禊饮之日也。诸子议以茶酌而代焉。乃拨花砌，憩庭阴，清风逐人，日色留兴。卧指青霭，坐攀香枝，闲莺近席而未飞，红蕊拂衣而不散，乃命酌香沫，浮素杯，殷凝琥珀之色。不令人醉，微觉清思，虽五云仙

---

① 王定璋校注：《钱起诗集校注》卷九，浙江古籍出版社，1992年，297页。
② 《全唐诗》卷二百七。

浆，无复加也……①

禊饮，是农历三月间的一种民俗活动。本是饮酒，但这次大家提议"茶酌而代"。由此可见，茶宴，也可以是对于酒宴的改良。茶与酒不同，虽"不令人醉"，但却能"微觉清思"。那种饮茶后带来的精神愉悦感，诗人感觉是"五云仙浆"也比不了。

钱起、吕温等人，都是科举考试出身，我们虽未赶上过科举，可大大小小的考试也算赶上了不少吧。不管是中考、高考还是考研，哪位在备考期间敢天天喝得烂醉如泥？抑或是满身酒气地闯进考场？

自然不会。

反之，挑灯夜战时我们经常会泡上一杯香茶，既缓解疲劳，又提神醒脑。当然，我们现在也可以选择咖啡甚至香烟。但要知道，在唐代不管是咖啡还是烟草还都未传进中国，最受学子欢迎的饮料，非茶莫属。科举制度，让知识阶层更倾向于选择有约束力的饮品——茶。唐代文人活动中，开始有了茶宴的身影，也自然在情理之中了。

钱起等人的诗文，让我们对于唐代文人茶宴有了较多的了解。倒是内廷宫闱，殿宇重重，禁忌森严，个中秘闻绝非常人

① 《全唐文》卷六百二十八。

可知。唐代宫廷茶宴，到底如何举办，又有哪些独特之处？这些问题的答案，就都要从这首《东亭茶宴》中找寻了。

四

第一部分，"闲朝向晓出帘栊，茗宴东亭四望通"，讲的是时间和地点。

闲朝，可理解为一个悠闲的早晨。向晓，则是朝着晨曦的方向。由此可见，唐代的这一次宫廷茶宴，举办于一个平静而闲暇的清晨。女诗人走出帘栊幔帐，来到东亭中。

上古本无亭，到了秦汉间才以十里为一亭，又置亭以为邮驿之所，像现在庭院里筑一个亭子，是六朝时才开始的事情。如东晋建康城里的新亭、王羲之雅集的兰亭等，都不可视作旧时的邮亭了。

值得注意的是，传统园林中凡是安放亭子的地方，一定是风景最好的位置。例如茶宴举办的地点东亭，就是视野开阔可以远眺赏景的所在。其实亭子这种建筑的责任，就是默默地告诉游览者：停下来吧，不要走了，这里的风景很好，请欣赏一下。步伐太快了，看不见园中的风景，节奏太快了，也看不见生活的风景，这就是中国建筑中蕴含的智慧与哲理。

第二部分，"远眺城池山色里，俯聆弦管水声中"，讲的是视觉与听觉。

东亭的视野很好，可以极目远眺城池山色。因此，这一场茶宴的享受便是开始于视觉而非味觉。现如今我们喝到的好茶，远比古人要多得多，但是视觉上的享受，却逊色了太多。

我住在北京的南郊，是一栋高层的塔楼，在选择户型时，我特意挑了一套高楼层视野开阔的房子。客厅的窗户朝向西北，正好可以望见北京的西山。虽然不能如东亭那样四望皆通，但总算保留了一处可以让自己远眺的窗口，不知不觉中欣赏了四季山色的微妙变化。我喝茶时也有了"远眺城池山色里"的奢侈享受，这恐怕是郊区人的特别福利吧？

茶宴上，不仅有视觉的美景，同时也有听觉的享受。亭子很小，自然不可能装下那么多人。于是，主办者便把乐手们安排在远处弹奏。悠扬的乐曲，隔着水面传入东亭，又为茶宴增色三分。先是远处的景色，再是亭边的乐声，作者像是一位纪录片的导演，用由远及近的长镜头为我们展现着这次茶会的场景。

第三部分，"幽篁引沼新抽翠，芳槿低檐欲吐红"，讲的是奇花异草。

幽篁，即是幽深的竹林。唐代王维《竹里馆》中有"独坐幽篁里，弹琴复长啸"[1]两句。芳槿，即是香花。元代关汉卿有"芳槿无终日，贞松耐岁寒"[2]的名言。这两者的描述，暗示了

---

[1] 陈铁民校注：《王维集校注》卷五，1997年，424页。

[2] 《元曲选·望江亭中秋切鲙杂剧·第一折》。

东亭周边环境的优雅。唐代茶宴上最好的装饰，不是金银摆件，不是绫罗绸缎，不是珍玩古董，而是自然的花花草草。

其实每一个人，都可以与大自然有很多的对话。我想所谓的生活美学的重点，真的不一定要去收藏昂贵的艺术品或去观看高深的艺术表演。艺术品，不一定等于美。艺术表演，也不一定等于美。大自然，才是真正的美。有机会多去楼下的公园转转，也是一种对于自然的亲近。大自然真的可以治疗我们，让我们心情放松，找回自己。

周末的清晨，用保温杯闷一壶熟普洱，带上两只天地杯直奔公园。在小亭子里的石头桌上摆好品茗杯，赏着景色徐斟慢饮，茶汤的滋味肯定会加分。

第四部分，"坐久此中无限兴，更怜团扇起清风"，讲的是意犹未尽。

兴，这里读音同幸，解释为兴致或兴趣。虽然茶宴时间不短，但是女诗人鲍君徽却毫无厌倦之意，反而引起了无限的兴致。团扇在手，送来徐徐清风，整场茶宴的镜头定格于此，给予读者无限遐想。

为什么一场茶宴，会让人有"坐久此中无限兴"的美好感受呢？因为这场茶宴照顾了人的五感：远眺城池，是视觉的享受；俯聆弦管，是听觉的享受；奇花异草，是嗅觉的享受；香甜茶汤，是味觉的享受；团扇清风，是触觉的享受。鲍君徽笔下的东亭茶宴，是视觉、听觉、味觉、嗅觉、触觉的综合性雅集。

　　别看是一场宫廷茶宴，却看不到丝毫奢靡之风。茶诗全文没有透露茶器的奢华，也没有彰显茶叶的珍贵，而是重点描述了自然之美的魅力。山色也好，幽篁也罢，都不需要花费钱财，只要有一份发现美好事物的心态，就可以享受其中之趣。全场茶宴，践行了陆羽"精行俭德"的茶学审美观念。这便是这一首茶诗立意上的难得之处了。

白居易《萧员外寄新蜀茶》

蜀茶寄到但惊新，渭水煎来始觉珍。

满瓯似乳堪持玩，况是春深酒渴人。[①]

一

半年前，我曾经组织同学们抄写茶诗。结果一个月过去了，愣是没抄完白居易一个人的作品。不是同学们懒惰，而是白居易的茶诗实在太多了。

白居易到底写了多少首茶诗呢？说真的，当我翻完六册《白居易诗集校注》时，这个数字把自己都惊到了。白居易老先生，前后竟然写过六十四首与茶相关的诗作。按我的观点，一首诗

---

① 《白居易诗集校注》卷十四，1114页。

就可以算是一条朋友圈。那白居易曾经以茶为主题，发过六十多条朋友圈。

白居易为何写这么多首茶诗呢？归根到底，白老先生与我们一样，是真心爱茶之人。怪不得如今有这么多人，都酷爱白居易的茶诗。时隔千年，情意相通。白居易，是当代习茶人的知己。

提起白居易诗歌的代表作，诸位的第一反应估计都是《琵琶行》与《长恨歌》。这两首诗有一个共同的特点，那就是篇幅大，《琵琶行》正文就有616字，而《长恨歌》更是多达840字。其实白居易不光能写长诗，也擅长于短小精悍的诗作。

诗，是最精粹的语言。诗人反复挑选最合适的语言，来表达其最美好、最丰富、最微妙的思想感情。其中的七言绝句，则可算是最精粹的诗体之一，因为他用最经济的手段，来表现最完整的意境与感情。当然喽，五言绝句字数更少。但七绝虽然每句只比五言多两个字，却显得委婉曲折，摇曳生姿，声辞俱美，情韵无穷，因而别有其动人之处。

白居易的《琵琶行》与《长恨歌》，都曾选入中学语文教材，不少人可说是熟读成诵。因此在白居易茶诗的研习中，我们不妨换一换口味，舍长取短，多读几首七言绝句体例的茶诗。在他众多茶诗当中，写作时间最早的《萧员外寄新蜀茶》一诗，体例恰巧是七言绝句。读白居易的茶诗，不妨就从此开始。

二

研读一首茶诗，还是要先读懂作者。

在特殊历史时期，白居易是一位有争议的历史人物。

他的前半生，是一位积极的政治家。作为关心国家命运和百姓疾苦的诗人，他获得了极高的评价。

他的后半生，是一位消极的文学家。作为无视政治走向和消极颓废的代表，他受到了严厉的批判。

日本学术界，也将白居易的一生分为两部分，却有着不同的定义[①]，不是"积极"与"消极"，而是"兼济"与"独善"。

他的前半生，忙于政治，疲于官场。

他的后半生，醉心文学，沉迷佛法。

这与现代人的生活，其实出奇地相似。

年轻时，努力考学，打拼职场。

中年后，回归家庭，实现自我。

但不管是忙还是闲，茶都相伴他的左右。

白居易的一生，又何尝不是我们的一生呢？

---

① （日）下定雅弘著，李寅生译：《白乐天的世界》，凤凰出版社，2017年，16页。

三

言归正传，回到茶诗，我们来看题目。

这首《萧员外寄新蜀茶》，写于唐宪宗元和五年（810）。这一年，白居易三十九岁，身为谏官，客居长安。按照传统史学的看法，这时的白居易是一位优秀的政治家。按照日本学界的看法，这时的白居易正在"兼济"的阶段。

作为谏官，这一时期的白居易创作了许多反映社会问题的诗歌。《上阳白发人》，是悲叹幽闭宫中多年、不得婚配的年老宫女命运。《新丰折臂翁》，是叙述逃避兵役骚扰、自断手腕的白发老翁故事。《卖炭翁》就更著名了，讲的是"心忧炭贱愿天寒"的底层百姓。以上这些诗歌，都与《萧员外寄新蜀茶》是同时期作品。

这时的白居易像个时事记者，频频揭露大唐帝国的阴暗面，以笔当剑，像一个战士，难免肝火旺盛。幸好，这时萧员外寄来了新蜀茶。这么高压的工作，若没有茶的陪伴怎么能行？有人说，喝茶是闲人的事。要我看，越是忙碌的人，才越需要认真喝茶呢。

萧员外到底是谁？可能已成千古之谜。但可以肯定，萧员外是白居易的好朋友。唐代可没有顺丰，寄点东西相当困难。正所谓"千里送鹅毛，礼轻情意重"，不是铁哥们，又怎么会千里寄茶呢？《萧员外寄新蜀茶》，是现存白居易最早的一首茶诗。

萧员外，可能便是最早影响白居易喝茶的人了。

值得一提的是，萧员外给白居易寄的是蜀茶。一生中，白居易最爱的也是蜀茶。例如《新昌新居书事四十韵因寄元郎中张博士》一诗中，有"蛮榼来方泻，蒙茶到始煎"[①]两句，其中的"蒙茶"，即是四川的蒙山茶。《杨六尚书新授东川节度使，代妻戏贺兄嫂二绝》一诗中，有"觅得黔娄为妹婿，可能空寄蜀茶来"[②]两句，其中讲到白居易送礼，也是要用四川茶。《春尽日》一诗中，有"醉对数丛红芍药，渴尝一碗绿昌明"[③]两句，其中提到的"绿昌明"，仍然是四川茶名。白居易写蜀茶的诗句还有很多，就不一一举例了。这位萧员外对白居易的影响，绝不可小视。

曾几何时，我们爱上喝茶，也大都是受身边人的影响吧？如果是商家推销，难免心存防备；但要是朋友推荐，自然平添好感。可能朋友无意间的一次馈赠，就成了你爱上茶的完美契机。有些习茶的同学，常把自己喜欢的茶分成小包装，分赠给身边的朋友、同事。每一个人，都可以成为茶文化的传播者。

---

① 《白居易诗集校注》卷十九，1543页。

② 《白居易诗集校注》卷三十三，2541页。

③ 《白居易诗集校注》卷三十六，2770页。

四

首句"蜀茶寄到但惊新",是白居易"拆开快递"时的第一感受。

这里的"新"字,可以有两种解释,一为"新奇",二为"新鲜"。若是解为"新奇",那就是说白居易以前没怎么见过蜀茶。这时的白居易三十九岁,中进士入官场整整十年了,没见过有名的蜀茶,有点说不过去呀。更何况,题目里已经说了寄来的是"新蜀茶"。因此,是萧员外寄来的蜀茶太鲜,惊艳到了白居易。

唐代的蜀茶,一律都是绿茶。想保证其新鲜地送到京城的白居易手上,必须做到两点:

一要送得及时,制好后毫不耽搁,直寄长安。

二要送得快速,快递时马不停蹄,星夜兼程。

在唐代,这是相当奢侈的行为。

白居易,很可能已不是第一次收到茶礼,但像萧员外寄来的这么新鲜的蜀茶,白居易却还真是第一次见,所以诗中要用一个"惊"字。现如今,这是随便叫个快递就可以完成的事,容易得到,就不懂得珍惜了吧?

与此同时,白居易在第一句里还写了一个"但"字。这里的"但",解释为只或仅。看到茶时的"惊新",是一种本能反应。四川到长安的距离,当时的运输能力,白居易都心知肚明。

因此，白居易虽然没喝，也知道这款茶的与众不同。就像有人送我一饼老班章茶饼，虽然我不爱喝生茶，但我也知道市场的行情，了解这款茶的价格。

所以第一句诗，翻译成现代汉语即为收到萧员外寄来的新蜀茶，只是觉得非常的新鲜。请注意，这时对于茶的定义，是靠理性，而非发自内心。这便为下文的转折做足了铺垫工作。

第二句"渭水煎来始觉珍"，是白居易"开汤喝茶"后的深层感受。

开始只是觉得新奇，抱着试试看的心理煎茶。特意找来好水，不可辜负萧员外一片苦心。没想到茶汤入口，竟然如此的好喝。从这一刻开始，才真正知道了这款茶的珍贵之处。从"但惊新"到"始觉珍"，不知不觉间，白居易完成了一次蜕变。

不懂茶时，只觉得新奇。

读懂茶时，方知其珍贵。

茶的珍贵，与价格昂贵无关。

茶的珍贵，与茶汤美味有关。

毕竟，价高的茶多，好喝的茶少。

至于是不是好茶，只有喝了才知道。

第三、第四两句，可以连在一起解读。

"满瓯似乳堪持玩，况是春深酒渴人"，翻译过来就是：又有趣，又解酒，真是一杯好茶！

茶解"酒渴"，很好理解；茶可"持玩"，不易想象；至于

"满瓯似乳"，就更与茶联系不到一起了。有一次学生甚至问我：老师，白居易喝的是不是奶茶？

其实茶汤上的白色物质，便是茶皂素。茶皂素，又称茶皂苷，是一类结构比较复杂的糖苷类化合物，1931 年由日本学者青山次郎首次从茶籽中分离出来。

茶皂素的特点，主要有三个：

一是味苦而辛辣。

二是难溶于冷水，而易溶于热水。

三是它的水溶液振摇后，能产生大量持久性、类似肥皂泡沫类的东西。茶皂素的名字，就因此而来。

茶皂素的水溶液，其实就是茶汤。唐代煎茶法与宋代点茶法，都会使得茶汤振荡，从而产生持久性的白色泡沫。白居易眼中的"满瓯似乳"，其实就是茶皂素的作用了。

我们如今的泡茶法，不会引起茶汤的激烈振荡。因此，茶皂素也就只是在茶汤表面形成一层细密的气泡而已。有些人洗茶，其实就是要洗去这层泡沫。茶艺表演中，有"刮沫"一项，祛除的也是这层泡沫。

他们不知这是茶皂素，而将其认定为茶里析出的"脏东西"，要除之而后快。可现代医学研究表明，茶皂素不但无害，反而大有裨益。茶皂素不仅可以抗菌、抗病毒、抑制酒精吸收，还可以通过抑制胰腺脂肪酶的活性，减少肠道对食物中脂肪的吸收，从而达到减肥的效果。除此之外，古人讲究茶水洗头发，利用的也是茶皂素去屑、止痒的功效。

白居易，自然没有现代化学知识。

白居易，却有一颗爱茶之心。

"满瓯似乳堪持玩"，是一种欣赏的眼光，更是一种享受的状态。总抱着怀疑眼光，反复冲洗茶汤中小泡沫的人，终究不会体验到饮茶的乐趣。知识、见识、常识，都是习茶人所必备的素养，但更为重要的，还是一双发现"茶之美"的眼睛吧？"满瓯似乳堪持玩"，您读懂了么？

自萧员外之后，还有不少朋友因寄赠好茶，而出现在白居易的茶诗当中。例如时任忠州刺史的李宣，便为白居易寄来了新蜀茶，也因此，成就了"不寄他人先寄我，应缘我是别茶人"的名句。

唐文宗开成三年（838），白居易又写了一首精彩的茶诗《谢杨东川寄衣服》。同是寄赠答谢，同是七言绝句，两首诗不妨一起欣赏。其原文如下：

> 年年衰老交游少，处处萧条书信稀。
> 唯有巢兄不相忘，春茶未断寄秋衣。①

这时的白居易已近古稀之年，心意懒散无意社交。开头两

---

① 《白居易诗集校注》卷三十四，2603页。

句便利用了对仗的手法，写出了白居易老年生活的寂寥之感。而"年年""处处"这样的叠字，更是将这种寂寞情绪难以排遣的状态描述得淋漓尽致。

　　诗中的杨东川，即是杨汝士，因他表字慕巢，又是白居易的内兄，所以诗中称其为"巢兄"。纵观白居易晚年的茶诗，杨汝士这个人频频出现，例如：《晚春闲居杨工部寄诗杨常州寄茶同到因以长句答之》（大和八年，834）、《和杨同州寒食乾坑会后闻杨工部欲到知予与工部有敷水之期荣喜虽多欢宴且阻辱示长句因而答之》（大和九年，835）、《睡后茶兴忆杨同州》（大和九年，835）、《杨六尚书新授东川节度使，代妻戏贺兄嫂二绝》（开成元年，836）等。得到了初春的好茶，杨东川便寄给白居易品鉴。可是春茶还没喝完，这秋季要增添的衣服又寄来了。二人的情谊，由此小事可见一斑。

　　唐武宗会昌五年（845），白居易又写了一首七言绝句体例的茶诗《闲眠》，原文如下：

> 暖床斜卧日曛腰，一觉闲眠百病销。
> 尽日一餐茶两碗，更无所要到明朝。[1]

　　这时距离写作《谢杨东川寄衣服》一诗，又过去了数年。

---

[1]《白居易诗集校注》卷三十七，2801页。

白居易已经是七十三岁高龄的老人了，当年一起喝茶的老朋友们，怕是大都不在了，但是在他的诗作里，看到的不是悲伤，甚至没有叹息。晒太阳，睡懒觉，一餐饭，两碗茶……白居易用浅显通俗的文字，流畅婉转的句式，表明了一种乐天知命的生活态度。

宋代诗人苏轼在《祭柳子玉文》中，对白居易诗下了一个很容易引起误会的字"俗"，但是这里的"俗"字，要解释为"通俗"而非"庸俗"。例如这首《闲眠》，一个生僻字都没有，谁都可以轻易读懂。但是白居易这种通俗的文风，却又并非真是随随便便就能写得出来。据说有人曾看过白居易的诗歌手稿，上面圈点删改处极多。由此可见，这是一种经过反复琢磨锤炼后的通俗语言。按清人赵翼《瓯北诗话》卷四的说法，白居易这些诗读起来就是"看是平易，其实精纯"[1]。在我这样一个喝茶人看来，白居易的诗宛如是工艺简单的白茶，脉络圆畅、节奏轻快、词语清丽，却又耐人寻味，历久弥新。

三首七言绝句体例的茶诗，横跨了白居易自壮年到暮年的大半生，也帮我们勾勒出了茶汤在不同生命阶段所扮演的角色。

职场打拼时，茶帮助我们放缓节奏。

烦闷寂寞时，茶带给我们知己良友。

亲朋离散时，茶教会我们安然独处。

---

① （清）赵翼著，霍松林、胡主佑校点：《瓯北诗话》卷四，人民文学出版社，1963年，38页。

年轻时，需要一杯茶；年老时，也需要一杯茶。

忙碌时，想喝一杯茶；闲暇时，也想喝一杯茶。

只要有了一杯茶，总是不寂寞。

只要有了一杯茶，日日是好日。

白居易《睡后茶兴忆杨同州》

昨晚饮太多，嵬峨连宵醉。

今朝餐又饱，烂漫移时睡。

睡足摩挲眼，眼前无一事。

信脚绕池行，偶然得幽致。

婆娑绿阴树，斑驳青苔地。

此处置绳床，傍边洗茶器。

白瓷瓯甚洁，红炉炭方炽。

沫下曲尘香，花浮鱼眼沸。

盛来有佳色，咽罢余芳气。

不见杨慕巢，谁人知此味？ [①]

---

① 《白居易诗集校注》卷三十，2322页。

一

纵观人类的医疗史，曾出现过诸多疗法。例如睡眠疗法、放血疗法、饥饿疗法等。随着科学的昌明与进步，许多古老的疗法已经退出了历史的舞台。但中国古人所创制并提倡"以茶疗病"的理念，却因其科学性和实用性而得以流传至今。

其实饮茶养生的概念，早已是中国百姓的生活习惯。笔者自2015年起，在北京人民广播电台为市民朋友们普及茶文化知识，节目中常收到茶与健康的问题，例如：茶是药吗？茶是否可以治病？

讨论这些问题，我们不妨从茶的起源入手。最早重视茶的人，并非雅士，而是医家。至今仍有些茶区，供奉"神农氏"为茶祖，这可视作"茶为药用"的残存痕迹了。当然，神农尝百草只是传说，我们还是要从文献的角度入手，去了解茶学与医学的关联。最早收录茶的医书，是唐代苏敬等撰写的《新修本草》，即后世俗称的《唐本草》。相关文字字数不多，抄录如下：

茗，味甘、苦，微寒，无毒。主瘘疮，利小便，去痰、热、渴，令人少睡，春采之。苦茶，主下气，消宿食，作饮，加茱萸、葱、姜等良。①

　　此书的刊行，要早于陆羽的《茶经》。自此之后，历代医书几乎都将"茶"收入其中。《新修本草》，可算是开了茶入医书的先河。

　　不仅是医书，在唐诗当中我们也可以窥见茶与药的紧密联系。例如白居易《即事》一诗，有"室香罗药气，笼暖焙茶烟"两句。《早服云母散》一诗，有"药销日晏三匙饭，酒渴春深一碗茶"两句。韩翃《寻胡处士不遇》一诗，有"微风吹药案，晴日照茶巾"两句。许浑《寻戴处士》一诗，有"晒药竹斋暖，捣茶松院深"两句。茶与药同时出现的诗句还有很多，篇幅有限，便不一一列举。

　　可以看出，"茶"与"药"经常同时出现在唐诗中，这两者，可谓是唐代文人生活的标配。身处中国茶文化的兴起阶段，唐代人对于茶的界定仍保留有药的属性。

　　白居易《睡后茶兴忆杨同州》一诗，即可看作是用茶调节身体的典型案例，不妨仔细拆解一番。

---

①《重修政和经史证类备用本草》卷十三。又《唐新修本草〔辑复本〕》卷十三。

二

作者白居易大家已很熟悉，我们便从题目讲起。

中国古人有将姓氏与职官一起称呼的习惯，这里提到的杨同州，自然也是尊称了。此人姓杨名汝士，表字慕巢，《旧唐书》有其传记。据《旧唐书·文宗纪》记载：

> （大和八年七月）丙辰，以工部侍郎杨汝士为同州刺史。……（九年九月）辛亥，以太子宾客分司东都白居易为同州刺史，代杨汝士，以汝士为驾部侍郎。①

按理说，白居易应该接替杨汝士出任同州刺史，但白居易以病症缠身为由，没有接受这一官职。到了大和九年十月，朝廷改授白居易太子少傅分司东都。同州刺史一职，则改由汝州刺史刘禹锡接任了。

按《白居易诗集校注》中的说法，这首《睡后茶兴忆杨同州》作于唐代大和九年（835），此时的杨汝士很可能仍在同州刺史任职上，因此才称其为"杨同州"。白居易后来还写有一首茶诗，题目为《闲卧寄刘同州》，这时的刘同州，便是指刘禹锡了。

---

① 《旧唐书》卷十七下。

三

写作这首《睡后茶兴忆杨同州》时，白居易已是六十三岁的老人。步入暮年的白居易，生活方式倒是有点像如今的夜店青年。

开头两句便反省自己"昨晚饮太多"，摇摇晃晃地滥饮到天明。熬夜喝酒不算，早上又是暴饮暴食了一餐。吃过之后，原地不动，倒头便睡。诗人文字写得确实美，可这生活方式真是不值得推崇。

起床以后，估计自己也觉得难受。反正"眼前无一事"，于是开始绕着池塘散步消食。景色优美，天气和暖，不由得白老先生"偶然得幽致"了。随后诗人便开始"置绳床""洗茶器"，待等"炭方炽"后煎茶，最终饮下一碗既有"佳色"又有"芳气"的茶汤。

我们可以分析出，在《睡后茶兴忆杨同州》这首诗中，诗人饮茶的背景是"通宵酗酒"和"暴饮暴食"，既然已经"嵬峨连宵醉"了，醒来后毕竟是昏昏沉沉。据《新修本草》所载，茶具有"令人少睡"的功效。饮茶，自然有提神醒脑的功效。而茶"消宿食"的功效，又正好与"今朝餐又饱"对症。一盏茶汤下去，估计真是要"与醍醐甘露抗衡"了。白老先生诗中所谓的"偶然得幽致"，您也可理解为一种文学处理。先是宿醉，又是饱食，不想喝茶才怪呢。

生活中，像白老先生这样的"宿醉""饱食"等亚健康状态，也真懒得去找大夫，有时候忍一忍也就过去了，只是要难受一阵子。此时此刻，茶正好可以调节身体的轻微不适。《孙子兵法·谋攻》说：

> 百战百胜，非善之善者也；不战而屈人之兵，善之善者也。[1]

身体稍有不适，就用猛药压制，看起来是"百战百胜"，但其实两败俱伤。而日常饮茶，可以将身体的很多病症扼杀在摇篮阶段。"不战而屈人之兵"，才是最理想的状态。茶的特性，符合中国文化中对待困难的态度。

色佳气芳的茶汤下肚，诗人自觉是一阵神清气爽。这样美妙的感觉，却一定要志趣相投的爱茶人才可以理解。现如今我们自己得到一份好茶，有时候也要呼朋引伴地一起品饮，饮茶的乐趣与幸福，会因分享而加倍。

如白居易的其他茶诗一样，这首《睡后茶兴忆杨同州》从字面上也不难理解。但仔细研读后会发现，这首诗字里行间的背后，还透露出另一层深意。这字面背后的含义，又暗合着陆羽《茶经》的"九难"之说。

---

[1] 陈曦译注：《孙子兵法》，中华书局，2011年，37页。

《茶经·六之饮》中写道：

> 茶有九难：一曰造，二曰别，三曰器，四曰火，五曰水，六曰炙，七曰末，八曰煮，九曰饮。

难，是一个多音字，读二声时，解释为困难，例如"蜀道难，难于上青天"；读四声时，解释为灾难、磨难，例如唐僧师徒取经，要经历九九八十一难。陆羽有佛寺生活的经历，因此这里的"难"字不妨做四声读，解释为磨难。一杯好喝的茶汤，也需历经九难方可成就正果。

一难曰造，自然指茶叶的生产。没有细心的采摘，没有精心的制作，就没有一份好茶。好茶都没有，又何来一杯可口的茶汤呢？所以，茶叶的生产要排在第一位。没有了采茶工人与制茶师傅的匠心付出，一切的茶汤雅事都是空谈。

二难曰别，说的是茶叶的鉴别。市场上的茶，鱼龙混杂，泥沙俱下。作为一个爱茶人，一定要勤于积累自身的茶学知识。扛得住卖家的忽悠，识得破奸商的迷惑，方可以最终到手一份好茶。

三难曰器，点明了茶器的重要。单拿茶器的材质来说，即有金、银、铜、铁、陶、瓷、竹、石数种之多。作为爱茶人，既不要单被茶器的外表吸引，也不要只被大师的名头唬住，那些都是噱头而已。作为爱茶人，还是要选一款能够呈现出完美茶汤的茶器。当然，如果这款茶器兼顾有美感与文化内涵，那是再好不过了。

行文至此，不免再啰嗦一下。我见过一些所谓的"玩家"，号称家藏大师紫砂壶数百只，结果去了一看，每一把上都被他"精心养护"出了一层厚厚的茶垢。问：这是何物？答：包浆。我心中不免暗想，这位有收藏大师壶的经费，倒不如多买点百洁布好好刷刷壶呢。

四难曰火，五难曰水，都是讲泡茶用水的重要。现如今自然很少有人点火煮水了，但这不代表煮水方式不重要。单位饮水机里烧的自来水，就是味道会差很多。若是能用电水壶自己烧矿泉水泡茶，茶汤的风味会马上提高一个档次。

六难曰炙，七难曰末，则是讲唐代的末茶。当时流行的蒸青茶饼，要在火上炙烤后再用茶碾破碎成末。当然，这都是唐代煎茶法的习俗，今天已不适用。但是从宏观角度看，可以把"炙""末"等环节视为备茶工作。现如今我们泡茶前，不是也需要把饼茶拆散吗？如果手法不好，拆的都是茶末，不也影响泡茶时的口感吗？由此可见，《茶经》的观点到今天仍然适用。

八难曰煮，这是煎茶法的做法。到今天，这个"煮"字要换成"泡"字才合适。茶是好茶，器是好器，就是不会煮水，也不懂得浸泡时间的长短，那这杯茶汤，还是没法好喝。所以爱茶之人，需苦练泡茶技艺。这是硬功夫，丝毫来不得马虎。

九难曰饮，自然可以直接翻译成品饮的重要。但这样的说法还很含混，后文中要做详细的解读。

姑且算讲完了《茶经》的"九难"，再来回看茶诗原文。"此处置绳床，傍边洗茶器"句，讲的是九难之"三曰器"。"白瓷瓯甚洁，红炉炭方炽"句，讲的是九难之"四曰火"。"沫下曲尘香，花浮鱼眼沸"句，讲的是九难之"七曰末""八曰煮"。而"盛来"至"此味"句，说的便是九难之"九曰饮"。

茶诗结尾的四句诗，堪称是本诗的精髓。因为短短的二十个字，却道出了"九曰饮"的一体两面。

从字面上理解，茶的第九难便是品饮。如果是不懂茶的人品饮，自然是难解茶汤之妙，这便不消多说了。即使是精于茶事之人，如果是心不在焉的品饮，也一样不能欣赏到一杯茶汤之美。总而言之，只有用心的品饮，才能够享受到"盛来有佳色，咽罢余芳气"的茶汤。

但"九曰饮"的含义，又不止于此。

茶汤的第九难，不光是什么样的茶汤品饮，更在于和什么样的人一起品饮。白居易大费周章，品饮到了一杯好茶，按说应该是心满意足的，但是老先生望着茶汤暗自神伤，总觉得还缺点滋味。为何如此？因为杨慕巢不在。

纵观白居易的茶诗，杨慕巢这个人频频出现。例如：

《晚春闲居杨工部寄诗杨常州寄茶同到因以长句答之》
（大和八年，834）

《和杨同州寒食乾坑会后闻杨工部欲到知予与工部有敷水之期荣喜虽多欢宴且阻辱示长句因而答之》(大和九年，835)

《杨六尚书新授东川节度使，代妻戏贺兄嫂二绝》(开成元年，836)

《谢杨东川寄衣服》(开成三年，838)

这里的"杨工部""杨同州""杨六尚书""杨东川"，指的都是本首茶诗中的杨慕巢，由此可见，杨慕巢不仅是白居易的亲戚，也是白居易晚年的茶友至交。

中国的酒文化里，常说"酒逢知己千杯少，话不投机半句多"。

其实喝茶这件事，又何尝不是如此呢？

我们在不断的习茶过程中，寻到了知茶的自己。

我们在不断的习茶过程中，遇到了爱茶的朋友。

渡过"茶之九难"之后，一杯茶汤便又有了别样的韵味。

刘禹锡《西山兰若试茶歌》

山僧后檐茶数丛，春来映竹抽新茸。

莞然为客振衣起，自傍芳丛摘鹰嘴。

斯须炒成满室香，便酌砌下金沙水。

骤雨松声入鼎来，白云满碗花徘徊。

悠扬喷鼻宿醒散，清峭彻骨烦襟开。

阳崖阴岭各殊气，未若竹下莓苔地。

炎帝虽尝未解煎，桐君有箓那知味。

新芽连拳半未舒，自摘至煎俄顷馀。

木兰坠露香微似，瑶草临波色不如。

僧言灵味宜幽寂，采采翘英为嘉客。

不辞缄封寄郡斋，砖井铜炉损标格。

何况蒙山顾渚春，白泥赤印走风尘。

欲知花乳清泠味，须是眠云跂石人。[1]

一

白居易一生中，写了六十四首与茶相关的诗文，这位香山居士，自然要算是懂茶爱茶之人。白居易的老朋友刘禹锡，情况却大不相同，他一生只写了两首茶诗，别看数量不多，质量却极高，其中一首题为《西山兰若试茶歌》，更是堪称唐代茶诗中的经典之作。仅凭这一首茶诗，刘禹锡就可在茶文化史上占有一席之地。

这首茶诗，到底好在哪里？

我们读了便知。

刘禹锡，字梦得，祖籍洛阳，后迁居荥阳。他生于公元772年，比茶圣陆羽小将近四十岁，二人之间相差了两辈人。所以从茶文化的角度看，刘禹锡生活在"后《茶经》时代"。

据刘禹锡自己说，他这个刘姓很高贵，是汉中山靖王之后。换句话说，刘禹锡与刘玄德，是同气连枝的近亲。当然，与刘玄德的身世差不多，刘禹锡的这个皇亲国戚大半也不靠谱。

唐玄宗天宝末年，天下大乱，刀兵四起，刘禹锡跟随其父

---

[1] 陶敏、陶红雨校注：《刘禹锡全集编年校注》卷九，岳麓书社，2003年，592页。

刘绪奔江南避祸，所以他的童年是在嘉兴等地度过。也正因为这样，少年刘禹锡得遇高人，跟随诗僧皎然、灵澈等人学习。皎然是陆羽的好友，更是精于茶事的僧人，很可能刘禹锡从那时起便接触到了茶事活动，但是并不一定十分热衷。毕竟，十多岁的少年意气风发，正是喝酒的时候，哪有心思饮茶呢？总而言之，刘禹锡虽不是王侯之后，但却是名师之徒。他心中这颗爱茶的种子，可能在青少年时期就已种下了。

　　唐德宗贞元九年（793），刘禹锡登进士第，后又登吏部取士科，授弘文馆校书郎，算是正式步入了仕途。那一年，刘禹锡不过二十一岁，真可谓少年得志，但是接下来的宦海生涯，却是凶险而艰辛。

　　永贞元年（805）正月，唐顺宗即位。不久，刘禹锡迁屯田员外郎，兼德宗崇陵使判官，判度支盐铁案，积极参与王伾、王叔文的革新活动。同年八月，顺宗退位，革新夭折。十一月，革新参加者都被贬谪。刘禹锡被贬连州（今广东连州）刺史；行至江陵（今属湖北）时，朝廷追来一道旨意，将刘禹锡再贬朗州（今湖南常德）司马，而且在制词中，有"纵逢君赦，不在量移之限"的狠话。也就是说，即使之后大赦天下，也没你刘禹锡的份儿。

　　时隔多年，刘禹锡终于回到了首都长安，随即写下了《元和十年自朗州承召至京戏赠看花诸君子》，诗文如下：

　　　　紫陌红尘拂面来，无人不道看花回。
　　　　玄都观里桃千树，尽是刘郎去后栽。①

　　从表面上看，前两句是写看花的盛况，后两句由物及人，关合到自己的境遇。而从此诗所寄托的意思来看，则千树桃花，也就是十年以来由于投机取巧而在政治上愈来愈得意的新贵；而看花的人，则是那些趋炎附势、攀高结贵之徒。他们为了富贵利禄奔走权门，就如同在紫陌红尘之中赶着热闹去看桃花一样。刘禹锡不仅看不起那"桃千树"般的新贵，更藐视那些"看花回"的趋炎附势之辈。

　　由于这首诗过于辛辣，又一次刺痛了朝中权臣。刘禹锡与柳宗元等人，再度贬为偏远之州的刺史。从司马到刺史，官职看起来是升了，可其实政治境遇没有丝毫改善，他们仍然是职场中被边缘化的群体。自此之后，刘禹锡历任连州（今广东连州）刺史、夔州（今重庆奉节）刺史、和州（今安徽和县）刺史等职，直到唐文宗大和元年（827）才北归回到洛阳。这距离刘禹锡永贞元年被贬，整整二十三年了。就连刘禹锡的好友白居易也在《醉赠刘二十八使君》中感叹道："亦知合被才名折，二十三年折太多。"②你刘禹锡诗名才气这么大，官运难免被折损一些，但是二十三年的背运，也实在太残酷了。

---

　　① 《刘禹锡全集编年校注》卷四，202页。
　　② 《白居易诗集校注》卷二十五，1957页。

　　刘禹锡晚年辞官回到洛阳，授太子宾客分司东都，和前此已在洛阳的裴度、白居易诗酒酬和。直到唐武宗会昌二年（842）秋病逝，再也没有离开过洛阳。

二

　　了解清楚刘禹锡的境遇，我们再来看题目。

　　关于这首诗作于何时，学界历来有不同的看法。有学者称该诗作于朗州司马任上，但是全文多是推测，并未举出有力的证据，恐怕不足为信①。陶敏、陶红雨《刘禹锡全集编年校注》中，将这首茶诗的写作时间定为刘禹锡苏州刺史任上，则有一定的道理。据《古今图书集成·方舆汇编·职方典》卷六八一"苏州府物产考"：

　　　　茶多出吴县西山，谷雨前采焙，争先腾价，以雨前为贵也。又虎丘西山地数亩，产茶极佳，烹之色白，香气如兰，但每岁所采不过二三十斛，止供官府采取，吴人尝其味者绝少。②

---

　　① 王威廉、周靖民：《刘禹锡〈西山兰若试茶歌〉作于何地》，《中国茶叶》1982年第5期。
　　② 《古今图书集成》卷六百八十一。

　　当然，哪个城市都可能有一座西山，所以此诗作于苏州的说法，也只可看作是最合理的一种解释罢了。至于"兰若"二字，可能是佛寺的名字。宁采臣与聂小倩的故事，不也发生在兰若寺吗？当然，兰若也可能就是佛寺的代称。

　　除去地点的考据，题目中的这个"试"字，也值得玩味与推敲。试，可以组词为尝试，这显然是针对不太熟悉的事情而说。如今的爱茶人，拿到一款新品后一般也会试茶。那么到底是什么茶，值得刘禹锡一试呢？这便是本诗的重点，我们到正文中去寻找答案。

三

　　第一部分，"山僧后檐茶数丛，春来映竹抽新茸"，讲的是试茶的起因。

　　这里的山僧，呼应的是题目中的兰若。一杯清茶，既符合青灯古佛的生活，也可以结交往来的香客。因此从古至今，许多寺院都有茶园。但是兰若的茶园，显然规模不是很大，仅仅有"数丛"而已，并且是散落在竹林当中。

　　诗中的一个"抽"字，写的极为巧妙，将茶芽萌发时的姿态描写的活灵活现。若是用"长"字，过于平淡无奇；可要是用"冒"或"钻"，则又过于浅白庸俗了；只有用这个"抽"字，竹下茶树欣欣向荣的长势才跃然纸上。

第二部分，"莞然为客振衣起，自傍芳丛摘鹰嘴。斯须炒成满室香，便酹砌下金沙水"，讲的是新茶的制作。

原来刘禹锡要试的茶，不在老和尚的坛坛罐罐中，而是在后檐的竹林里。这里的"振"字，应解释为整顿。所谓"振衣"，就是整理衣衫。刘禹锡与山僧很可能已经脱去了拘谨的外衣，正在禅房中闲谈。偶然聊到了寺中有茶树，大家一时兴起，便准备走出僧房亲赴茶园。众人摘下的"鹰嘴"，指的便是尖细的茶芽。刘禹锡在《尝茶》一诗中，也有"生采芳丛鹰嘴芽，老郎封寄谪仙家"两句。由此可见，唐代茶青也是以嫩为美。

按照陆羽《茶经》中的记载，唐代流行的应是蒸青绿茶。但是兰若的僧人，却是不蒸而炒。鲜叶下锅，不消片刻，已是满室飘香。这样的做法，可与唐代主流制茶工艺不同。所以刘禹锡在兰若，试的不只是新茶，更是新工艺的茶。

这一边炒茶，另一边已在备水。金沙，是湖州的名泉。据说唐代时，就用金沙水造紫笋茶而进贡了。当然，刘禹锡没有到过湖州，所以这里的"金沙"二字，应该泛指优质的泉水。好茶配好水，这才是行家。

第三部分，"骤雨松声入鼎来，白云满碗花徘徊。悠扬喷鼻宿醒散，清峭彻骨烦襟开"，讲的是试茶的过程。

所谓"骤雨松声"，当然不是真的刮风下雨，而是指水开时的声响。至于"白云满碗"，则是描述茶皂素产生的沫饽。日本平安时期的《和出云巨太守茶歌》中，有"饮之无事卧白云"

一句。可见唐代的人，非常喜欢将饮茶与白云联系在一起。后来我有一饼陈年普洱茶饼，就取名叫"闲卧白云"，灵感便是来源于这些茶诗。

其实"骤雨松声"也好，"白云满碗"也罢，都是对于茶事活动的艺术化描述。由此可见，刘禹锡应是爱茶之人。李太白爱酒，不也写出了"兰陵美酒郁金香，玉碗盛来琥珀光"的诗句吗？要没有那么深的感情，是写不出这么美的句子。

兰若僧人制出的茶，香气直喷鼻腔，连宿醉都能消除。胸中的忧愁，自然也都消散到九霄云外了。这几句诗文，读起来会让爱茶人心生赞叹。同样是喝茶那些事，但就写不出人家的这层意境。的确，刘禹锡的诗不像韩愈那么奇崛生坳，也不像白居易那么平畅浅易。他的诗风干净明快，在中唐诗坛独树一帜。

第四部分，"阳崖阴岭各殊气，未若竹下莓苔地。炎帝虽尝未解煎，桐君有箓那知味"，讲的是试茶时的闲谈。

茶叶质量的高低，与茶树的生长环境有很大关系。就算是同一片茶山，即使是阳坡与阴面，成品茶风格都大有不同。但是兰若的茶好喝，更因为种在了竹林莓苔之地。唐代韩鄂《四时纂要》中，关于茶树种植也写道："此物畏日，桑下、竹阴地种之皆可。"[1]这与如今人们提倡的人工复合茶园生态系统，原理

①（唐）韩鄂原编，缪启愉校释：《四时纂要校释》春令卷之二，农业出版社，1981年，69页。

极为相近。

这一部分还有两个典故要特别说明。炎帝，即神农氏。他虽是尝茶，怕也是生嚼的鲜叶，因此炎帝自然不知道茶还可以这样作这样煎这样品。桐君箓的内容，则可见于陆羽《茶经》当中。炎帝与桐君，都是茶界的前辈人物，但是按刘禹锡的说法，这二位可都没有他有口福。

其实从古至今，茶树品种在不断遴选，制茶工艺不断提升，茶汤味道自然也愈加鲜美。陆羽虽贵为茶圣，可也没喝到乌龙茶的馥郁，没尝过白茶的鲜灵。所以我常常讲，当下的爱茶人才是最幸福的。

第五部分，"新芽连拳半未舒，自摘至煎俄顷余。木兰坠露香微似，瑶草临波色不如"，讲的是试茶时的赞叹。

刘禹锡赞叹了兰若僧人制茶手艺的高超。采摘精良，自然不必多说；但是自摘下鲜叶到煎茶出汤，不过是片刻之功，这才是真正让诗人大开眼界的地方。纵观全文，鲜叶摘下来只有炒这一个处理，后面也没有晒干或是烘干的过程。也正因为只是炒制，才可以达到"自摘至煎俄顷余"的速度，并且做到"悠扬喷鼻宿醒散"的香气。由此我们推测，西山兰若的僧人不光是锅炒杀青，很可能就是制作朴素的炒青绿茶。

时至今日，炒青绿茶已经是我国茶区最广、产量最多的绿茶种类。四川宜宾有一种名优绿茶，名字干脆就叫屏山炒青。中国茶史中关于炒青工艺的第一次记载，就是刘禹锡的这首《西山兰若试茶歌》。刘禹锡，恐怕也是第一个喝到炒青绿茶的文人了。当然，只懂诗文而不知茶学的人，看不出这首茶诗的这层价值。

第六部分，"僧言灵味宜幽寂，采采翘英为嘉客。不辞缄封寄郡斋，砖井铜炉损标格"，讲的是僧人的惋惜。

自摘至煎，新茶片刻已成。宾主把盏言欢，共享茶汤之乐。这时的僧人不禁感慨，茶本就是性格幽寂之物，像刘大人这样的贵客来到敝寺，我便自采自炒奉上香茶一碗。但有一些沽名钓誉之辈，听说西山兰若出好茶，他们可没心思探古访幽，而是直接"下单"让我"快递"，拿到手后却根本不知珍惜。本该用"金沙泉"般的好水，他们却只打"砖井"之水；本该用"宝鼎"这样的好器，他们却只拿"铜炉"煎煮，结果自然是风味大减格调全无，让人惋惜不已。

第七部分，"何况蒙山顾渚春，白泥赤印走风尘。欲知花乳清泠味，须是眠云跂石人"，讲的是诗人的心声。

僧人话说至此，刘禹锡不由得暗自感慨。诚如山僧所讲，那些权贵追求的是茶名而非名茶，只要是有名气的茶，不管是顾渚紫笋还是蒙顶甘露，都要想办法弄到手。哪怕茶山与京城远隔万里之遥，那也要白泥赤印封装好，再披星戴月送往京城。

但是那些天天嚷着要喝好茶的贵胄豪富们，真的会好好欣赏一碗茶汤吗？恐怕不会。他们有权搞到好茶，有钱买到好茶，可就是没有心思去品味一杯好茶。他们的心思，都在尔虞我诈的职场斗争上了。

所以全诗最后，刘禹锡指出要想体味出茶汤的美妙，便"须是眠云跂石人"。这里的"跂"通"倚"，也有版本就写作"卧"，所以"眠云跂石人"，就是代指隐士高人。在这里，刘禹锡点破了饮茶的关键，不只在于茶更在于人。

很多人的一生，都在职场努力打拼，为的是追求幸福与快乐。但是近在眼前的幸福与快乐，却总被忽视或弃之不顾。其实，生活中自有美好：街边的花草，天空的飞鸟，杯中的茶汤……

这些美好，一直在那里，只是我们常常对它们视而不见，没有感触到蕴涵在它们之中的那一种美。我们能够发现美能够欣赏美的心，也一直在我们自己的深处，本来就在那里，一直都在那里，但不知为什么，我们常常丢失了它。

苏东坡曾说："耳得之而为声，目遇之而成色，取之无禁，用之不竭。是造物者之无尽藏也，而吾与子之所共适。"[1]文章的本意是呼吁大家欣赏自然之美，但这几句话用在茶事上不也很合适吗？

耳得之而为声，便是"骤雨松声入鼎来"。目遇之而成色，便是"白云满碗花徘徊"。烧水之声，茶汤之色，乃至于香气、口感、韵味，不都是取之无禁、用之不竭的吗？这样取之无禁、用之不竭的茶事趣味，又有谁能享受得到呢？

刘禹锡告诉我们："须是眠云跂石人"。

---

[1]孔凡礼点校：《苏轼文集》卷一，中华书局，1986年，6页。

柳宗元《巽上人以竹间自采新茶见赠酬之以诗》

芳丛翳湘竹，零露凝清华。

复此雪山客，晨朝掇灵芽。

蒸烟俯石濑，咫尺凌丹崖。

圆方丽奇色，圭璧无纤瑕。

呼儿爨金鼎，馀馥延幽遐。

涤虑发真照，还源荡昏邪。

犹同甘露饭，佛事薰毗耶。

咄此蓬瀛侣，无乃贵流霞。①

---

① 《柳河东集》卷四十二。

一

《红楼梦》，是一本很奇特的书。许多人反复阅读这部小说，却丝毫不觉得乏味厌倦，甚至于都不约而同地惊叹：不同的年龄阅读《红楼梦》，会有不同的领悟与启发。这就很奇怪了。按说一部小说，知道了故事情节，就不会再去想读第二次了。可是为什么《红楼梦》会让人百读不厌？为什么我们在每次阅读它时，又都会有不同的体验呢？

我们大概会发现，阅读文学艺术，不只是在阅读作品本身。我们其实是以文学作品为媒介，在跟自己进行一场对话。我们还会发现，欣赏文学艺术，也不只是欣赏作品本身，我们在那一个个鲜活的人物身上，寻找着自己的影子。

其实喝茶这件事，又何尝不是如此呢？我们这些沉迷于茶汤之中的人，已远不止是享受口感上的欢愉。我们这些沉迷于茶汤之中的人，是在学会以宽容之心欣赏自己的生命。

我曾出版过一册小书，名字叫《茶的品格·中国茶诗新解》。茶的品格，到底是什么呢？我想每一个人，都会有不同的答案，因为每一个人都有不同的人生。"唐宋八大家"之一的柳宗元，也有自己的答案。让我们一起，到他的茶诗中去寻找吧。

二

柳宗元，字子厚，祖籍河东（今山西运城一带），人称柳河东。他生于唐代宗大历八年（773），二十一岁时中进士，二十六岁时通过博学宏词科，授集贤殿书院正字，后又任蓝田尉、监察御史里行。

唐德宗贞元二十一年（805），柳宗元与刘禹锡等人一起参加了主张政治改革的王叔文阵营，升任礼部员外郎。德宗驾崩后，即位的顺宗大力支持王叔文集团的革新。但好景不长，唐顺宗不久因中风患上了失语症。到了永贞元年（805）八月，不得不传位给太子李纯，也就是后来的唐宪宗。王叔文集团的改革抱负，就随着顺宗朝的迅速落幕而烟消云散了。

王叔文集团改革失败后，刘禹锡、柳宗元、韦执谊、凌准等八人，皆被贬至南方为司马，世称"八司马"。柳宗元的人生由此急转直下，他不得不离开京城，踏上了贬官之旅。原先本是贬去韶州（今广东韶关），半途忽又改贬永州。当年他父亲柳镇贬谪时也是走这条古驿道。同行的人中，有柳宗元六十七岁的老母卢氏、堂弟柳宗直、表弟卢遵以及僮仆等，举家迁徙，一路上好不惨然。

唐代永州的治所在今湖南零陵，位于湖南和两广交界处。秦朝时这里曾开凿了灵渠，为古代一项巨大的水利工程，但是唐代中期的永州，依然是荒僻之地。柳宗元这次被贬，正式的官衔为"永州司马员外置同正员"。司马的地位在刺史之下，本也有一定的实权，但当时的司马，已渐渐沦为安置谪官的闲职，也即挂名差事。白居易的江州司马，便是典型的一例。

至于"员外置"三字，即表明任的是定额以外的官职。司马本已是闲职，且还是空衔，可见柳宗元在官场上已被彻底边缘化。幸好，最后还有"同正员"的补充，也就是官俸可同正式官员一样。领干薪，吃闲饭，好像是享清福，实际是政治上的羞辱。

三

因此柳宗元在永州时精神上相当苦闷。他有一首七言绝句《酬曹侍御过象县见寄》，就是写于永州贬所，其文如下：

> 破额山前碧玉流，骚人遥驻木兰舟。
> 春风无限潇湘意，欲采蘋花不自由。[①]

关于曹侍御的生平，如今已不可考。他从象县（今广西壮族自治区象县）给永州的柳宗元寄来的那首诗，内容也已不可知了。但可以肯定，二人交情莫逆，柳宗元也愿意向曹侍御吐露心声。

---

① 《柳河东集》卷四十二。

潇、湘本是二水，湘水到了永州之西，就与潇水合流，称为潇湘。蘋，是一种多年生水草，春天可开白花。柳宗元这时贬居永州，所以说，承你远道以诗相寄，我非常想就近在潇湘水上、春风之中，采些蘋花寄给你以为报答，可是太遗憾了，我没有这个自由。从《永州八记》等文章看来，柳宗元在当地可以寻幽访胜而不受限制，不至于连采蘋花都没有自由，所以这"无限"之"意"，应是涉及不得志的情感，至于"不自由"，也应是讲自己的政治处境。诗人以这两句诗，来向好友倾诉其抑郁不平的心情。

柳宗元不愧是优秀的文学家，他的这首七言绝句，以采蘋花这样的小事起兴，寄托了自己的政治感情。他身处贬所，自然不敢大骂朝廷，但是通过这样委婉曲折而沉厚深刻的写法，不露锋芒地展示了自己内心的抑郁与不平。

若说心中的苦闷，尚可以自己慢慢化解，那永州荒凉恶劣的生活条件，实在是令久居京城的柳宗元难以接受了。他在《与李翰林建书》中，写下了这样一段文字：

> 永州于楚为最南，状与越相类。仆闷即出游，游复多恐。涉野有蝮虺大蜂，仰空视地，寸步劳倦；近水即畏射工沙虱，含怒窃发，中人形影，动成疮痏。[1]

---

[1]《柳河东集》卷三十。

　　至此我们不禁要想，既然永州城"蝮虺大蜂"横行，"射工沙虱"遍地，那柳宗元平时就尽量少出门，躲在家里也就是了。还真不行，因为柳宗元初到永州时，根本没地方可住，险些露宿街头。

　　因为官职上说明是"员外置"，所以柳宗元在永州并无官署。幸而城里龙兴寺的重巽和尚颇有情义，给予了人生地不熟的柳宗元莫大帮助，在他的帮助下，柳宗元全家得以安顿在龙兴寺西厢房内。经过一番修缮，又筑了一个西轩，柳宗元还撰有《永州龙兴寺西轩记》。后来柳宗元的母亲，即逝世于龙兴寺中。

　　重巽和尚，不仅是慈悲的出家之人，更是天台宗的领袖。他在南方佛教界很有声望，柳宗元在诗中尊称其为巽上人。这位僧人，既是柳家在永州的房东，更是柳宗元在贬所遇到的知己。重巽和尚不仅给予柳宗元物质上的照顾，更用佛法开导其困顿郁结的心情。因此，巽上人所自采的新茶，也就有了别样的滋味。

四

　　第一部分，"芳丛翳湘竹，零露凝清华。复此雪山客，晨朝掇灵芽"，讲的是茶之脱俗。

　　"芳丛"，是茶树的雅称。永州一丛丛的茶树，生长在湘竹当中。本诗的题目中有竹，开篇的第一句又提到了竹，这并非是个简单的巧合。从科学角度看，大片竹子为茶树遮挡了强烈的阳光，形成了最为理想的寡光照环境。林间生长的茶，品质定然格外优异。从文化角度看，竹子有虚心有节的品格，正所谓"与凤同飞必是俊鸟，与虎同眠焉有善兽"，能与湘竹伴生，茶树自然也是高雅之物了。

"雪山客"，典出《大般涅槃经》。世尊成佛前，在山明水秀的雪山修行，经天帝百般考验，而终成正果。后世就将修行圆满、为求无上妙法而不惜舍弃现世修行的人，尊称为雪山客。李白《游水西简郑明府》中，即有"何当一来游，慊我雪山诺"①的诗句，指的就是世尊当年雪山修行为求偈语而舍身之事。柳宗元以"雪山客"指代巽上人，可见重巽和尚在其心目中之地位。

后文的"晨朝"二字，点名了采茶是在清早之际。清幽而华美的晨曦，凝结于露水之上，竹林中的茶树，也显得格外静谧。虽然诗人笔下描绘的场景，是一派清雅幽静的气氛，可实际上，重巽和尚天不亮就来到茶林，冒着清晨山中的寒湿之气采茶，个中辛苦是不言而喻的了。由此，也可见一僧一俗间的真挚友情。

第二部分，"蒸烟俯石濑，咫尺凌丹崖。圆方丽奇色，圭璧无纤瑕"，讲的是茶之完美。

---

① 《李太白全集》卷二十，960页。

好的茶树，生长在自然环境良好且人迹罕至的地方。现如今的许多明星茶区，实际上已经变成了景区。2018年清明前后我在杭州讲课，正赶上了茶都最热闹的时节。龙井村，简直比北京还要拥堵。后来我们吸取了教训，采取安步当车的法子。有一天，从龙井路出发，步行去上天竺吃晚饭。没走五分钟，我就想起杜甫的《兵车行》了，顺便改了几句，记下来供方家一哂：

> 车辚辚，马萧萧，行人相机各在腰。
> 奔驰宝马走相送，尘埃远处是断桥。

私家车和旅游大巴，密密麻麻一辆接着一辆，空气里一股子焦煳味儿。我们倒是确实不堵了，可一路走来，却又吸了一肚子灰尘。在柏油路旁，可就是一片片的茶园。

这种景区里的龙井茶，品质自然不会好。我这里奉劝诸君，到杭州出游买茶要谨慎些才好。巽上人送来的新茶，则与如今西湖景区的龙井大不相同。那是采摘自石濑之畔的芳丛，是生长在丹崖之旁的灵芽，是超凡脱俗的雅物。

这样的好茶，自然也要精心制作。唐代的蒸青茶饼，有若干种造型。陆羽《茶经》"二之具"中写道：

> 规，一曰模，一曰棬，以铁制之，或圆，或方，或花。

　　所以柳宗元诗文中的"圆方"与"圭璧",都是对于茶饼的美称。历史仿佛是一个轮回,现如今茶饼又流行了起来。不仅黑茶压饼,白茶、红茶、乃至乌龙茶都渐渐有了茶饼形式的产品。"圆方丽奇色,圭璧无纤瑕"这两句夸茶的诗句,又有用武之地了。

　　第三部分,"呼儿爨金鼎,余馥延幽遐。涤虑发真照,还源荡昏邪",讲的是茶之魅力。

　　这里"呼儿"的用法,与李白"呼儿将出换美酒"[①]一句完全相同。而"爨金鼎"三字,恐怕也是从诗僧皎然《饮茶歌诮崔石使君》中"采得金牙爨金鼎"[②]一句化出来的。

　　诗人对于茶汤的香气与口感,只是用"余馥"二字轻轻点出,随即笔锋一转,开始描述饮茶后精神的愉悦。身体的愉悦,是茶中的物质在起作用,咖啡碱使人兴奋,氨基酸带来酸爽,多糖类物质则给人甜蜜的享受。心理的愉悦,则是文化在起作用了。湘竹的映衬,重巽的加持,都增添了这碗茶的文化附加值。柳宗元饮一杯茶,既可以"延幽遐",也可以"发真照",甚至还能"荡昏邪"……

　　茶汤的魅力,不光在口感的享受,更在于精神的治愈。个中享受,是茶文化的力量,也是茶文化的功劳。

　　第四部分,"犹同甘露饭,佛事薰毗耶。咄此蓬瀛侣,无乃

────────

① 《李太白全集》卷三,180页。

② 《皎然集》卷七。又《全唐诗》卷八百二十一。

贵流霞", 讲的是茶之救赎。

柳宗元在这里, 用了佛教"甘露饭"的典故。《维摩诘经》记载:

> 时化菩萨以满钵香饭与维摩诘, 饭香普熏毗耶离城及三千大千世界。……时维摩诘语舍利弗等诸大声闻:"仁者可食。如来甘露味饭, 大悲所熏, 无以限意食之, 使不消也。"①

巽上人的这一碗茶汤, 已经远不是解渴的饮料, 而是净化心灵的良药。其救赎治愈之功效, 犹如甘露味饭普熏毗耶离城。后面的"蓬瀛侣", 指的是得道仙人。"流霞", 指的是道教仙酒。这两句表面的含义, 即是重巽送来的新茶, 味道胜过道家仙人享用的美酒; 更深一层的理解, 柳宗元其实在贬低道教而褒扬佛教。虽然唐代佛道并尊, 但柳宗元似乎并不喜欢道教, 像李太白那样飘逸洒脱的求仙诗, 在柳氏的诗歌中看不到。

永州的人口, 当时是十六七万, 僧寺除龙兴寺、法华寺外, 还有开元寺等, 寺址都宽畅高敞, 可见唐代佛教势力的广布。柳宗元在长安时, 对佛教已有兴趣, 到了永州, 对佛学更为接近。他无力反抗冷酷的现实, 又必须在现实中活下去, 只有在

---

① 赖永海、高永旺译注:《维摩诘经》卷下, 中华书局, 2010年, 157页。

另一种境界中求得精神的安宁和心情的平复。

　　与《巽上人以竹间自采新茶见赠酬之以诗》同时期的诗篇，最有名的恐怕要算《江雪》了，现抄录诗文如下：

　　　　千山鸟飞绝，万径人踪灭。
　　　　孤舟蓑笠翁，独钓寒江雪。①

　　垂钓也好，赏雪也罢，原本都是诗词中常见的题材。柳宗元此诗的独特之处，却是独钓寒江之雪。飞鸟已绝，人踪也灭，只有千山万径依然存在。孤独的蓑笠翁，真的是为垂钓而来的吗？

　　柳宗元怕蝮蛇大蜂，也怕射工沙虱，但却不怕彻骨寒雪。这是为什么呢？毒虫蛇蚁会伤害他，但江雪却使他感到大地洁白，空气清新，那些肮脏的形象都消逝了。这个丑陋的世界好像重启了一样，他的灵魂也随之宁静。

　　对照着《江雪》，再读这首茶诗，我们会发现，柳宗元对茶的认知似乎与常人不同，他不夸茶的香甜，也不赞茶的珍贵，而是突出歌颂茶的洁净。

　　"芳丛翳湘竹，零露凝清华"，说的是茶树的洁净。

　　"圆方丽奇色，圭璧无纤瑕"，说的是茶饼的洁净。

————————
　　①《柳河东集》卷四十三。

"涤虑发真照，还源荡昏邪"，说的是茶汤的洁净。

他将对那个世界的期许，都折射在这一碗茶汤当中了。

恐怕柳宗元心中的茶，品格就是"洁净"二字了。

诸位心中，茶的品格又是什么呢？

如果你还没有答案，那不妨就去读读茶诗吧。

中国茶的品格，就藏在历代茶诗当中。

从谂《十二时歌》_(选其四)

食时辰,烟火徒劳望四邻。

馒头饂子前年别,今日思量空咽津。

持念少,嗟叹频,一百家中无善人。

来者只道觅茶吃,不得茶噇去又嗔。

禺中巳,削发谁知到如此。

无端被请作村僧,屈辱饥凄受欲死。

胡张三,黑李四,恭敬不曾生些子。

适来忽尔到门头,唯道借茶兼借纸。

日南午,茶饭轮还无定度。

行却南家到北家,果至北家不推注。

苦沙盐,大麦醋,蜀黍米饭韲莴苣。

唯称供养不等闲，和尚道心须坚固。

晡时申，也有烧香礼拜人。

五个老婆三个瘦，一双面子黑皴皴。

油麻茶，实是珍，金刚不用苦张筋。

愿我来年蚕麦熟，罗睺罗儿与一文。①

一

2017 年，我在台北的士林官邸参加了一场无我茶会。实话实说，喝的什么茶，早就忘干净了。对于茶会后的宴请，反而是记忆深刻，当然，我承认自己是个吃货，但是那天的饭菜，也真的算有特色。

既然大家来参加茶会，自然都是爱茶之人。于是乎，主办方安排了一顿茶餐。其实茶味清淡，大半被食材与调料掩盖。所谓的全茶宴，大半也是伪命题。但是让席间的每一道菜，都融入了茶的元素，也确实要费一番心思。况且这家的茶餐，食材选料精良，油盐酱醋也都算上乘，所以一餐吃罢，肠胃绝无油腻之感。爱茶人有机会到台北，这一家还是值得一试，您记好了字号："喫（吃）茶去。"

---

① （宋）赜藏主编集，萧萐父、吕有祥点校：《古尊宿语录》卷十四，中华书局，1994 年，250 页。

现代汉语里，一般都将饮茶称为喝茶，这样一来，"喫（吃）茶去"自然就可引申为吃茶餐去了。人家这间餐厅主营茶餐，起这个名字自然再贴切不过了。但是唐代人要是看到这个字号，一定会误以为这家是茶馆，一方面，唐代没有茶餐的概念，另一方面，唐代人将饮茶活动就称为吃茶。

唐代卢仝《走笔谢孟谏议寄新茶》一诗中，前有"纱帽笼头自煎吃"①的说法，后又有"七碗吃不得也，惟觉两腋习习清风生"②的名句。您注意，这里用的动词，都是"吃"而非"喝"。凭借着这首茶诗，卢仝与陆羽齐名并举。但关于吃茶最经典的故事，却发生在唐代从谂禅师的身上。

说起从谂禅师，您会觉得耳生。但要说他的另一个称谓——赵州和尚，恐怕就家喻户晓了。话说唐宣宗大中十二年（858），八十高龄的从谂禅师行脚到赵州古城，受邀驻锡城东观音院。从谂禅师，是六祖慧能的四世法孙。于是观音院的监寺诚邀禅师为当地的僧侣信众讲课指点。

八十高龄的从谂禅师，笑呵呵地答应了监寺的邀请。他走到一位信众面前，和蔼可亲地问道：你以前到过我们寺院吗？

这位信众诚惶诚恐，双手合十认真回答：弟子来过。

从谂禅师说：好，好，好，吃茶去。

---

① 《全唐诗》卷三百八十七。
② 同上。

这位还没反应过来怎么回事，老和尚又转脸问下一位了：你以前来过我们寺院吗？

第二位信众也赶紧回答：弟子是第一次来。

从谂禅师说：好，好，好，吃茶去。

这两位信众，你瞧瞧我，我瞧瞧你，一头雾水。

合着甭管来过没来过，都是吃茶去。

简而言之，整个一堂课，从谂禅师就是这三个字：吃茶去。

好不容易等到了下课，观音院的院主忍不住问：从谂禅师，您这一不讲经二不说法，让所有人都吃茶去。我们这个观音院岂不是要改茶馆了？

从谂禅师突然圆睁双目，大声叫道：院主！

院主下意识地答道：在！

从谂禅师说：吃茶去！

您瞧，还是吃茶去。

难不成，从谂禅师收了大茶商的广告费？

要不然，怎么会如此坚决地让大家吃茶去呢？

从谂禅师怪异的言行，确实让当时的僧众不解。关于"吃茶去"三个字，后世更是众说纷纭。其实除去这三个字，从谂禅师还留下了与茶相关的《十二时歌》。若想参悟"吃茶去"的真谛，不妨就由禅师的这组茶诗入手。

二

　　从谂禅师，生于唐代宗大历十三年（778），比茶圣陆羽小四十五岁。他俗家姓郝，一说是曹州郝乡（今山东曹县西北）人，一说是青州临淄（今山东淄博东北）人。其实对于从谂禅师而言，曹州、青州都不及赵州重要，因为他在赵州弘法扬名，所以后世才尊称其为赵州从谂。民间的百姓，更愿意亲切地称呼其为赵州和尚。前文所述"吃茶去"的故事，便是从谂禅师在赵州时的故事。

　　赵州从谂禅师，是禅宗史上一位震古烁今的人物。他以证悟渊深、年高德劭而享誉南北禅林，在唐代佛教界，更有"南雪峰，北赵州"的说法。其实，从谂禅师弘法的道路不是一帆风顺的，甚至可以说，绝大部分时间，从谂禅师的处境相当艰难。这是怎么回事呢？

　　安史之乱后，唐代北方的经济情况非常不好，百姓无力供养寺庙。像从谂禅师驻锡的赵州观音院，僧侣生活实际上非常清苦，也正如此，愿意安心到寺院学禅的人极少。据《赵州禅师语录》中记载：

　　　　老僧在此间三十余年，未曾有一个禅师到此间。设有

来，一宿一食急走过，且趁软暖处去也。^①

又据《赵州真际禅师行状》《宋高僧传》等资料记载，赵州从谂直到临示寂的前两三年，才得到燕、赵二王的礼遇崇敬，而后"于赵郡开物化迷，大行禅道"^②。由此可见，从谂禅师在没有受到二王礼遇之前，的确经过了一段十分清冷的岁月。

诸位需要注意，从谂禅师艰苦的生活经历，是理解这组茶诗的关键。但此时先按下不表，后文中再详细论述。我们在欣赏正文前，还需将题目做一番仔细拆解。

三

十二时，也就是十二时辰。这是古时分一昼夜为十二时，以十二地支为记。其实中国古人在用十二地支来记一昼夜的时间之前，还曾把一昼夜分为十个时段，也曾分一昼夜为十八个时段，但似乎十个时段过简，十八个时段又过繁了，东汉时，首先是民间将十八个时段简化为十二个时段，后来慢慢得到了官方的认可。这十二时分别为：

　　子（夜半）、丑（鸡鸣）、寅（平旦）、卯（日出）、辰

---

① 《赵州禅师语录》卷上。

② 《赵州真际禅师行状》，《全唐文》卷九九七。

（食时）、巳（禺中）、午（日中）、未（日昳）、申（铺时）、酉（日入）、戌（昏时）、亥（人定）。

中国传统的十二时辰，大致上把一昼夜二十四小时进行了等分。每一"时"相当于现代计时的两个小时。如"子"时是半夜11点至凌晨1点，"丑"是1至3点，"寅"是3至5点，以此类推。

赵州和尚，以《十二时歌》来展示落魄僧人的一天。近些年，网剧《长安十二时辰》广受好评。若是把这组茶诗也拍成影视作品，便可直接起名叫《村僧十二时辰》了。《十二时歌》中，与茶有关的共有四首。换句话说，这组诗的三分之一都涉及了茶事，不可谓不多。赵州从谂诗中的茶事，是阳春白雪还是下里巴人？咱们读了茶诗便知。

四

这组诗中第一次出现茶，是在"食时辰"，即每天的7至9时。这是古人吃早饭的时间，结合着地支"辰"一起命名，便称为"食时辰"了。

虽说是吃早饭的时间，但是从谂禅师却无饭可吃。上一次吃馒头与煎饼，已经是前年的事情了。现在回忆起来，馋得老和尚直咽口水。腹内无食，饥饿难耐，自然打不起精神"持念",反而不由得连连"嗟叹"。

村里百户人中,都没有积善之家肯来布施。好容易盼着有人来庙里,结果一问,是来讨茶水喝的。老和尚穷得都吃不上饭了,哪有茶水招待施主啊。这位没喝到茶,骂骂咧咧地走了。从谂和尚的日子,可是够苦的了。但是这一天才刚刚开始,倒霉的事还在后头呢。

这组诗中第二次出现茶,是在"禺中巳",即上午的9至11时。这时已近中午,村僧却粒米未沾牙,基本上已经饿透了。回想起自己削发为僧,本想着普度众生,没想到落在这里当村僧,既受"屈辱"又受"饥凄",简直寻死的心都有了。

张三李四,都是些不靠谱的人,一年到头都不见来寺庙里烧香拜佛诚心祷告,偶尔来一次,只是为了向僧人借纸写信,顺便再蹭两碗茶。老和尚不禁感叹,这是什么世道呀。

这组诗中第三次出现茶,是在"日南午",即中午的11至13时。这么多人来庙里蹭茶喝,可是和尚自己的茶饭还没着落呢。没办法,村僧只好从村南头走到村北头,挨家挨户叩门乞食,终于有一家人心善,端出了一份饭食。

村僧这顿饭吃些什么呢?黎,即高粱。虀,即腌菜。高粱米饭配酱菜,味道总还是单调了些。没关系,人家还准备了苦沙盐和大麦醋。您听听,这能好吃的了吗?

这组诗中第四次出现茶,是在"餔时申",即下午的15至17时。早上这顿饭好不容易到中午才解决,抬头一看天色,又该吃晚饭了。这回还不错，寺庙里终于来了五个老婆婆来烧香，其中的三位脖子上长了瘤子，另外两位皮肤干裂面色黝黑，一看便知都是穷苦的老妇人。

五个老婆婆还真没空着手，带来了油麻茶。这种茶的做法，大致是将绿茶、芝麻、花生和盐混在一起磨碎，再加入炒米一起冲着喝。我喝过湖南、广西一带的擂茶，感觉似乎便是大唐油麻茶的遗风。其实油麻茶，也算不得什么珍馐美味，但是对于吃了上顿没下顿的村僧来说，这可真是"与醍醐甘露抗衡"的美味了。按他的话说，即使庙里那些拧眉瞪眼的金刚力士喝了这茶，也会放松下来而不必"苦张筋"了。

为什么老婆婆们拿这样的"厚礼"来庙里呢？原来她们是来许愿，请求佛爷保佑五谷丰登。罗睺罗，释迦佛之子，十五岁从佛出家，为佛十大弟子之一。"罗睺罗儿与一文"，是老婆婆们的承诺，如果佛菩萨能满足她们的愿望，那么来年还愿意再来供奉。

至此，《十二时歌》中与茶有关的四首诗，便都拆解完了。字里行间，显然不是阳春白雪，而是彻底的下里巴人。细究起来，四首诗中真正喝到茶的只有一次，而且还是油麻茶。很可能，这是唐代写得最惨的茶诗了。

但是，可别小瞧这组茶诗。如果说"吃茶去"的典故是一副金锁，那么《十二时歌》便是打开它的钥匙。我们想要理解"吃茶去"三个字的奥秘，就必须要从这组茶诗中寻找提示。虽然我们仅读了与茶相关的四首，但也能感受到这位破庙村僧的窘迫潦倒。一般人对于这样困苦的生活望而却步，但在从谂禅师看来，这恰是一种修行。

世上大多数人是离开生活而修行，他们将禅修，或局限于打坐蒲团之上，或执着于拜访名山古寺。在从谂禅师看来，这样的修行未免狭小了。禅宗认为行、住、坐、卧皆是禅，运水搬柴皆是道，生活中的困惑与烦扰，恰恰是修行用功最好的时刻。

村僧穷困潦倒，腹内空空，饥饿难耐，挨家挨户地讨食，总是要挨些白眼。村中"一百家中无善人"也就算了，那些"胡张三、黑李四"还总来蹭茶喝。村僧每天"屈辱饥凄"，真是"受欲死"了。全组诗歌以一种戏谑玩笑的口吻写作，读者虽知其惨，但也忍不住莞尔一笑。这位僧人安贫乐道、豁达开朗的性格，跃然纸上。

我们的生活自然比《十二时歌》中的村僧优渥，最起码不至于吃了上顿没下顿，但是我们的生活仍有各式各样的困扰。常言道：人生不如意事常八九，能与人言只二三。禅宗认为，烦恼即菩提，坦然面对生活中的不顺，不抱怨，不苦闷，不愤怒，便是最大的智慧。

从谂禅师，曾反复强调"吃茶去"三个字，自然不是在做广告。对于中国人来讲，茶是生活的一部分。中国有不产茶的省，却没有不喝茶的地儿，上至达官显贵，下到平民百姓，很多人的生活都离不开茶。对于中国人来讲，用紫砂壶可以喝茶，用保温杯也可以喝茶，有条件时喝茶讲究些，没条件时喝茶将就些，总之，茶必须要喝。

茶，就是生活。

吃茶去，就是回归生活。

认真吃茶，就是认真生活。

认真对待生活，积极对待生活，乐观对待生活，才是真正的得道。

吃茶去的奥秘算是解读清楚了。最后不妨再说几句题外话。

赵州从谂的师父，法号上普下愿，是马祖道一的法嗣。由于他在安徽贵池的南泉寺出家，所以世人称其为南泉普愿。

从谂曾问老师：如何是道？

南泉普愿答：平常心是道。

我也想追问一句：如何是茶道？

以平常之心喝茶，可能就是中国茶道的宗旨。

以茶护佑平常心，可能就是中国茶道的意义。

李德裕《故人寄茶》

剑外九华英，缄题下玉京。

开时微月上，碾处乱泉声。

半夜邀僧至，孤吟对竹烹。

碧流霞脚碎，香泛乳花轻。

六腑睡神去，数朝诗思清。

其余不敢费，留伴读书行。[1]

一

很多人认为，喝茶是有闲有钱阶层的消遣，一般人工作这么忙，哪里有时间喝茶？

---

[1] 傅璇琮、周建国校笺：《李德裕文集校笺》，中华书局，2018年，579页。

事实恰恰相反。

忙字，拆开了是心亡两字。古人造字时已经告诉我们，忙着忙着心就亡了。心都亡了，人的状态肯定很差。有时候太忙了，就容易混混沌沌，丢三落四。对嘛！忘，也是心亡之意。由此可见，"忘"是"忙"的并发症，算不上什么好事情。

越是忙碌的生活，越需要减速。

越是忙碌的人群，越需要休息。

茶诗，字里行间总透着一股闲情，却不都是闲人所写。这首《故人寄茶》，就出自大忙人李德裕之手。

李德裕，字文饶，祖籍赵州（今河北赵县）人。为何说他是大忙人呢？因为这位老先生，可是大唐朝的宰相。在碌碌无为的晚唐宰相中，李德裕显然是个另类，他绝非尸位素餐之辈，而是一位颇有成就的政治家。历朝历代，对于李德裕的评价都非常高。唐代李商隐说他是"万古之良相，一代之高士"；宋代叶梦得赞他是"唐中世第一等人物"；近代梁启超，更是将李德裕与管仲、商鞅、诸葛亮、王安石、张居正并列，合称为"中国六大政治家"。

宰相日理万机，不可谓之不忙。但是李德裕忙的不光是宰相的政务，还要应付云谲波诡的党政。这场党政，不仅牵扯住了李德裕大部分精力，也最终将他彻底在政坛击垮。这便是历史上著名的"牛李党争"。

所谓"牛党"，是以牛僧孺、李宗闵为党魁的四十余名高官。所谓"李党"，是以李德裕为党魁的二十余名高官。什么是党争呢？就是毫无原则的派系斗争。今天牛党人物上台执政，李党人物就要全部被贬官、罢官和流放。明天李党人物上台执政，牛党成员就要全部被贬官、罢官和流放。

被贬的官员，到底犯了什么错呢？

答：没犯错。

那为何要被贬呢？

答：因为你跟我不是一党。

这场长达四十年的"牛李党争"，发源于唐宪宗元和三年（808）的科场案，激化于唐穆宗长庆元年（821）的科场案，胶着于唐敬宗、唐文宗、唐武宗三朝，结束于唐宣宗时期。前后历经六朝，近半个世纪才宣告结束。这样的生活，不光忙碌，而且闹心。还好，李德裕热爱茶事。这样的生活，没有一杯茶估计真是撑不下去了。

李德裕对茶事的各项细节都有很高的要求，例如泡茶之水，他只爱惠山泉。这里面就涉及了一个地理的问题。李德裕身为宰相，多是生活在首都长安城（今西安市），而惠山泉则位于常州（今无锡市），两者之间何止千里之遥，喝水不费钱，可运水的成本却十分昂贵。

为了能用上惠山泉水烹茶，李德裕也是下了血本。

唐代丁用晖《芝田录》中记载：

　　唐李卫公德裕，喜惠山泉，取以烹茗。自常州到京，
置驿骑传送，号曰水递。①

　　何谓"水递"？就是送水的快递。帮助李德裕送水的可不是
快递小哥，而是朝廷传信的驿卒。动用国家机器，满足口舌之
欲，李德裕因此被人诟病。后来有人实在看不下去了，决定要
教育李德裕一番，由此，引出来唐代茶史中的一段奇闻。

　　话说有一天，宰相府来了一个老和尚，外表其貌不扬，但
他一开口说话就将李德裕镇住了。老和尚说，自己受异人传授
法术，能够搬山倒海。宰相为了喝茶，天天用"水递"这样的
笨办法，实在是让世人耻笑。为了解决李宰相"吃水难"的问
题，老和尚已经运用法术，打通了长安城和常州的水脉。从此，
李德裕就可在长安城直接喝到惠山泉了。

　　李德裕不信，老和尚便将他引到了昊天观，指着院中一口
井，称"水眼"即在此。李德裕命人取一瓶刚送来的惠山泉，
再从昊天观井中打上一瓶井水，随后，将这两瓶水与其余八瓶
普通井水摆成一排，让老和尚品鉴。老和尚喝过之后，果然将
惠山泉和昊天观两瓶水选出。李德裕大为惊奇，从此废除了"水
递"，改用昊天观之水。

　　事后他再找献水的和尚，早已不见踪迹。显然，老和尚是

① （《类说》卷十一。

用委婉的方式劝诫度化李德裕。在这里，我绝对无意为李德裕翻案，动用国力为自己运水，自是大错特错；但李德裕对待泡茶用水的认真态度，却又不失为一位懂茶之人。

二

我总说，今天的爱茶人可谓是恰逢其时，天南海北的好茶，可谓是唾手可得。丰富的信息，发达的物流，满足着爱茶人的味蕾。

在唐代，可就没有这么幸福了。想喝好茶，靠的不是银子，凭的都是人缘。即使是达官显贵，喝到好茶也不容易。当然，身处高位的李德裕，总不缺人孝敬。但题目里，说明是"故人"而非"生人"，也就是说，寄茶是"分享"而非"贿赂"。这一碗茶，喝的是"闲情"而非"俗事"，李德裕，自是会认真对待。

三

第一部分，"剑外九华英，缄题下玉京"，讲的是好茶的来源。

所谓"九华英"，指的应是九华茶。这种茶产于安徽青阳西南的山中。此山原名九子山，唐代诗人李白改称其为九华山，现为中国佛教四大名山之一。此时的李德裕，正在长安为相，所以安徽的"九华英"制成后，才要缄题封印送往京城。

一款好茶，虽也不便宜，却与真金白银不能相比。要真是行贿，大唐朝的宰相又岂是一份茶叶就能打发的呢？必是故人知己，才能以茶为礼。这件事，古今一理。反过来说，一位宰相收到一份茶叶，犯得上特意写一首诗吗？换别人可能不会写，但李德裕不同，他是个彻底的爱茶人。

李家与茶，渊源深远。李德裕的祖父李栖筠曾任常州刺史，与茶圣陆羽颇有交集。《唐义兴县重修茶舍记》中记载：

> 御史大夫李栖筠实典是邦，山僧有献佳茗者，会客尝之，野人陆羽以为芬香甘辣冠于他境，可荐于上。栖筠从之，始进万两，此其滥觞也。[1]

唐代历史上，贡茶就是始于李栖筠与陆羽的这场对话。祖父与茶圣是故交，李德裕想必也受到家庭环境的熏陶，而成为爱茶懂茶之人。友人寄来九华茶，也暗合了白居易"不寄他人先寄我，应缘我是别茶人"的说法了。

第二部分，"开时微月上，碾处乱泉声"，讲的是饮茶的准备。

茶拿到手中，却不能马上喝，前期的准备工作，总是少不了。《茶经·六之饮》中写道：

> 茶有九难：一曰造，二曰别，三曰器，四曰火，五曰

---

[1]《宋本金石录》卷二十九。

水，六曰炙，七曰末，八曰煮，九曰饮。

难，是个多音字，读二声，组词为困难；读四声，组词为磨难。结合《茶经》上下文，应解为磨难之意。唐僧取经，九九八十一难；一杯好茶，也要历经九难方成正果。

这其中，"六曰炙，七曰末"便对应着这首《故人寄茶》的三四两句了。唐代是蒸青茶饼，喝之前要用茶碾破型，这便有了"碾破乱泉声"的诗句。

除此之外，这两句有个细节，值得格外关注。既是"微月上"，说明诗人喝茶时已是入夜。为何不白天喝茶？估计是忙于公务。为何要晚上喝茶？自然是缓解疲劳。很多人看我晚上喝茶，都询问会不会睡不着觉。于我来讲，忙过一天回到家，认真泡一杯茶便是一种休息，不喝这杯茶，整个人都没法放松，反倒是容易睡不好。这句"开时微月上"，不是爱茶人写不出来。

第三部分，"半夜邀僧至，孤吟对竹烹。碧流霞脚碎，香泛乳花轻"，写的是饮茶的过程。

俗话说：酒逢知己千杯少，话不投机半句多。这方面，茶与酒同为一理。饮茶人数，可多可少，但需投缘。李德裕得到九华英，特意邀请高僧一同品尝。其实以李德裕的地位，可谓是手眼通天，但他有了好茶，并不是请来王公贵胄，也不是叫来同僚下属，而是"半夜邀僧至"。也就是说，李德裕希望喝茶时聊聊文学、聊聊艺术、聊聊禅机，就是别再聊工作了。

　　现如今很多茶桌成了商务洽谈之所，聊着合作，谈着点子，再好的茶也喝不出所以然了。我们能聊工作的机会很多，可否放过饮茶这段时间？对于现代都市人来说，真正的奢侈品不是正岩的肉桂、年份的普洱，而是片刻的清闲、短暂的放空。

　　既然邀来僧人同饮好茶，为何还要用"孤吟"二字呢？其实有时候，诗文不可过于认真而具体的解释。诗人用"孤吟"二字略一点染，静夜饮茶的场景一下子就生动鲜明起来了。所谓牵一发而动全身，这是此诗在艺术手法上的特色。静夜中，嘉友至，卸掉俗事的包袱，诗人眼中的茶汤，自然如流碧般华美，舌尖的茶汤，便泛起阵阵清香。

　　第四部分，"六腑睡神去，数朝诗思清"，写的是饮茶的感受。

　　"五脏六腑"是一种统称，"五脏"指的是肝、心、脾、肺、肾，"六腑"指的是胃、大肠、小肠、三焦、膀胱、胆。其中六腑主管消化吸收与排泄糟粕，昏沉的浊气，自然也该由六腑排出体外。这才有了"六腑睡神去"一句。

　　一杯茶下肚，涤昏祛睡顿觉清爽。被繁冗公事压制的灵感，一下子都涌现了出来，便又有了"数朝诗思清"一句。李德裕既是一位政治家，也是一位文学家。《全唐诗》卷四百七十五中称他"少力学，善为文。虽在大位，手不去书"[1]。宰相的角色，压制了文人的身份。茶事，让李德裕暂时忘却了俗事，这一刻，

_____

① 《全唐诗》卷四百七十五。

丞相李德裕消失了，文人李德裕出现了。放下工作，回归自我，这才是茶的千年魅力。

第五部分，"其余不敢费，留伴读书行"，表明的是茶人的惜物。

剩下的茶，不敢有丝毫的浪费，小心翼翼地收藏起来，以备下次再饮。堂堂宰相，对一份茶何必如此珍惜？其实，李德裕珍惜的不光是茶，更是饮茶的时光。

不论贫贱富贵，生活中都会有烦恼。一味地纠结过去与未来，当然无法安心过好当下的日子。过去的已经过去，不必纠结，未来的还未到来，不必忧虑。

话虽如此，但人总不能免俗，还是会去不自觉地思虑。这时候，茶便有了作用。先从准备到烹煮，再从品饮到回味……茶事，让我们专注于当下这一刻，人会变得无所挂碍，自由自在。就连大唐朝的宰相，也在这一瞬间找回了赤子之心。这样的状态，又怎能让李德裕不去珍惜呢？

我们这些人，都是这样的爱茶。

可能也是因为我们爱喝茶时的自己吧？

四

李德裕的一生，历仕六朝，两度拜相，数次出任封疆大吏。不论是在地方任职，或是主政中央，他都卓有建树。尤其是唐武宗时期，他在抗击回鹘侵扰、平定刘稹叛乱、打击佛教僧侣势力、裁撤冗官冗员等方面，都做出了重要的贡献。

唐宣宗登基，反对会昌之政。白敏中、令狐绹等人迎合圣意，对李德裕及其左膀右臂展开了打击陷害。李德裕本人丢了相位，还先后被贬为潮州司马、崖州司户。

唐大中三年（849）春，李德裕抵达海南崖州。这时他的境遇，与唐武宗会昌朝相比，已是冰火两重天了。百感交集间，他写下了《登崖州城作》，原文如下：

独上高楼望帝京，鸟飞犹是半年程。
青山似欲留人住，百匝千遭绕郡城。①

海天相望，关山暌隔。

当年陪伴自己谈天说地的高僧，自然是不能再见，就连"其余不敢费"的九华英，恐怕也没有带在身边了。

没有朋友，也没有茶，一定很寂寞吧？

这一年的十二月，李德裕死于海南。

---

① 《李德裕文集校笺》，604页。

卢仝《走笔谢孟谏议寄新茶》

日高丈五睡正浓，军将打门惊周公。

口云谏议送书信，白绢斜封三道印。

开缄宛见谏议面，手阅月团三百片。

闻道新年入山里，蛰虫惊动春风起。

天子须尝阳羡茶，百草不敢先开花。

仁风暗结珠琲瓃，先春抽出黄金芽。

摘鲜焙芳旋封裹，至精至好且不奢。

至尊之余合王公，何事便到山人家。

柴门反关无俗客，纱帽笼头自煎吃。

碧云引风吹不断，白花浮光凝碗面。

一碗喉吻润，两碗破孤闷。

三碗搜枯肠，唯有文字五千卷。

四碗发轻汗，平生不平事，尽向毛孔散。

五碗肌骨清，六碗通仙灵。

七碗吃不得也，唯觉两腋习习清风生。

蓬莱山，在何处？

玉川子，乘此清风欲归去。

山上群仙司下土，地位清高隔风雨。

安得知百万亿苍生命，堕在巅崖受辛苦。

便为谏议问苍生，到头还得苏息否？①

———— 一 ————

能与陆羽齐名的茶人，只有一位，那就是卢仝。

陆羽流芳千古，凭借着一本书。这本书，就是《茶经》。

卢仝立足茶界，全靠着一首诗。这首诗，便是《走笔谢孟谏议寄新茶》。

对于卢仝这首诗，很多爱茶人都算熟悉。

对于卢仝这个人，很多爱茶人却很陌生。

其实，这未尝不是好事。如今有的明星，个人生活频频曝光媒体，从身高到籍贯，从星座到爱好，最后再到个人生活，无一不成为炒作的话题。回头再一问，竟然没人记得他到底拍过什么作品。

————————————

① 《全唐诗》卷三百八十七。

人红戏不红，八成不是好演员。

诗红人不红，未必不是好诗人。

一般认为，卢仝生于公元795年。例如闻一多《唐诗大系》、谭正璧《中国文学家大辞典》、姜亮夫《历代人物年里碑传总表》、《辞海》等书，都认同这个说法。而孔庆茂、温秀雯《卢仝行年考》一文中，则认为卢仝生于公元790年左右。文学史的争论，我们姑且不管。但无论按照哪一种说法，卢仝都比茶圣陆羽小了六十岁左右。从茶文化的角度，我们可以肯定他是生活在"后《茶经》时代"的爱茶人。

卢仝祖籍是范阳（今河北涿州市），生于济源（今河南济源市）。根据济源《卢氏宗谱》所载，卢仝应为初唐诗人卢照邻的六世孙。虽也算名门之后，但到了卢仝这辈时，家庭条件已经相当贫寒。

他少年时隐居少室山，刻苦攻读。唐宪宗元和五年（810），卢仝在洛阳城赊买一座宅院，数间破屋，举家迁居洛阳。在洛阳，因负债无力偿还，卢仝生活日渐贫困，甚至乞米于邻僧。韩愈时常从俸禄中取出一部分接济他。

二

与很多唐代文人不同，卢仝终生未入仕途，别看是布衣寒儒，却以文采扬名天下。孟谏议与他是茶友。孟是姓氏，谏议是官职，实际上，这位孟谏议即是孟简。《旧唐书·孟简传》称，孟简元和四年（809）拜谏议大夫，因抗疏论吐突承璀为招讨使事，出为常州刺史。据《旧唐书·宪宗纪》，元和六年正月，有谏议大夫孟简等于丰泉寺译《大乘本生心地观音经》之事。卢仝在元和七年二月有《常州孟谏议座上闻韩员外职方贬国子博士有感五首》，则可知孟简由谏议大夫贬官常州刺史，必在元和六年后半年至元和七年初之前。常州，本就是唐代的贡茶区。很可能是孟简到任后，将常州的好茶寄与卢仝分享，所以这首《走笔谢孟谏议寄新茶》可能是写于唐宪宗元和七年之后，即孟简常州刺史任上。

本诗的题目，更像是一条朋友圈。好朋友给我寄来了好茶，太感谢了，赶紧拍个照片发朋友圈。当然，那年代没照相机，也没有朋友圈，于是，他便提笔写首诗。不仅要说清楚事情的来龙去脉，还不忘@一下孟简，这便有了这篇《走笔谢孟谏议寄新茶》。

多说一句，唐代的物流条件下，新茶显得尤为珍贵，因此诗人连茶名都未说，反而强调了"新茶"两个字。现如今，快递物流四通八达，情况也就有了变化。新茶不新鲜，老茶才珍贵，这又是卢仝想不到的沧桑巨变了。

至于本首茶诗的体例，应该算是杂言诗。所谓杂言，也就是长短句。从三言到十一言，诗人可以随意切换。不过，篇中多数句子还是七言，所以杂言诗也可算七言古诗的一种。这种杂言诗，由于句子长短不受拘束，就会给人一种奔放灵动的感觉。从诗歌体例的角度来看，这首茶诗有其独特的文学价值。

三

讲完了作者与题目，我们来看正文。

全文262个字，在茶诗里面算是长篇了。

为了方便解读，我们将正文拆分为四个部分。

第一部分，"日高丈五睡正浓，军将打门惊周公。口云谏议送书信，白绢斜封三道印。开缄宛见谏议面，手阅月团三百片"，交代的是故事的起因。

诗人正在午睡，有人敲门惊醒了美梦。开门一问，原来是送茶之人。看在好茶的份上，惊走周公也是可以原谅吧。但请注意，送茶的不是快递小哥，而是官府的军将。光看送茶的人，便知这茶来历不俗。

果然，此乃孟谏议大人送来的好茶。"开缄宛见谏议面"一句，类似我们写信时常写的"见字如面"。茶诗，便由孟谏议所赠的三百片团饼茶展开。

读到这里，大家不禁为孟谏议的大手笔而感叹。现如今的普洱七子饼茶，每一片的标准是357克。孟大人一口气就送了三百片，那岂不是就得有二百斤了？当然，文学家记录的数字，总是要打折扣的，可是，三百片打个对折也有一百五十片，再打个对折也有七十五片。一口气送七十五片茶，也是很吓人的事。这么看来，送茶的军将也真是够辛苦了。

且慢。我们不能拿今天的茶叶标准来理解唐代的茶诗。要不然，孟谏议也实在太土豪了，一言不合，就送几十上百斤的好茶，这样的举动实在异于常人。

那么，唐代的茶饼到底多重呢？我们可以从《茶经》中来寻找答案。

陆羽把唐代茶饼的制造过程陈述为七道工序：采、蒸、捣（成泥状）、拍（成饼状）、焙、穿（给茶饼扎眼，用绳子穿成串）、封（收藏），并指出，在江东，即长江中下游的南岸地区，一穿茶饼的重量有一斤的（唐时的一斤大约为596.8克），称为上穿；有半斤（八两）的，称为中穿；有四五两的，称为小穿。

一穿的重量，我们大致搞清楚了。那么一片茶的重量，又大概是多少呢？

我们再把研究的视野，转向邻国日本。日本的平安时期曾不断向唐朝派遣使者，一方面，他们积极学习中国文化及政治制度；另一方面，日本政府也可以通过使者来往获取大陆的物品。日积月累，日本皇室便收藏了数量可观的中国文物。日本历代天皇都十分珍视这些从中国传来的文物，如光明皇后（701—760）就曾对王羲之的《乐毅论》爱不释手，并认真地临摹。这些中国文物中的绝大部分，至今仍完好地保存在日本奈良的正仓院里。

非常遗憾，在现如今整理出的正仓院文物中，并没有发现茶。但是值得注意的是，正仓院里却有着许多与茶同属性的中草药。据 8 世纪的可靠记载，当时正仓院在档的中草药有六十种（目前仍有四十种在库），有人参、龙骨、远志、甘草、大黄、芒硝等，其中的蜡蜜被加工成药饼，共二十枚，用绳穿在一起，保存在木盒里。这种药饼的外形，与陆羽在《茶经》"二之具""三之造"中描述的茶饼的外形完全一致。

经过称重，这二十枚蜡蜜药饼的重量约为 200 克。这样的一串，与陆羽《茶经》中提到的"小穿"相类似。而陆羽时代的茶，才刚刚从药的属性中剥离出来。因此那时茶饼的制作工艺，很可能借鉴与参考药饼。由此我们大胆推测，陆羽时代的一片茶大致为 10 克左右。这样一来，孟谏议的"月团三百片"大致也就是 3000 克左右。

第二部分，"闻道新年入山里，蛰虫惊动春风起。天子须尝阳羡茶，百草不敢先开花。仁风暗结珠琲瓃，先春抽出黄金芽。摘鲜焙芳旋封裹，至精至好且不奢。至尊之余合王公，何事便到山人家"，描写的是茶叶的采制。

现如今每到春季，爱茶人总要请回二两新茶尝尝鲜。若是茶区有好友，能比别人早几天得到新茶，那又是另一层的享受了。这就像一款新车上市，有很多人愿意多付钱给 4S 店而抢先拿车。这笔钱，叫作"提车费"。当把市面上还没有的新车开上街时，那感觉才叫拉风呢。幸福感，其实往往要靠对比产生。

古人其实也是如此。当天子要喝阳羡茶时，百草都不敢先开花了。"闻道新年入山里"四句，凸显了茶的珍贵。但茶叶与苹果、香蕉、西瓜都不同，还需要进一步的深加工。所以判断一款茶的好坏，还要看工艺。

"珠琲瓃"与"黄金芽"，都描述了茶的美好。但这时候说的还是茶青，只有经过"摘鲜焙芳旋封裹"，一款好茶才算完成。

在这里，卢仝还给好茶下了定义——"至精至好且不奢"。"至精"，说的是工艺。"至好"，说的是品质。"且不奢"，说的是分寸。这七个字，时至今日也有生命力。制茶之人，不妨就以此为法度。

前面四句讲珍贵，后面四句讲精致，其实都是在衬托孟谏议与诗人的友谊。将这么好的茶专程送来，是一份多么用心的情意。诗人不由得自谦：王公贵胄才能享受的好茶，怎么就到了我这山野村夫的家中呢？

第三部分，"柴门反关无俗客，纱帽笼头自煎吃。碧云引风吹不断，白花浮光凝碗面。一碗喉吻润，两碗破孤闷。三碗搜枯肠，唯有文字五千卷。四碗发轻汗，平生不平事，尽向毛孔散。五碗肌骨清，六碗通仙灵。七碗吃不得也，唯觉两腋习习清风生"，讲的是饮茶。

认真品饮，是对待好茶的基本态度。毕竟，从采摘到制作再到运输，能到自己手上颇费周折。其实现如今又何尝不是如此呢?

"纱帽笼头自煎吃"的说法,对于后世茶诗影响很深。南宋葛长庚《茶歌》中,就有"文正范公对茶笑,纱帽笼头煎石铫"两句。明代文徵明《煎茶》中,也有"山人纱帽笼头处,禅榻风花绕鬓飞"两句。

后文的"碧云"指汤色,"白花"指沫饽。在爱茶人眼里,茶汤总是那么美。情人眼里出西施,茶人眼里有碧云。爱人与爱茶,都是一个道理。

茶已烹好,便等着喝了。

至此,全诗进入最精彩的桥段。

其实对于爱茶人来讲,最难描述的便是喝茶时的幸福感,以至于很多人问我:杨老师,喝茶到底哪里有趣?我竟然不知道怎么回答,只能说:你喝就是了。

对于茶诗来讲,最难写的也是饮茶时的感受。卢仝为此打破了句式的工稳,以表现饮茶时心情的变化。与其说他的诗文深入浅出,不如讲是险入平出。七碗相连,一气呵成,气韵流畅,愈进愈美。

第一碗,润的是喉吻。第二碗,破的是孤闷。在一个无聊而口渴的午后,一杯好茶的疗愈感不言而喻。继续喝下去,茶不光能调节身体的不适,更能安抚心理上的波澜,以至于三四碗下肚,平生不平之事,已尽向毛孔散去。随着五六碗再喝下去,心情开始变得愈加通透。到了第七碗,竟然飘飘然到了"吃不得也"的程度。这样的写法，是对于孟谏议这位茶友知音的最高赞誉。

古今诗人中，卢仝夸茶的造诣无人能及。卢仝是第一位将饮茶的感受如此细腻描述的诗人。这里面既有身体的感受，也有心理的感受。我们至今常说，一杯好茶可以带来身心的愉悦。身的愉悦，是物质所决定，如氨基酸的鲜爽，咖啡碱的刺激，糖类物质的甜蜜。心的愉悦，是文化所决定。我们从不会因为喝了一杯可乐或雪碧，而有了"平生不平事，尽向毛孔散"的感觉；我们也不会因为喝了一杯椰汁或橙汁，就有了"两腋习习清风生"的感觉；茶，却可以做得到。这便是茶的神奇，也是茶的魅力。

我们享受一杯茶汤，绝不仅仅是品尝滋味那么简单。一杯茶汤的欣赏，往往要全方位地调动眼、耳、鼻、舌、身、意、神，绝不仅仅是酸、甜、苦、辣、咸、浓、淡那么简单。

从这个角度来看，茶汤的味觉感受与体验过程，是一个由表及里的渗透过程。从"喉吻润"，一直饮到"吃不得"，茶汤从口腔流淌进心房。为缓解口渴的饮茶会走肾，为破除孤闷的饮茶要走心。

卢仝这几句诗，写得实在太精彩了，以至于很多人并不知道这首《走笔谢孟谏议寄新茶》，却知道这几句诗文。有的书籍，甚至直接节选这几句诗，改称为卢仝《七碗茶歌》。

中国文学史上，有两场精彩的连饮。

一次是武松喝酒，三碗不过冈。

一次是卢仝饮茶，七碗通仙灵。

第四部分，"蓬莱山，在何处？玉川子，乘此清风欲归去。山上群仙司下土，地位清高隔风雨。安得知百万亿苍生命，堕在巅崖受辛苦。便为谏议问苍生，到头还得苏息否"。

其实第三部分最后一句"两腋习习清风生"，也是为第四部分做铺垫。这是诗中的"针线"，诗人在转折处连缝得极其熨帖。

蓬莱，是海上的仙山。卢仝用"归去"，表明了自己也为仙人的身份。他本游走人间，此时却要重返天庭，不是去享受荣华富贵，而是要替凡间百姓仗义执言，问一问天庭的群仙，何时才能让百姓得到苏息的机会。

这一首《走笔谢孟谏议寄新茶》，我一直建议学生们背下来，但262个字，确实也长了一点。这里我再介绍一首卢仝的《解闷》给大家：

人生都几日，一半是离忧。

但有尊中物，从他万事休。①

①《全唐诗》卷三百八十七。

一共才有二十个字，却写尽了茶情。

这么短的诗，总可以背下来了吧？

有人说，这怕是一首写饮酒的诗，怎么也放在茶诗课上来讲呢？

爱酒人，有个茶杯也拿来盛酒。

爱茶人，碰到酒杯也不妨饮茶。

卢全这首诗，写的是茶还是酒，取决于读诗的各位了。

杜牧《春日茶山病不饮酒因呈宾客》

笙歌登画船，十日清明前。

山秀白云腻，溪光红粉鲜。

欲开未开花，半阴半晴天。

谁知病太守，犹得作茶仙。①

一

众所周知，陆羽是茶圣。

罕为人知，杜牧是茶仙。

当然，这二人的"名号"得来的方式不同。

陆羽的"茶圣"，由后人尊奉而来。

---

① 《樊川文集》卷三。

　　杜牧的"茶仙"，是自己加封而得。

　　这一切，还得从他的茶诗《春日茶山病不饮酒因呈宾客》讲起。

　　杜牧，字牧之，京兆万年县人。由于前有大诗人杜甫，所以后人就称其为"小杜"。中国文化传统中，这样以"小"冠名的人物可是不少，例如《三国演义》中，勇冠三军的"小霸王"孙策；再如《水浒传》中，百步穿杨的"小李广"花荣；又如《雍正剑侠图》中，神机妙算的"小诸葛"田芳等。

　　这些人物的绰号中有个"小"字，不见得是他们本领稍逊一筹，只是由于他们年代较晚，冠以前人的姓氏名号，证明他们有许多相似之处。例如杜牧与杜甫，就不简单是姓氏相同而已。老杜（杜甫）与小杜（杜牧），都是唐代成就斐然的大诗人，文学造诣上也可说各有千秋。杜牧有"杜诗韩集愁来读，似倩麻姑痒处搔"①的诗句，可见他非常熟悉与欣赏杜甫的诗歌。

　　当然，杜牧的诗在色彩上更明丽些，语脉上更流畅些，语词节奏上更疏朗些。杜牧和杜甫比起来，的确给人以一种少年人"风调高华"对成年人"深思熟虑"的不同感觉，所以"小杜"的称谓，显得尤为贴切。

　　诗人的文风，大都与人生经历相关。杜牧出身的京兆杜氏，是魏晋以来数百年的高门望族。唐朝人说："城南韦杜，去天尺

―――――――――
①《樊川文集》卷二。

五"①，由此可见其家世显赫。论到京兆杜氏这一家的世系，应当追溯到西汉御史大夫杜周。杜周本居南阳（河南南阳市），以豪族迁徙于茂陵（陕西兴平市西北），子延年，又迁于杜陵（西安市南）。他的子孙，在汉、魏、晋诸朝世代为官，如东汉的杜笃、西晋的杜预等。论起这一点来，他与杜甫同是杜预的后裔，不过支派相去很远了。杜甫是杜预的儿子杜耽之后，而杜牧这一支则出于杜预的少子杜尹。

　　杜牧的祖父杜佑，生于唐玄宗开元二十三年（735），大约比茶圣陆羽小两岁。他在德宗末年为宰相，顺宗、宪宗两朝相继在相位，拜司徒，封岐国公。杜牧，生于唐德宗贞元十九年（803）。这一年他的祖父杜佑六十九岁，正是高居相位之时。在杜牧十岁之前，家庭条件都十分优渥。他的祖父杜佑自淮南节度使入朝为相，历相三帝，资望很高。杜牧的伯父与父亲也都做官，家族一时贵盛无比。

　　杜家的宅第在长安安仁里，即是安仁坊，在朱雀门街东第一街，从北第三坊，正居长安城的中心。杜牧《冬至日寄小侄阿宜诗》所谓："旧第开朱门，长安城中央"②，即指此宅。杜家不仅在城中心拥有豪宅，在长安城南三十多里的樊乡还有别墅。这里有一条小河，名樊川，流入潏水。后来杜牧的别号樊川居士，就是由这座家族别墅而来。

---

　　①萧涤非主编：《杜甫全集校注》卷二十，人民文学出版社，2014年，6011页。

　　②《樊川文集》卷一。

　　正所谓"人无千日好，花无百日红"，随着祖父与父亲的相继去世，杜牧十岁后的生活状况急转直下，可以说大不如前了。好在杜牧发奋学习，于唐文宗大和二年（828）进士及第，时年二十六岁。唐代以科举取士，科目繁多，主要的是明经与进士两科，而进士科尤其为当时人重视。进士每年考一次，应考者有时多至上千人或八九百人，只取录二三十人，最多四十多人。取中进士者非常荣耀，仕宦的前途希望很大，谓之"白衣公卿"①。不过，大官的子孙可以凭借门荫得官，并不一定走考试的道路。杜牧的祖父杜佑，两位伯父杜师损、杜式方，父亲杜从郁，以及堂兄杜诠、杜悰等，都是以门荫补官，但是杜牧与众不同，他是靠参加进士考试而步入仕途。按现代的眼光考量，杜牧虽然是个官三代，却也算自食其力白手起家了。

　　当然，杜牧的官场生涯也并不顺利，他中进士后，曾任弘文馆校书郎，后来又曾去藩镇当过幕僚，也做过黄州、池州、睦州的刺史。唐宣宗大中年间，回长安城任司勋员外郎。那是一个从六品的小官，归吏部尚书领导，主管官员的勋绩。这一年，杜牧已经四十七岁了，比起他的祖父，杜牧在政坛上可谓是毫无起色。

　　其实诗人的宦海沉浮，也是常有的事情，不管是贬官发配，还是封侯拜相，对于今人似乎都无太大意义。但是起起伏伏的

———————

　　①《唐摭言》卷一。

人生遭遇，却一定会深刻影响诗人的精神世界，或乐观，或悲观，也都由这一桩桩一件件的事情而来。从而，诗人的经历，便成为我们解读茶诗的钥匙。

二

题目里的"茶山"，指的是顾渚山，也就是唐代贡茶的产地。唐代前期的皇帝，并没有把茶视为饮料，而更多将其作为治疗"风疾"与"头疼"的药物。所以诸位查遍了史书，也看不到唐太宗李世民品茶的记录。

久而久之，贡茶成为一种制度。由于顾渚山，位于唐代浙西道中部常州、湖州交界的地方。所以贡茶一事，是由常州、湖州二刺史共同监造，再总之于浙西观察使后奉进宫廷。白居易"盘下中分两州界，灯下各作一家春"两句，说的就是常州与湖州共同负责制作贡茶之事了。

唐宣宗大中四年（850）夏，杜牧迁官为吏部员外郎。唐代吏部员外郎有二员，其一掌判南曹，审查每年选人解状簿书、资历考课，杜牧所迁的正是此职，是员外郎中比较重要的。但是杜牧三次上宰相启，请求外放为湖州刺史。

这一次杜牧请求出守湖州，连上三启，情辞恳挚。唐朝士大夫做官，重内轻外，以为京官清要，愿做京官而不愿做外官，但是杜牧独以京官而力求外放，他是为了解决经济负担问题，有不得已之苦衷。宰相了解这些情况，所以允许外放他为湖州刺史。

　　杜牧屡次上书给宰相，请求外放，表面上是提出经济的原因，但是骨子里还可能另有隐衷。杜牧自大中四年秋到湖州作刺史，大中五年秋内升为考功郎中、知制诰，便又回了长安。所以满打满算，杜牧在湖州刺史任上不过一年而已。但就在这一年间，杜牧就留下了好几首茶诗，由此可见，茶事活动成了杜牧湖州生活的主题之一。

　　诗人在题目中，说自己如今"病不饮酒"了。可实际上，杜牧在湖州留下的这几首茶诗，却几乎篇篇有酒，例如《入茶山下题水口草市绝句》中，有"倚溪侵岭多高树，夸酒书旗有小楼"①两句；《茶山下作》中，有"把酒坐芳草，亦有佳人携"②两句；《题茶山》中，有"景物残三月，登临怆一杯"③两句。不知道是不是酗酒过多，以至于到后来真的"病不饮酒"了。

三

　　第一部分，"笙歌登画船，十日清明前。山秀白云腻，溪光红粉鲜"，讲的是茶山景色。

---

①《樊川文集》卷三。
②同上。
③同上。

　　如前文所述，杜牧在湖州刺史任上，工作之一便是督造贡茶。但是由于顾渚山的特殊地理位置，贡茶事务却是由湖州刺史与常州刺史两位地方官负责。其实不管是湖州还是常州，敬献的都是名为紫笋的蒸青绿茶。恐怕唐天子，也未见得就品得出多大差别。但是在湖州刺史与常州刺史看来，天子如果率先喝到了自己境内的茶，那可是无上光荣了。所以，湖州与常州是一种竞争关系。两家刺史都争分夺秒地抢运贡茶，以求在皇帝面前有所表现。

　　杜牧，自然不是谄媚之人，但对于贡茶之事，他也绝不敢懈怠。即使你落后于常州刺史，但湖州贡茶进京也绝不可太晚。因为皇帝在清明宴上，必须要尝到当年的新茶。

　　所谓清明宴，即是寒食宴。原来唐代，寒食节与清明节尚未明确分开。清明时节皇帝赐宴，是唐代后期的宫廷宴会习俗之一。扬州大学的周爱东老师，是我的好友，他曾写过一篇论文，专门分析唐代清明宴上用茶除了陆羽等人的推荐外，或许也与寒食节禁火以及吃青绿色食物的习俗有关。唐代的茶俗，是将蒸青茶碾碎后煎煮，茶汤的确呈现出碧绿的颜色。卢仝"碧云引风吹不断，白花浮光凝碗面"①两句，描述的就是唐代茶汤的样子。现如今过寒食节，还常常要吃碧绿的青团。经周爱东老师启发，我想青团之外，不妨再配一碗抹茶。这不是崇洋媚

---

　　① 《全唐诗》卷三百八十七。

外，而是地道的大唐习俗。

闲话少叙，书归正文。杜牧这里的"十日清明前"一句，说的便是将湖州贡茶急送京城，以供清明宴上使用。呈送贡茶入京，是一件荣耀的事情，所以不仅要吹吹打打，连运送的船只也需装饰一番。

杜牧作为地方长官，亲自上船相送。画船开动，两岸的湖光山色尽收眼底。清明之前，江南风光正美。秀丽奇骏的山川，绵密细腻的白云，波光粼粼的溪水，年轻靓丽的美女。短短十个字，将周遭美好的景物描述殆尽。这便是汉语的能耐，更是诗歌的魅力。

第二部分，"欲开未开花，半阴半晴天。谁知病太守，犹得作茶仙"，讲的是作者心态。

杜牧爱花，却又怕花绽放。他在湖州任上曾作《和严恽秀才落花》一诗，其中便有"无情红艳年年盛，不恨凋零却恨开"①两句。花不开，则无趣，花全开，又易损。天全阴，则压抑，天全晴，又太晒。杜牧登船这一天，花是欲开未开，天是半阴半晴，一切都是刚刚好。

通过这首茶诗中的语句，我们可以感受到杜牧心情的愉悦。的确，湖州不但富庶，而且风景优美，人物俊秀。中唐时，湖州出过一位著名的文人沈亚之，杜牧到湖州时，又有后进诗

———————
① 《樊川文集》外集。

人严恽等人。杜牧凭吊先贤，结识新友，这一年的诗兴是相当
好的。

大中五年暮春，杜牧进顾渚山督造贡茶之余，便到旁边的
明月峡游玩。看到了美景，他不由得诗兴大发，竟然顺手在村
舍门扉上题了一首诗。其文如下：

从前闻说真仙景，今日追游始有因。
满眼山川流水在，古来灵迹必通神。①

宋朝苏舜钦的祖父苏国老作乌程县令时，听说杜牧有此题
字，托人取来，奉为传家之宝，一直到他的曾孙苏泌，仍然保
存，曾拿出给王得臣看，字体遒媚，隐出木间，是稀世的墨宝。
此事载于王得臣《麈史》卷中"武功苏泌进之"条，成为一段
文坛美谈。

大中五年秋，杜牧内升为考功郎中、知制诰。不久，他离
开湖州赴长安就职，在旅途中，杜牧写下了《途中一绝》，其文
如下：

镜中丝发悲来惯，衣上尘痕拂渐难。
惆怅江湖钓竿手，却遮西日向长安。②

---

① 《麈史》卷中。
② 《樊川文集》卷四。

　　我们惊奇地发现，刚刚离开湖州，杜牧诗歌的调性马上变得阴郁起来。从仕途上来讲，他由吏部员外郎外放为湖州刺史，这次又内调为考功郎中、知制诰，官职是升了。但是杜牧并不看重，认为这还是同已往一样，官场照例的浮沉而已，所以明明是升官赴京，而他却说是"流落西归"。至于"惆怅江湖钓竿手，却遮西日向长安"两句，又蕴藏着激壮不平的情思。

　　至于本诗最后"谁知病太守"一句，也并非是虚言。这时的杜牧，确实已经是体弱多病。写下这首茶诗仅一年之后，杜牧在长安得了重病，不久即死去，享年五十岁。

　　杜牧才情横溢，生平所作诗文很多。大中六年冬病重时，杜牧强打精神检阅了一遍，随即烧掉了大半，最终留下来的诗文，不过十之二三而已。但在这种情况下，我们至今仍可看到关于湖州茶事的诗文四首，即《入茶山下题水口草市绝句》《茶山下作》《题茶山》以及《春日茶山病不饮酒因呈宾客》。与茶相伴的日子，是杜牧人生中一段别样的时光吧。

徐夤《贡余秘色茶盏》

掉翠融青瑞色新，陶成先得贡吾君。

功剜明月染春水，轻旋薄冰盛绿云。

古镜破苔当席上，嫩荷涵露别江濆。

中山竹叶醅初发，多病那堪中十分。[①]

一

北京人民广播电台的知名主持人王为老师，多年来一直与我搭档做茶文化栏目。每周二的电台直播中，我负责聊聊茶，他负责打打岔，配合默契相得益彰。

王先生是北京人，独爱茉莉花茶。这些年谁送来盖碗紫砂

---

① 《徐公钓矶文集》卷十。

壶，他一律转赠给我。问他原因，答曰不会用。唯有小如胡桃的品茗杯，王为一律爱如珍宝，但他不是用来品饮肉桂、单丛、铁观音，而是留下喝白酒。至于他平时喝花茶，一直选用大号扎啤杯子。您还别笑，他还能说出道理：第一，容积大。第二，不烫手。第三，方便欣赏汤色。仔细一想，我还真是无法反驳。

品茗杯喝酒，扎啤杯泡茶，按老北京的俏皮话说："猴儿吃麻花——满拧。"不过话说回来，古人的茶器与酒器也确实混用。陆羽在《茶经·七之事》中，转引了《晋四王起事》中的一段文字。其中写道西晋八王之乱时，"惠帝蒙尘，还洛阳，黄门以瓦盂盛茶上至尊"。在这里，皇帝喝茶时用的是盂。《史记》卷一二六《滑稽列传》中，有淳于髡"操一豚蹄，酒一盂"的记载。《晋书》卷四《惠帝纪》中，亦有"市粗米饭，盛以瓦盆，帝啖两盂"的记载。上述文献中的盂，既能饮茶，也能喝酒，还能盛饭，由此可见，唐代以前，茶器、酒器与食器本就是混用。想想也对，一件陶瓷器也不便宜，只要不洒汤漏水，自然可以一专多能，省钱又省心。

唐代的陆羽，第一次提出了茶器的概念。他在撰写《茶经》时，将第四章单独辟出陈述茶器，并将章节命名为"四之器"。随后的文人雅士，又将自己对于茶事的审美情趣乃至思想理念融于各类器具之上。茶器，逐步从饮食器中剥离，一步步走上专用化的道路。

2020年秋天，我应邀到上海开展茶诗讲座，工作之余去了趙上海博物馆，正巧赶上黑石号沉船出水珍品特展。1998年，印度尼西亚苏门答腊岛的渔民，在海底采集海参时意外碰到了一些陶瓷器碎片，后经专业探测，竟然在水下发现了一艘唐代沉船。经过水下考古发掘，最终出水物品达到六万多件，其中多是来自中国的陶瓷器。在这次展出的众多出水瓷中，有一件长沙窑的瓷碗，上书"荼盏子"三个字。无独有偶，湖南省文物考古研究所也藏有一件类似的碗，碗心以褐彩书"荼埦"二字。荼，即是茶的别称。这两件瓷器，恐怕是现存最早明确标明的茶器，也见证了由茶酒混用到茶事专用的转变。

说完了文物，咱们再来看茶诗。专门咏诵茶器的诗歌，出现在晚唐五代之间，一首是皮日休的《茶瓯》，一首是陆龟蒙的《茶瓯》，另一首便是徐夤的《贡余秘色茶盏》，不管从文学价值抑或是茶学价值来考量，后一首显然都胜于前两首。因此，徐夤的这首茶诗，不妨仔细拆解一番了。

二

徐夤，字昭梦，号钓矶，泉州莆田（今福建莆田）人。他生于唐宣宗大中三年（849），卒于梁末帝龙德元年（921），享年七十三岁。徐夤于唐昭宗乾宁元年（894）进士及第，授秘书省正字。但是此时的大唐帝国，已经是风雨飘摇了。大唐覆灭后，徐夤回到了老家福建，加入了王审知的政权。但仅仅一年之后，就因"礼待简略"辞官而去。晚年，他归隐延寿溪，直至去世。

　　徐夤，以赋知名，与王棨、黄滔并称"晚唐律赋三大家"。他早年所作的《人生几何》《斩蛇剑》《御沟水》三赋，远传至渤海等国。当地人甚至将徐夤的作品，以金书为屏陈列摆放。徐夤一生著述颇丰，现存赋47篇，诗269首，为唐末五代闽人之冠。《全唐诗》收录徐氏诗作245首，其中以茶为题的诗有两首，其一为《尚书惠蜡面茶》，另一首便是《贡余秘色茶盏》。《尚书惠蜡面茶》，是最早赞颂武夷茶的诗歌，对于福建茶史意义重大。至于《贡余秘色茶盏》，则是最早歌咏茶盏的茶诗。虽然徐夤存世的茶诗不多，但对于中国茶文化研究却有补白之功。

三

　　说起秘色茶盏，自然让人联想到秘色瓷。在中国陶瓷史上，秘色瓷一直笼罩着神秘的面纱。直到1987年，人们才真正得见她的芳容。那一年唐代法门寺地宫中，出土了佛指舍利以及2499件大唐皇室珍宝。其中唐僖宗供奉的整套宫廷茶器，更是填补了唐代茶史研究中的空白。在一同出土的《物帐碑》中，有十三件瓷器被记载为"秘色瓷"，器型包括碗、盘、碟等。所以爱茶人，有机会一定要到陕西扶风法门寺参观，既可以看大唐宫廷茶器，也可以欣赏一下秘色瓷。

赤、橙、黄、绿、青、蓝、紫，秘色到底属于哪一色呢？要弄清楚这个问题，还得从文献入手，从秘色瓷的前世今生讲起。宋人曾慥《高斋漫录》中记载："越州烧进，为供奉之物，不得臣庶用之，故云秘色。"①宋人周辉《清波杂志》卷五中记载："越土秘色器，钱氏有国日供奉之物，不得臣下用，故曰秘色。"这两条文献，为我们理清了秘色瓷的两个关键问题。第一，秘色瓷由越窑生产，并且是越窑瓷器中的顶级作品。第二，所谓秘色，并非是一种特定颜色。因为这种瓷器需进贡皇帝，臣子不得赏玩，久而久之，就成了神秘的瓷器，故而称为秘色瓷。

秘色瓷作为宫廷珍宝，非帝王之家不可染指，那徐夤又是怎么得到的呢？五代十国时期，越窑归吴越国所有，徐夤所在的闽国，又与吴越毗邻，自然是近水楼台先得月。再加上五代十国时期，皇权更迭频仍，制度并不那么严格。徐夤这才有机会拿到上贡后剩余的秘色茶盏。

四

全诗共八句五十六个字，可分为三个部分来赏析。

第一部分，"捩翠融青瑞色新，陶成先得贡吾君"，赞美的是茶盏的秘色。

---

① （宋）曾慥撰：《高斋漫录》，1页，见《后山谈丛　高斋漫录》，中华书局，1985年10月影印丛书集成初编本。

　　捩，音如列，可解释为折断。晚唐陆龟蒙，就有"凌风捩桂花"的诗句。只是陆氏折的是桂花，徐夤折的是翠枝。这里的"捩翠融青"四个字，形容的是秘色茶盏的颜色。那不是一种简单的绿色，而是将嫩枝折断后，露出的悦人青翠。

　　如今人们形容秘色瓷时，还多引用陆龟蒙《秘色越器》一诗中"九秋风露越窑开，夺得千峰翠色来"①两句。其实陆氏在《茶瓯》一诗中形容越窑茶盏，也有"岂如珪璧姿，又有烟岚色"②两句，宛如珪璧碧绿，又似千峰翠色，这也都与"捩翠融青"异曲同工。话说至此，就不可再解释了。古汉语太美，我硬翻成白话是大煞风景。想体会秘色之妙，诸位读诗就可以了。总而言之，釉色这样美妙的茶盏，自然要"陶成先得贡吾君"了。

　　第二部分，"功剜明月染春水，轻旋薄冰盛绿云。古镜破苔当席上，嫩荷涵露别江濆"，描述的是茶盏的功用。

　　剜，音如湾，就是用刀挖的意思。唐代晚期，越瓷的原料加工和制作都很精细。器形规整，胎面光滑，釉层匀净，胚体重量显著减轻。釉色滋润而不透明，隐露精光，如冰似玉。徐夤形容茶盏晶莹剔透，仿佛是从皎洁的明月中挖下来的一般，又像是从薄透的寒冰里刨出来的一样。"功剜明月""轻旋薄冰"，徐夤笔下的茶盏不再是简单的盛水器，更是拥有极致美感的艺

　　① 何锡光校注：《陆龟蒙全集校注》，凤凰出版社，2015年，710页。

　　② 《陆龟蒙全集校注》，403页。

术品。

　　没盛茶汤的空盏，已经是美得一塌糊涂了，当秘色茶盏中再注满茶汤，又是另一番气象了。"春水"，即是茶汤的雅称。盛在盏中，却又变为了"绿云"。这又是怎么回事呢？我们要从陆羽《茶经》中寻找答案。

　　陆羽《茶经·四之器》中写道：

　　　　碗，越州上，鼎州次，婺州次，岳州次，寿州、洪州次。或者以邢州处越州上，殊为不然。若邢瓷类银，越瓷类玉，邢不如越一也；若邢瓷类雪，则越瓷类冰，邢不如越二也；邢瓷白而茶色丹，越瓷青而茶色绿，邢不如越三也。晋杜育《荈赋》所谓："器择陶拣，出自东瓯。"瓯，越也。瓯，越州上，口唇不卷，底卷而浅，受半升已下。越州瓷、岳瓷皆青，青则益茶。茶作白红之色。邢州瓷白，茶色红；寿州瓷黄，茶色紫；洪州瓷褐，茶色黑，悉不宜茶。

　　邢窑在北方，越窑在南方，都是唐代知名的窑口，二者的瓷器各具特色，很难比出高低上下。在唐代百姓看来，不裂口，不漏水，那便都是好瓷器了，但陆羽以一位茶学家的视角，比对出了邢窑与越窑的优劣。

　　《茶经》中邢窑如银似雪，越窑如玉类冰，都是对于瓷器釉色的形容。不同釉色的茶盏，会将茶汤呈现出不同的状态，邢窑因为釉白，所以茶汤注进去会发红；越窑因为釉青，所以茶汤注进去会发绿。青绿的茶汤，最符合唐人的审美，所以在茶器的选择上，陆羽主张取越窑而舍邢窑。陆羽《茶经》中"越瓷青而茶色绿"一句，正是对徐夤"绿云"二字最佳的注解。

律诗的五六两句，与前面的三四两句一样，都要集中描写主题。只不过转个角度，换个说法罢了。美味的茶汤，在秘色瓷盏的映衬下，泛着幽幽的碧光。远远望去，仿佛是一枚长满绿锈的古朴铜镜；定睛一看，又好似一片刚从江边摘下的娇嫩荷叶。茶盏，因茶汤而更加灵动。茶汤，因茶盏而摇曳多姿。最终，茶汤与茶盏融为一体，共同呈现出绝世美感。

第三部分，"中山竹叶醅初发，多病那堪中十分"，体现的是作者的幽默。

"中山"，是美酒的一种，典出《搜神记》。传说中山国的狄系，酿出的美酒能让人一醉千日。"竹叶"，也是美酒的一类。这种酒绝不是用竹叶酿造，只是因酒色浅绿似竹叶而得名。如今山西名酒中仍有竹叶青，算是大唐遗风了。前面六句一直讲茶事，最后徐夤怎么笔锋一转，又改聊酒了呢？

其实作者在这里用了一个比喻的手法。正如陆羽《茶经》中所说，越窑瓷的釉水可将茶汤映衬成绿色。乍一看，盏中盛的仿佛是碧澄澄的竹叶美酒，似乎还散发着扑鼻的香气。徐夤拿着茶盏开玩笑地说：这碧莹莹的汤水是茶吗？怎么越看越像是竹叶酒呢？我这多病之身，会不会喝下去就醉了呀？

若单从字面意思解释，最后两句确实不容易读懂。只有结合上茶学知识，才可以体会诗人的情怀。毕竟，茶诗是爱茶人所写。茶诗的美妙，或许只有爱茶人能懂。

到底如何选择茶器？这是现如今爱茶人仍要思考的问题。陆羽选择了越窑，是考虑了茶器与茶汤之间的互动性。茶圣告诉我们，天下的茶器只有两种，其一是宜茶的茶器，其二是不宜茶的茶器。

徐夤《贡余秘色茶盏》一诗的价值，绝不仅仅在于记录了一款传说中的茶器。诗人遵循着陆羽《茶经》的视角，细致描述了茶汤与茶盏间的互动。这首茶诗虽以茶盏为题，实际上却仍以茶汤为中心。这样的茶事美学思维，仍值得今天的爱茶人借鉴。

宋代建立后，秘色茶盏并未受到持续性的追捧。这是因为自唐入宋，煎茶变成了点茶。北宋后期斗茶以茶汤乳花纯白鲜明、着盏无水痕或咬痕持久、水痕晚现为胜，因此，茶盏就要以易于观察茶色与水痕为宜。黑釉瓷茶盏，最适合斗茶之需。黑盏雪涛，互为辉映，黑白分明，相得益彰。秘色茶盏，釉色太浅，不适宜宋代点茶之需，自然也就渐渐退出了茶事活动。

茶器是饮茶活动与陶瓷艺术发展到一定程度后融汇结合的产物。随着饮茶习惯的变化，以及陶瓷艺术的发展，茶器也在不断重组变化，从而满足不同时代背景下的茶事需求及审美取向，所以五代的秘色瓷也好，宋代的黑釉盏也好，都是时势造英雄的产物。

　　行文至此，忍不住说几句闲话。现如今有些商人，开始炒作吹捧建盏，又是恢复宋代古法，又是龙窑天然烧造，最后把宋徽宗都抬出来做代言人了，搞得热火朝天，不亦乐乎。在这些人的精心运作下，新制建盏的价格不断攀升，便宜的大几百，昂贵的要数万元。

　　也有人送我建盏，好意心领，但只能束之高阁，原因如下：第一，建盏太大，盛茶不如盛饭；第二，建盏太黑，难以欣赏汤色。但是，这么贵的物件也不能浪费呀，于是，我拿建盏泡萝卜头。您还真别说，开出来的萝卜花格外好看，后来我一打听，这只建盏是龙窑古法烧制。怪不得呢！

福全《汤戏》

生成盏里水丹青，巧画工夫学不成。

却笑当时陆鸿渐，煎茶赢得好名声。 [①]

一

别看我是一名茶文化工作者，可真与人约着谈事情时，却肯定首选咖啡馆，倒不是本人吃里扒外，只是咖啡馆优点实在不少：其一，数量众多。几乎每一个大商场，都会有若干家咖啡馆，就近选一家，方便快捷。其二，价格透明。咖啡一杯也要二十多块，自然算不上便宜，但是明码标价，总是让人心安。其三，简便快捷。有时候约人去茶馆谈事，总显得有点隆重，

[①] 《清异录》卷下。

还是咖啡馆环境轻松，让人能畅所欲言。

　　我对乳糖不耐受，所以一般只点美式咖啡，但是身边的人，却大多首选卡布奇诺或玛奇朵，一方面，甜蜜的口感惹人喜爱；另一方面，上面的咖啡拉花赏心悦目，极其适合拍照发朋友圈。

　　后来我向一位咖啡达人请教后才明白，敢情所谓的咖啡拉花，实际上与咖啡关系不大。店员要以全脂牛奶为原料，先打好绵密恰当的奶泡，再快速推在咖啡液体表面。由于二者的密度不同，所以短时间内不会相融。只要奶泡稠密，手法利落，漂亮的花纹就可以浮在咖啡上了。

　　茶与咖啡，代表着东西方两种截然不同的文化。西方人何时开始在咖啡上拉花，笔者才疏学浅不得而知。但早在唐宋之时，中国人就已经开始在茶汤上作画了，而且不需借助外物，单在茶汤中下功夫。若论技巧高妙程度，似乎还在咖啡拉花之上，只是时间久远，技艺失传。现如今，我们只能通过这首题为《汤戏》的茶诗，来领略千年前的别样茶风了。

二

　　介绍此诗作者福全之前，要先谈一谈《汤戏》一诗的出处。这首茶诗见于陶穀所著《清异录》一书。陶穀，字秀实，生于唐昭宗天复三年（903），邠州新平（今陕西彬县）人。此人强记嗜学，博通经史。历官后晋知制诰、仓部郎中，后汉给事中，后周吏部侍郎，入宋后官至户部尚书。

《清异录》采撷唐至五代流传的掌故词语若干条，每条下各
出事实缘起，以类编排为三十七门，可谓是天文地理、人事官
志、草木花果、虫鱼鸟兽、居室器用乃至仙神鬼妖，广为包罗，
无所不备，对于后世研究当时社会的方方面面，都有着重要参
考意义。

陶穀生于唐代末年，历经五代十国，最终卒于宋初。《清异
录》中所记载的奇闻逸事，也多发生在唐末五代时期。但《全
唐诗补编》中也收录了此诗，所以笔者仍将《汤戏》一诗，归
入唐代茶诗研究范畴之内。其写作年代，当与徐夤《尚书惠蜡
面茶》大致相近。

《清异录·茗荈门》"生成盏"中记载：

> 馔茶而幻出物象于汤面者，茶匠通神之艺也。沙门福
> 全，生于金乡，长于茶海，能注汤幻茶成一句诗，并点四
> 瓯，共一绝句，泛乎汤表，小小物类，唾手办耳。檀越日
> 造门求观汤戏，全自咏曰："生成盏里水丹青，巧画工夫学
> 不成。却笑当时陆鸿渐，煎茶赢得好名声。"

这里的"沙门"，是佛教徒的统称。至于"檀越"，则是指
施主。由此我们可以知道，福全应是一位僧人。唐代的茶事活
动中，常常可以见到僧侣的身影，像皎然、贯休、齐己、寒山、

栖蟾等僧人，都写作过精彩的茶诗。就连茶圣陆羽，起初也是竟陵龙盖寺里的小僧人。可见茶事与佛门之间，总有着千丝万缕的联系。这位福全，不仅遁入空门，而且长于茶海，精通茶事自然也就顺理成章了。

三

唐朝末年，茶有了新玩法。一些精通茶事的人，可以在茶汤表面幻化出各种物象。福全的手法更是高妙异常，他不仅能幻化物象，甚至可以在茶汤表面成字，碗中的字连在一起，竟然可以成为一句诗，于是乎，他四碗并用，四句诗并读，就成了一首绝句。寺庙的善男信女，都争相登门求见福全，就为了亲眼看看这项神奇的技艺。

与一般的茶诗相比，这首《汤戏》有三点特殊之处，即作者特殊、题目特殊、写作方法特殊。茶诗通常是文人所写，这首茶诗是僧人所作，四大皆空的作者，算是本诗的第一点特殊之处。福全原本只是在四只茶盏中写了四句诗文，由于没有第五只茶盏，自然也就没有题目了。现如今为了便于讲解，就以这手绝活的名字——"汤戏"为这首茶诗命名。无中生有的题目，便是本诗的第二点特殊之处。一般的茶诗都是写在纸上，这首《汤戏》却是创作于茶汤之中。这种神乎其神的创作方式，自然也就是本诗的第三点特殊之处了。

四

讲完了作者与题目，我们便可以来看正文了。福全技艺虽高，但是在茶汤上作诗，字数也不能太多。要是一时兴起，写一首如卢仝《走笔谢孟谏议寄新茶》那样的长诗，估计没有几十个茶碗怕是不够的了，所以这首茶诗，是言简意赅的绝句。

需要注意，福全作的是七绝而非五绝。有人会说，不就是一句话多两个字吗？这又有什么了不起呢。您别忘了，这首诗不是写在纸上而是作于碗内。小小茶碗，不过方寸之间。这时作一首七言诗的难度，会比作五言诗高出若干倍。福全和尚的汤戏技艺之高，由此细节也可见一斑。

全诗只有二十八个字，可分为上下两个部分来欣赏。

第一部分，"生成盏里水丹青，巧画工夫学不成"，讲的是汤戏技艺。

汤戏这项技艺，始于唐，兴于宋。明清饮茶方式发生变革，这手绝活儿也就随之失传了，现如今只能通过文献来了解这项古老而神秘的技艺了。幸好，陶毂《清异录·茗荈门》"茶百戏"条目，详细记载了这项技艺的操作方式。原文如下：

> 茶至唐始盛。近世有下汤运匕，别施妙诀，使汤纹水脉成物象者，禽兽虫鱼花草之属，纤巧如画，但须臾即就散灭。此茶之变也，时人谓之"茶百戏"。

　　由此可见，汤戏与茶百戏其实是一回事。高手可以利用汤纹水脉，形成花鸟鱼虫飞禽走兽等各种图案。由于宛若在茶汤中作画，所以诗中便有了"水丹青"的说法。

　　这项技艺，是以点茶法为基础。具体而言，操作者先磨粉调汤，再用滚烫的热水冲击茶粉；就在沸水点茶之际，另一只手持茶筅搅拌敲击茶汤；最终茶粉与沸水交融，泛起厚厚的、软软的、白白的、密密的、像云朵一样层层叠叠的泡沫。

　　一边往茶盏中注入热水，一边用茶匙迅速敲击搅拌茶汤，这本是点茶的基本操作。正所谓：艺术来源于生活，又高于生活。福全这样的高手，搅拌力度巧妙，时机拿捏得当，茶汤表面就形成了精美的纹路，再经过艺术化的处理，就有了"禽兽虫鱼花草"等各种花样。想在茶汤表面作画，要以极为熟练的点茶技艺为基础，绝非速成之事，所以不下一些苦功夫，根本无法掌握。像福全那样能在茶碗中点字作诗的人，绝对是顶级高手了。

　　第二部分，"却笑当时陆鸿渐，煎茶赢得好名声"，讲的是汤戏奥秘。

　　福全手法高妙，赢得了众多粉丝。各位施主踏破了庙里的门槛，只为一睹他的汤戏表演。这首茶诗，也就是在众目睽睽之下所作。但是诗文的后两句，细细咂摸，似乎是在哂笑陆羽。

　　福全是不是有些得意忘形了呢？还真不是。福全之所以"却笑当年陆鸿渐"，是因为茶圣只知煎茶而不懂点茶。这当然是对茶圣的一种苛求，但我们也不禁要问，点茶比起煎茶又有什么高妙之处呢？

点茶人技术高超，点出的茶汤泡沫丰富而持久。福全的汤戏之技，全要以这些泡沫来做文章。但是茶汤泡沫的持久，不过是相对而言罢了。随着茶汤温度下降，本已溶于水的茶粉又会慢慢分离出来，这时候非但茶香没有了，上面的泡沫也消散了。现如今的日本抹茶，冲点后必须马上品饮，就是这个道理。

基于以上种种考虑，当时的人讲究要趁热饮茶。宋代周辉《清波杂志》卷六"冷茶"条目中，记载了这样一个有趣的故事。

北宋年间，有一位官员名叫强渊明。虽然也叫渊明，却与陶渊明的人品天差地别。陶渊明品格高洁，不为五斗米折腰；强渊明贪图名利，为了升官不惜溜须拍马，他对于佞臣蔡京极尽阿谀奉承之事，最终如愿以偿，被派往陕西为官。

临行之前，强渊明向蔡京辞行。蔡京嘱咐说："公至彼，且吃冷茶。"①按现代汉语来说，你去了陕西当官，就等着吃冷茶吧。别看强渊明通透机灵，当时愣是没听懂这句话。"吃冷茶？难道要给我强渊明小鞋穿？"他心里嘀咕，却也没敢再问，唯唯诺诺地告辞了。

强渊明在陕西干了一阵子，各方面都算顺风顺水，也没感觉到谁怠慢他。有一回，他在府邸宴请宾客，吩咐官妓作陪。

---

① 《清波杂志》卷六。

美女们先陪着喝酒，然后又去后面点茶调汤。当官妓们端着茶回来时，强渊明才明白了蔡京口中"吃冷茶"的意思。原来宋代女性已经开始裹小脚了，而这种习惯在陕西官妓间尤其流行。从后堂到前厅，其实没多远，可是美女们脚太小，需要走好一会儿，这样一来，原本热气腾腾的茶汤，送到客人面前已经凉了。一碗又冷又瀡的茶汤，喝下去想必是不太舒服，所以蔡京才提前给强渊明打预防针，提醒他到陕西要"吃冷茶"了。由此推断，陕西官妓们不适合表演汤戏，她们水丹青学得再好，还没走到客人面前，这图案就没了。

正如《清异录》中所说这些"纤巧如画"的图案，实际上非常容易"须臾即就散灭"，这便是汤戏表演真正的技术难点。福全能够在刹那之间完成茶诗的书写，确实令人叹为观止。然而，他是在众人面前卖弄技艺吗？恐怕又没有那么简单。想要真正理解福全的用心，还要从这项技艺的社会背景入手。

汤戏，始于唐，兴于宋。唐宋两代，有什么样的特点呢？这时的科举制度开始形成，并慢慢走向成熟，中下层知识分子，纷纷靠科举考试跻身于朝廷。官僚政治，也正式取代了之前的贵族政治和门阀制度。但是这其中，也有一些问题。贵族是世袭制，即使官职被剥夺，但是血统仍然高贵。官员是任命制，朝为田舍郎，暮登天子堂。读书人可以平步青云，由布衣而宰相，但也可以一落千丈，由显贵而潦倒。这种极大的反差，总是给人以巨大的刺激。

茶汤上美轮美奂的图案，不正如眼前的功名利禄吗？顷刻之间，都散灭于无形。所以众檀越欣赏福全的汤戏，实际上也是在感悟自己的人生。点茶背后的这层隐喻，煎茶确实并不具备。这时我们便可理解，福全"却笑当年陆鸿渐"的原因了。

《红楼梦》第五回《游幻境指迷十二钗·饮仙醪曲演红楼梦》中，宝玉在太虚幻境中听到了十二钗的判词。其中最后的"收尾·飞鸟各投林"唱道：

> 为官的，家业凋零；富贵的，金银散尽。
> 有恩的，死里逃生；无情的，分明报应。
> 欠命的，命已还；欠泪的，泪已尽。
> 冤冤相报实非轻，分离聚合皆前定。
> 欲知命短问前生，老来富贵也真侥幸。
> 看破的，遁入空门；痴迷的，枉送了性命。
> 好一似食尽鸟投林，落了片白茫茫大地真干净。[1]

白茫茫大地真干净，讲的也是须臾即就散灭。至于《红楼梦》开篇出现的空空道人、茫茫大士以及渺渺真人，其实也是在暗示富贵荣华一无所有。

曹雪芹借奇怪的人名，表达对生命虚幻的领悟。

---

[1]《红楼梦》第五回。

福全尚借汤戏的手法，承载对芸芸众生的警示。

听闻现在有人恢复了茶百戏，据说还申请了非遗。我福分浅薄，没有亲眼得见；上网搜索资料，却又觉得不看也罢。唐宋之间的茶百戏，完全利用击打茶汤而呈现图案。现代的茶百戏，却完全不是如此。人们或是将茶汤调得足够稠，或是将茶沫打得足够厚，然后用一根细竹签蘸着浓稠的茶糊在上面写字作画。

这个办法，确实简单有效，且容易掌握。据说这样画出的图案，可以在茶汤上持续一两个小时，大家就可以从容地掏出手机，选取各种角度拍照；要是您乐意，端起茶碗来个合影也没问题；再加上茶人从旁讲解说明，可谓尽欢而散。可是现代版的汤戏，"须臾散灭"的哲理却是荡然无存了。

现代茶人的汤戏，卖弄的是新奇体验。

僧人福全的汤戏，讲述的是人生哲理。

齐己《咏茶十二韵》

百草让为灵，功先百草成。

甘传天下口，贵占火前名。

出处春无雁，收时谷有莺。

封题从泽国，贡献入秦京。

嗅觉精新极，尝知骨自轻。

研通天柱响，摘绕蜀山明。

赋客秋吟起，禅师昼卧惊。

角开香满室，炉动绿凝铛。

晚忆凉泉对，闲思异果平。

松黄干旋泛，云母滑随倾。

颇贵高人寄，尤宜别匦盛。

曾寻修事法，妙尽陆先生。①

一

　　2020年，居家抗疫，反而有了空闲的时间。于是我连开了三十二堂课，讲的都是唐代茶诗。讲到最后一课时，我心里犯了嘀咕。到底请出哪位诗人，为唐代茶诗课程画上一个句号呢？我的茶诗课是按诗人的生年来排序。所以最后出场的这位诗人，我选择齐己，讲他的《咏茶十二韵》。

　　当然，很多人会说，齐己的名字听着耳生。

　　您别急，咱们慢慢聊。

　　齐己，是唐末五代之间的著名诗僧。《全唐诗》卷八三八记载他"名得生，姓胡氏"②。也就是说，齐己俗家的名字应为胡得生。他是湖南益阳人，那是如今盛产茯砖茶的地方，当然，齐己并没有赶上就是了，但说他生于茶乡，却并非夸张之词。

　　关于齐己的生卒年，有关史料都没有明确的记载。所以历来的研究者，基本都是依靠其诗文中的信息进行推测。现大致认定，他生于唐懿宗咸通五年（864），距离茶圣陆羽去世整整一个甲子。齐己卒于后晋天福八年（943）或稍后，享年约八十

---

①王秀林校注：《齐己诗集校注》，中国社会科学出版社，2011年，296页。

②《全唐诗》卷八百三十八。

岁，也算是长寿之人了①。

关于齐己少时事迹，诸书多有记载。宋代陶岳《五代史补》卷三中写道：

> 大沩同庆寺，僧多而地广，佃户仅千余家。齐己则佃户胡氏之子也。七岁，与诸童子为寺司牧牛，然天性颖悟，于风雅之道日有所得，往往以竹枝画牛背为篇什。众僧奇之，且欲壮其山门，遂勒令出家。②

由上述材料可以看出，小胡出身贫寒，属于失学儿童，七岁的时候就到大沩山同庆寺打工，主要负责放牛。小胡在一帮童工里，表现非常突出。他天资聪颖，善于以"风雅之道"入篇。他的才华被寺里的僧人看中，从此开始了他半牧半僧的生活。工人小胡，也慢慢成了僧人齐己。

细究起来，齐己与陆羽的经历颇为相似。首先，俩人都是苦孩子。齐己是家境贫寒，陆羽是无父无母。其次，二人的童年都在寺庙度过。齐己是大沩同庆寺，陆羽是竟陵龙盖寺。第三，二人的起步其实并不低。同庆寺，是禅宗沩仰宗的发源地。龙盖寺，是智积禅师的修行处。所以这两个苦孩子，既以寺庙为家，也以寺庙为校，最终成长为了不起的人才。

---

① 刘雯雯著：《唐代诗僧齐己研究》，吉林文史出版社，2016年，16页。
② 《五代史补》卷三。

可能正因如此，齐己是陆羽的忠实粉丝。他在茶诗《过陆鸿渐旧居》中写道：

> 楚客西来过旧居，读碑寻传见终初。
> 佯狂未必轻儒业，高尚何妨诵佛书。
> 种竹岸香连菡萏，煮茶泉影落蟾蜍。
> 如今若更生来此，知有何人赠白驴。①

一方面，诗中深刻表达了齐己对陆羽的崇敬之情，另一方面，也突出了齐己对于陆羽生活态度的赞赏。人生成功与否，不仅仅是靠外在的东西衡量。有时候"佯狂"未必是"轻儒业"，"高尚"也不妨"诵佛书"。像陆羽这样，做一个自由自在追求理想的人，是非常通透的人生智慧。

陆羽后来还俗，齐己却终身为僧，且以沩仰宗"清净无为，淡泞无碍"的思想为终身追求。齐己的一生，在沩山同庆寺、长沙道林寺、庐山东林寺、荆州龙兴寺四座庙宇中度过。纵观齐己的足迹，所到所留的地方基本都有茶叶生产。长于寺院，行遍茶区，又以茶圣为偶像，难怪齐己是一位爱茶懂茶之人。

---

① 《齐己诗集校注》，482页。

二

当然，齐己有多重身份。他既是僧人，也是茶人，更是诗人，准确地说，是一位诗僧。孙昌武先生在《唐代文学与佛教》一书中，将诗僧称为"披着袈裟的诗人"，虽然定位也算准确，但听着老让人想起"披着羊皮的狼"，所以时至今日，我还是不太习惯用老先生这个说法。其实说简单些，诗僧就是精于诗歌创作的僧人。

东晋佛学家康僧渊是诗僧的始作俑者，其两首诗《代答张君祖诗》《又答张君祖诗》是僧诗的发轫之作。稍后的东晋名僧支遁、慧远亦极善诗。但直到唐代，很多僧人的诗风还是更偏向于偈颂。例如本书选取的释无住的《茶偈》，就是一首偈颂形式的茶诗。正如僧人拾得所说："我诗也是诗，有人唤作偈。诗偈总一般，读时须子细。"[①]因此有人说，唐代僧人的诗充满了佛偈气息，却少了些诗歌的味道。

从《全唐诗》来看，唐代写诗的僧人百余人，诗作共四十六卷，其中绝大部分诗僧和僧诗，都集中出现在晚唐五代。诗僧作为一个特殊的阶层，严格来说形成于晚唐五代。这时候的僧人创作的诗歌，严格遵守格律，写作水平绝不逊色于未出家的诗人。

---

① 《全唐诗》卷八百七。

　　例如齐己的这首茶诗，就是典型的近体诗。唐代兴起的近体诗，以律诗为代表。律诗的韵、平仄、对仗，都有着许多讲究。就是因为格律太严，所以得名叫律诗。律诗一般是八句，五律共四十个字，七律共五十六个字。要是超过了八句的律诗，就称为长律。

　　长律也是近体诗。长律一般是五言，七律较少，往往在题目上标明韵数。例如杜甫《风疾舟中伏枕书怀三十六韵奉呈湖南亲友》，为三百六十字；白居易《代书诗一百韵寄微之》，为一千字。这种长律除了首尾两联以外，一律要求对仗，所以又叫排律。

　　有别于从谂、无住等禅宗僧人的茶诗，《咏茶十二韵》严格按照格律要求创作。但仔细拆解后，又可在其中感悟到浓浓的禅理佛法，这便是齐己茶诗兼容僧俗精神世界的独特魅力。

三

　　全诗是十二韵，一百二十字，大致可分为六个部分来解读。

　　第一部分，"百草让为灵，功先百草成。甘传天下口，贵占火前名"，可概括为"赞茶"二字。

　　所谓"百草让为灵，功先百草成"两句，似是从卢仝《走笔谢孟谏议寄新茶》"天子须尝阳羡茶，百草不敢先开花"①中运化而出。百草，为何以茶为灵？香茶，为何为百草之魁？后面的诗文，给出了答案。

茶，人见人爱，多半因为口味美妙。其实以水煎煮植物根茎叶饮用，是古已有之的法子。现如今我们熬制中草药，做法和煮茶也没什么两样，所不同之处，茶好喝，药难咽。

其实茶汤与药汤里，都有苦涩味。但是中药汤剂里的苦，入口后久久不能消散，以至于很多人喝中药后，清水漱口都不管用，必须再含一块糖，才能把那股子苦味压下去。茶，就完全不同了，汤水中的苦涩感，会马上在口腔间化开，并转为一种美妙的回味。而那微微的苦涩不仅不是缺点，反而成了茶汤的迷人之处。适度的苦涩，恰恰带来了口感上的刺激，给人一种全新的味觉体验，所以俗话才说：不苦不涩不是茶，只苦只涩不是好茶。

苦涩转化出的味道，就是甘。请注意，是甘，而非甜。甘，只是程度很轻的甜，它绝没有蜜糖的甜腻，反而要伴有丝丝的生津。从字形上看，甜比甘多了一个舌，由此可知，甜是靠舌感知，而甘绝非仅停留在舌。例如闽南乌龙里的佛手茶，其甘就不只在舌尖，而是可以蕴散到喉头。那感觉，不可言说，美妙无穷。所以仅看"甘传天下口"一句，就可知齐己是懂茶

---

① 《玉川子诗集》卷二。又《全唐诗》卷三百十六。

之人。

第二部分，"出处春无雁，收时谷有莺。封题从泽国，贡献入秦京"，可概括为"收茶"两个字。

这里的"出处春无雁"，承接前文的"贵占火前名"，都是对春茶的赞美。采茶之时，连年前南去过冬的大雁，都还没有成群北归。可收到茶时，似乎已经是谷子成熟的时候了。春季采制的好茶，为何秋季才收到呢？这也太慢了吧。

这其中也有隐情。产茶之地是南方的泽国，收茶之地是北地的秦京，关山相隔，何止千里。古时的物流，远没有现在发达，再加上唐代中期之后，藩镇割据战火频起，自南往北运送好茶谈何容易呢。"谷有莺"之时，能喝到"春无雁"之际的好茶，就已经是非常幸福的事情了。

中国历代茶诗之中，常见答谢友人赠茶的主题。其中最为著名的诗句，便是白居易的"不寄他人先寄我，应缘我是别茶人"了。古人收到茶后，之所以如此感动，很大程度便是由于运输的不便。在如此困难的情况之下，还执意将好茶送来，足见一份真挚的友谊。

第三部分，"嗅觉精新极，尝知骨自轻。研通天柱响，摘绕蜀山明"，可概括为"尝茶"两个字。

前面两个部分，可视作诗人拿到茶后的感慨。自此刻起，才是正式开始饮茶。喝茶前，先深嗅茶香。上等绿茶的清新气息，顺着鼻腔直入脑顶。沾唇轻啜，不仅甘美，更可使人肌骨轻灵飘飘欲仙。

此时，诗人的思绪没有停留在茶汤之上。一笔荡开，从茶碗写到了茶山。诗中的"摘"，自然是采摘茶青。至于"研"字，指的是唐宋制茶法中的研茶工艺。具体的做法，是将叶状的茶叶加工后变成粉末状或糊状。唐茶是"蒸罢热捣"①，宋茶是"研膏惟热"②。一般的茶叶，蒸洗之后就可以研，宋代的建茶更为讲究，在研之前还要榨茶。除此之外，唐人不认为研茶越细越好，但宋人研茶，却追求极细。齐己生活在唐末五代，正是研茶工序由粗犷转为细致的时期，所以"隆隆"的研茶之声，环绕茶山不绝于耳。

第四部分，"赋客秋吟起，禅师昼卧惊。角开香满室，炉动绿凝铛"，可概括为"品茶"两个字。

"角开香满室"一句，有刘禹锡《西山兰若试茶歌》中"斯须炒成满室香"③的影子。这样既有颜值又具美味的好茶，就不仅是解渴的饮料了。细细品味后，文人能思绪万千，僧人可破除睡魔。

这里的"角"字，需多啰嗦几句。角，是宋代邮寄制度中常见的用语。一份缄封好的邮件，时称递角，或递筒、邮筒，又或皮角、皮筒，以上说法均可简称为"角"。所谓"角开"，

---

① （唐）陆羽著，沈冬梅评注：《茶经》卷下，中华书局，2010年，78页。

② 《大观茶论》。

③ 《刘禹锡全集编年校注》卷九，592页。

也就是打开邮寄而来的好茶。宋代林逋《夏日寺居和酬叶次公》中，就有"社信题茶角，楼衣笼酒痕"①的诗句。而南宋徐照《谢徐玑惠茶》中"角开秋月满，香入井泉新"②两句，显然就是从齐己"角开香满室，炉动绿凝铛"中化出。

第五部分，"晚忆凉泉对，闲思异果平。松黄干旋泛，云母滑随倾"，可概括为"回味"两个字。

前面两句，用的是倒装的手法。茶汤下肚，引得诗人思绪万千。冰凉的泉水，异香的鲜果……引发思考，钩沉回忆，这又是茶的魅力之一了。

后面两句，出现了两种药材，即松黄和云母。唐代饮茶时，常要加这两样东西。齐己另一首茶诗《闻道林诸友尝茶因有寄》中，便有"摘带岳华蒸晓露，碾和松粉煮春泉"③的句子。这里的松粉，就是松黄，即松花粉。白居易的茶诗《早服云母散》中，更有"药销日晏三匙饭，酒渴春深一碗茶"④的名句。唐人饮茶多要加这两样东西，一方面有药食同源的考虑，另一方面，恐怕也因那时的茶还不够好喝，松花能增香，云母可润滑，加进去会提高口感。现如今六大茶类各具风采，远比唐宋茶好喝。您要是还学着古人往茶汤里加松黄、云母，那可就是东施效

---

① 《全宋诗》卷一百九。

② 《全宋诗》卷二六七〇。

③ 《齐己诗集校注》，491页。

④ 《白居易诗集校注》，2409页。

辇了。

第六部分，"颇贵高人寄，尤宜别匦盛。曾寻修事法，妙尽陆先生"，可概括为"妙法"两个字。

友人寄来这么好的茶，自然得特别鸣谢一番。前面的客气话，我们也不必啰嗦了，这几句诸位倒是可以记下来。下次朋友送茶来，您就拿"颇贵高人寄，尤宜别匦盛"作为朋友圈文案，保证点赞者无数，不信您试试看。

至于全诗的最后两句，倒真是值得多聊几句。齐己的"曾寻修法事，妙尽陆先生"两句，与无住《茶偈》中"不劳人气力，直耸法门开"有异曲同工之妙。他们都是告诫世人，禅法智慧就在一杯茶汤当中。僧人以佛经开示信众，陆羽以茶事普度众生。从这点来看，陆先生不愧为佛门弟子。

南宋慧开禅师在《无门关》中写道：

> 春有百花秋有月，夏有凉风冬有雪。
> 若无闲事挂心头，便是人间好时节。①

无闲事，有茶汤，自然天天都是好时节。
恐怕，这便是陆先生之妙法吧？

---

① 《全宋诗》卷二九九九。

附录：日本茶诗三首

嵯峨天皇《夏日左大将军藤原冬嗣闲居院》

避暑时来闲院里，池亭一把钓鱼竿。
回塘柳翠夕阳暗，曲岸松声炎节寒。
吟诗不厌捣香茗，乘兴偏宜听雅弹。
暂对清泉涤烦虑，况乎寂寞日成欢。①

一

说起爱茶的君主，自然会想到宋徽宗与乾隆皇帝。虽说《大

---

① （日）嵯峨天皇作：《夏日左大将军藤原冬嗣闲居院》，收入《凌云集》，54页，见（日）与谢野宽、（日）正宗敦夫、（日）与谢野晶子编纂校订：《怀风藻／凌云集／文华秀丽集／经国集／本朝丽藻（日本古典全集〈一回〉）》，东京：《日本古典全集》刊行会，大正十五年（1926）4月。

观茶论》不一定是徽宗亲笔写作，但他酷爱茶事却是事实。至于乾隆皇帝，不仅写作若干茶诗，更有"君不可一日无茶"的美谈传世。在二人的带动下，北宋晚期与清代乾隆朝，都成为中国茶文化发展的高峰。

日本平安时期的嵯峨天皇，也是一位热衷茶事的君主，在他的推动下，日本形成了第一次饮茶热潮。只是后世天皇未能延续，以致到镰仓幕府时才再兴茶风。荣西禅师被封为茶祖，倒是没人提及这位爱茶的天皇了。这里便借嵯峨天皇的一首茶诗，钩沉日本平安茶史，顺带一窥日本早期的茶会形态。

日本古代的嵯峨天皇，竟然还能写漂亮的汉语诗，这是今天很难想象的事情。实际上嵯峨天皇不仅是一位卓越的政治家，同时也是造诣颇深的汉学家和诗人。他喜好文学，特别崇尚唐朝的文化。众所周知，大唐是中国诗歌发展的巅峰。嵯峨天皇即位的那一年，唐代的许多大诗人尚在，例如柳宗元时年三十六岁，刘禹锡与白居易三十七岁。大唐浓郁的诗风，也深深地影响了邻国日本的嵯峨天皇。

在任天皇及上皇的前后三十余年间，他安排人先后编纂了《凌云集》《文华秀丽集》《经国集》等三大汉诗集。嵯峨天皇自己也长于汉诗，《凌云集》中有二十二首，《文华秀丽集》中有二十九首，《经国集》中有三十首，凡五言律诗、七言律诗、七言古诗、七言绝句、五言绝句、杂言诗等，无不擅长[1]。

嵯峨天皇的书法造诣也很高，他与空海、橘逸两位僧人一起，被后世合称为"平安三笔"。要知道，这两位僧人可都曾到过唐朝求法。空海在唐朝期间，曾向著名的书法家韩方明问艺，并学会了《授笔要说》中的五种笔法。学得秘笈的空海和尚功力大进，还得了"五笔和尚"的美誉。空海回日本后，将欧阳询真迹一卷、王羲之兰亭碑拓本一卷呈献给了嵯峨天皇。这样一来，虽然嵯峨天皇没去唐朝留学，但是用的可是最顶尖的书法教材。深受中国文化滋养的嵯峨天皇，既会吟诗又通书法，可谓是平安时期卓越的汉学家。

值得注意的是，嵯峨天皇广泛学习汉文化时恰逢陆羽《茶经》问世，中国形成了第一个茶文化发展高峰。唐朝的茶事活动，也通过最澄、空海和永忠等一批求法僧而传到日本，并很快被嵯峨天皇接受。在嵯峨天皇为首的日本平安贵族眼中，茶汤不仅仅是饮料，更是中华文明的文化符号。这就如同改革开放之后，可乐、咖啡仿佛才是思想新潮的西化人士的标配一样。

---

① （日）绪方惟精著、丁策译：《日本汉文学史》，台北正中书局，1968年，77页。

二

　　这一首茶诗，并非完成于皇宫，而是作于左大将军的闲居院。作为一国之君，为何要屈尊到臣子家饮茶？嵯峨天皇与藤原冬嗣，有什么样的亲密关系？他们之间的故事，要从嵯峨天皇的即位风波说起。

　　嵯峨天皇的父亲，是大名鼎鼎的桓武天皇。平安时代的日本天皇，可不是软弱无能的傀儡，恰恰相反，早期的天皇个个英明强干。例如桓武天皇，力主将都城迁到了平安京（今京都），对于日本历史影响十分深远。

　　日本大同四年（809），也就是迁都平安京的十五年后，桓武天皇的儿子嵯峨天皇即位。嵯峨天皇即位其实并不顺利，别看嵯峨天皇是桓武天皇的儿子，可是他的皇位却不是继承自他的父亲。这事说着有点乱，咱们慢慢理清。

　　最开始，桓武天皇驾崩前传位给了自己的儿子平城天皇。怎奈平城天皇多病，便让位给了弟弟嵯峨天皇，自己做起了上皇，但这样的让位，也为日后埋下了政治隐患。

　　就在嵯峨天皇即位一年之后，平城上皇的身体竟然恢复了。他开始后悔将皇位让给弟弟了，最终下诏从平安京迁都平城京，也就是从今天的京都迁回奈良，其目的非常明显，就是想从弟弟嵯峨天皇手中夺回政治权力。

　　在这种局面下，一些大臣公卿开始迁到平城京，一时间朝局大乱。当时有"两处朝廷"的说法，指的是朝廷被天皇和上皇分为两处，形成剑拔弩张的对立状况。嵯峨天皇的政治才能很高，最终解决了这次"两处朝廷"的危局。他的哥哥平城上皇削发出家，身边的亲信被尽数诛杀。

　　这次政局动荡过后，嵯峨天皇开始考虑扶持亲信，从而巩固自己的政治力量。茶诗题目中出现的藤原冬嗣，是在嵯峨天皇还是皇太子时就侍奉左右的近人。因此在这次政治改革中，嵯峨天皇将藤原冬嗣提拔为第一任"藏人头"，相当于如今的政府秘书长。当时藏人头的任务，就是负责天皇与大臣公卿间的信息传达，地位举足轻重。让藤原冬嗣担任藏人头，也可见嵯峨天皇对他的信任了。

　　后来，藤原冬嗣又升迁至左大臣，二人同心协力整顿朝廷律令，加强中央集权，力图稳定政局。所以在题目中，有"左大将军藤原冬嗣"的称呼。

　　日本弘仁五年（814），嵯峨天皇二十八岁，藤原冬嗣二十九岁。这一年的夏初时节，在藤原冬嗣的宅院里举办了一次高规格的茶会。参与者除去君臣二人，还有嵯峨天皇的弟弟（后登基为淳和天皇）、汉文诗集《经国集》的主编滋野贞主以及诸多王公大臣。嵯峨天皇诗兴大发，遂作《夏日左大将军藤原冬嗣闲居院》茶诗一首。那时候，一不能拍照二不能录像，这首茶诗也就成了这场日本平安时代茶会最为详备的记录。

三

"避暑时来闲院里,池亭一把钓鱼竿",讲的是茶会地点。

大的定位,是藤原冬嗣的居所,具体的位置,恐怕就在池塘边的亭子里。夏日天长,绿柳成行,闲园里避暑,好不逍遥快活。

"回塘柳翠夕阳暗,曲岸松声炎节寒",讲的是茶会环境。

红轮西坠,天清气爽,傍晚时节,在池塘的翠柳畔小憩。听到松风阵阵,不由得遍体通透舒爽清寒。

"吟诗不厌捣香茗,乘兴偏宜听雅弹",讲的是茶会雅事。

这里引出了茶事,动词用了一个"捣"字。陆羽《茶经》"五之煮"中写道:

> 其始,若茶之至嫩者,蒸罢热捣,叶烂而芽笋存焉。假以力者,持千钧杵亦不之烂。

将茶捣烂后再行烹煮,是唐代流行的饮法。此句即可看出,嵯峨天皇的茶事中对于陆羽煎茶法亦步亦趋的模仿。茶圣陆羽讲茶在先,嵯峨天皇捣茶在后。我大胆揣测,陆羽《茶经》问世不久即东渡扶桑,对于日本平安时期的茶事产生了深远的影响。

纵观这场茶会,捣茗、饮茶、吟诗、弹琴、垂钓、观鱼等多项活动同时出现，与其说是茶会，倒不如说是唐代文化的雅集。日本贵族手中捧着的是茶汤，心中怀着的却是大唐文化。在嵯峨天皇的倡导下，中国唐代的煎茶法得以发扬光大，史称"弘仁茶风"。

"暂对清泉涤烦虑，况乎寂寞日成欢"，讲的是茶会情怀。

平日朝廷里的尔虞我诈，肯定使人紧张压抑。在这样的茶会活动中，香茗暂时冲淡了烦恼，争名夺利的政治家们，获得了片刻的欢愉。诚然，嵯峨天皇举办这样的唐风茶会，是对于高雅文化的吸收与享乐，但皇家的事情，从来没有这么简单。

据《类聚国史》"弘仁五年四月二十八日"条记载，当日藤原家茶会时曾写了不少茶诗，但大部分已经散佚不存。现如今除去嵯峨天皇这首，还有嵯峨天皇弟弟《夏日大将军藤原朝臣闲院纳凉探得闲字应制》与滋野贞主《夏日陪幸左大将军藤原冬嗣闲居院应制》两首。细细品味诗句中的一唱一和，君臣似乎通过茶会活动，产生着一种微妙的沟通与互动。

日本学者中村幸在《茶事·茶会》一书中指出，嵯峨天皇在臣下府邸举办大型的茶会，君臣们一起先品茶再吟诗，进而体验一系列中华文化的风雅趣事。这是一种相对私密的娱乐活动，目的在于培养与心腹人的感情。嵯峨天皇通过茶宴，与藤原冬嗣这样的重臣建立紧密的关系，从而使得自己的政权稳如磐石。后来到了幕府时代，武将们在一起举行的"茶寄合"，就有嵯峨天皇茶宴的影子①。当然，那是后话了。

　　20世纪90年代开始，商务洽谈流行去茶楼，点一壶昂贵的好茶，请一位靓丽的茶师，佳人泡佳茗，大家边喝边聊。这种活动名为品茶，实际上主宾双方的心思都在生意上，因此，到底喝的是红茶还是绿茶，用的是紫砂还是白瓷，都无关紧要。我猜想嵯峨身边的几位重臣，会不会也是这样的心不在焉呢？

　　皇家就是皇家，简单问题复杂化。

　　喝茶就是喝茶，管他春秋与冬夏。

---

① （日）中村幸著：《茶事·茶会》，东京淡交社，2019年，23页。

惟良氏《和出云巨太守茶歌》^①

山中茗，早春枝，萌芽采撷为茶时。

山傍老，爱为宝，独对金炉炙令燥。

空林下，清流水，纱中漉仍银枪子。

兽炭须臾炎气盛，盆浮沸，浪花起。

巩县垸，商家盘，吴盐和味味更美。

物性由来是幽洁，深岩石髓不胜此。

煎罢余香处处薰，饮之无事卧白云，

应知仙气日氛氲。

———————

① （日）惟良氏作：《和出云巨太守茶歌》，收入《经国集》卷十四，见（日）与谢野宽、（日）正宗敦夫等编：《怀风藻／凌云集／文华秀丽集／经国集／本朝丽藻（覆刻日本古典全集）》，东京现代思潮新社，2007年，174页。

一

2020年初新冠疫情爆发以来，邻国日本的人道援助不断，不禁令人感动。那些寄往湖北的援助物资上，贴有"山川异域，风月同天"的汉字寄语。这引起了人们的注意，一度成为新闻话题。

这两句寄语，出自《唐大和上东征传》。讲述的是唐代初年，崇敬佛法的日本长屋王造了千件袈裟，布施给唐朝僧众，并且写下偈语："山川异域，风月同天，寄诸佛子，共结来缘。"①据说后来鉴真和尚听闻此偈大为感动，最终东渡日本弘扬佛法。日本在这次援助中国抗击疫情的物资上，贴上了这样两句偈语，用典准确，文辞恳切，休戚与共之情，可谓表露无遗。

通过这次新闻事件，国人对于日本的汉语诗词水平刮目相看。其实，我们一直低估了日本人的汉语诗词造诣。至于日本文人写作的茶诗，关注者更是寥寥无几。那么不妨借此机会，与大家多拆解几首日本平安时期的茶诗，也可从另一个角度，观察日本茶文化的面貌。

---

① （日）真人元开著、汪向荣校注：《唐大和上东征传》，中华书局，1979年，40页。

二

这首《和出云巨太守茶歌》的作者惟良氏，详细情况今人所知甚少，但是可以肯定，她是嵯峨天皇身边的女侍从。这一位嵯峨天皇，又恰恰是日本茶文化发展史中不得不提的重要人物。这一首茶诗，不妨就从嵯峨天皇讲起吧。

嵯峨天皇的父亲，便是大名鼎鼎的桓武天皇。为何说桓武天皇名气大呢？因为他于公元794年将日本的都城迁到了平安京，也就是如今的京都。要知道，一直到日本近代明治维新之前，京都一直都是日本法定意义上的都城。京都千年都城的局面，就是由桓武天皇所奠定。

日本大同四年（809），也就是迁都平安京的十五年后，桓武天皇的儿子嵯峨天皇即位。那一年，是唐宪宗元和四年。嵯峨天皇与其父桓武天皇不同，非常爱好艺术而且崇尚唐朝文化。他即位之时，陆羽《茶经》已然问世，大唐朝茶风渐起。这阵茶风是否顺利东渡？我们去题目中寻找答案。

三

歌，是这首日本茶诗的形式。这是一种古体诗，突出的特点便是灵活自由，每句长短不拘，中间也可换韵，虽然没有严格的规范，但却蕴含着一种朴厚与沉实的特殊味道。由题目来看，出云的巨太守写了一首茶歌，嵯峨天皇身边的惟良氏读过后，便写了一首诗唱和。从地方大员到宫中贵妇，都会作诗咏茶，看起来，日本平安时期的朝廷中茶风颇为浓郁。这一切，要归功于嵯峨天皇对于茶事的倡导。

嵯峨天皇未曾入唐游历，又是如何感受到大唐茶文化的魅力呢？这份珍贵的茶缘，起源于著名的僧人永忠。永忠和尚于日本宝龟年间（约775），乘坐第十五次遣唐船来中国。入唐后，就住进了长安的西明寺。西明寺名为庙宇，实际上兼具汉语培训功能，日本留学僧人在此既能熟悉语言，也能了解当地风土民情，为日后的学习打下基础。西明寺，当时就相当于日本求法僧的语言学校。

今天到国外留学，一般也得读语言学校，少则半年，多则一载。但是永忠和尚很不同，在接受完培训后却留在了西明寺。他的主要工作，就是参与协助培训日本来唐朝的求法僧人。就这样，永忠在西明寺竟然生活了足足三十年。

那么，在漫长的三十年中，永忠有没有喝到茶呢？

答：肯定没少喝。

有何证据呢？

答：起码有两条。

其一，永忠在唐朝生活的时间段，茶圣陆羽仍在人间。二人不曾谋面，但永忠却一定感受到了大唐日渐浓郁的饮茶风气。我大胆揣测，永忠甚至有可能读过《茶经》，起码在时间上这种假设可以成立。

其二，1985年，中国社会科学院考古研究所西安唐城工作队发掘了西明寺遗址。出土的文物中，就有一个唐代使用的茶碾。经文物工作者修复后，发现其底座上刻有"西明寺，石茶碾"六个字。

"荼"，是茶的别称。在唐代中期以前，的确存在着"荼"与"茶"混用的现象。黑石号沉船中出水的唐代长沙窑瓷盏，内壁上也有"荼盏子"三字。另外西明寺出土的石碾，形制与陆羽《茶经》"四之器"中记载的相符。因此可以推断，西明寺的"石荼碾"就是"石茶碾"，唐代西明寺中一定常有茶事活动。日本僧人永忠在西明寺学习与工作了三十年，自然是早已浸淫茶汤之中了。

永忠回到日本的时候，已经是六十三岁高龄的老僧了。在回国的行李中除去佛经，还有珍贵的茶叶和茶籽。他把唐朝带来的茶籽细心栽培起来，经过整整十年后才开始采茶，制成的茶品质优异，永忠认为可以敬献给天皇了。

日本《类聚国史》"帝王部"中记载，弘仁六年（815）四月，嵯峨天皇到近江国滋贺韩崎游览，途中路过了崇福寺。大僧都永忠、护命法师等人，率领众僧在门外奉迎。嵯峨天皇走下车辇，到寺庙中升堂礼佛。之后又到梵释寺，嵯峨天皇下舆并赋诗，随行的天皇弟弟和群臣奉上和诗。此时，大僧都永忠亲手煎茶敬献给嵯峨天皇。美味的茶汤，将嵯峨天皇打动，永忠大受表彰，并被赐以御冠。《类聚国史》中的这处文字，是日本正史中第一次关于饮茶的记载。

嵯峨天皇先观大唐风气的茶礼，后饮美味可口的茶汤，受到了很大的触动。《日本后记》"弘仁六年六月三日"条记载，嵯峨天皇与永忠吃茶之后仅仅四十余日，不仅在宫中开辟了大内茶园，并且在畿内、近江、丹波、播磨等诸国都种植了茶叶，命令地方每年献茶。

那么在嵯峨天皇时代，日本的茶叶生产与茶事活动，具体是什么样子的呢？今人在惟良氏这首《和出云巨太守茶歌》中，便可窥一斑而见全豹了。

四

理清了这首茶诗的写作背景，我们再来读正文。

"山中茗，早春枝，萌芽采撷为茶时"，讲的是采茶。

陆羽《茶经》"三之造"中，明确提出了采茶的时间是在初春的二月、三月、四月之间。日本茶诗中的"早春枝"，形容得恰如其分，亦可当作茶的雅称了。

"山傍老，爱为宝，独对金炉炙令燥"，讲的是备茶。

这里的"山傍"，指的是半山腰。山中居住的宿老，将香茗爱为珍宝。采摘下来后，再慢慢用金炉炙干。这个"炙茶"的动作，在《茶经》"五之煮"中就有记载，其目的是为了祛除茶饼中的潮气和水分，便于下一步碾碎。

"空林下，清流水，纱中漉仍银枪子"，讲的是取水。

已经炙好了茶，下一步便是取水。山中的泉水，要用特别的器具获取。日本茶诗中的"纱漉"，便是陆羽《茶经》"四之器"中的提到的"漉水囊"了。

其实"漉水囊"是佛门用具，在《南海寄归内法传》《大正藏》等佛教律典中都有专门记述。僧人取水时，先用"漉水囊"过滤，以免误杀水中的生物。茶圣陆羽在寺庙生活中，肯定用过"漉水囊"，后来把佛门法器融入饮茶生活当中。此时的邻国日本照搬大唐饮茶法，取水时使用"纱漉"也就不足为奇了。

"兽炭须臾炎气盛，盆浮沸，浪花起"，讲的是生火煮水。

所谓的"兽炭"，是将木炭的粉末与泥调和在一起，再做成兽面造型的特制燃料。早在中国的晋朝，不少名士喜欢用这种兽炭热酒。因此，兽炭是一种奢侈品，也是风雅的文化符号。日本贵族用兽炭来加热煎茶用水，自然也是着迷于其深厚的文化内涵了。

兽炭渐燃，汤水沸腾，浪花四起，主人又要忙着准备茶器了。

"巩县垸，商家盘，吴盐和味味更美"，讲的是备器煎茶。

碗是巩县所产，盘是商家所造，皆是名品，不可草率。

水烧沸，器备好，下一步自然就要煎茶。唐代煎茶之时，里面一定要加盐。陆羽《茶经》"四之器"中，"鹾簋"一物就是专门盛放茶事用盐的茶器。在这首茶诗中强调的"吴盐",自然也是从唐朝吴地进口的好盐。其实日本自古便产盐,但既然是学习唐朝的煎茶法,似乎还是要用"吴盐"而非"日本盐"才显得正宗。

滤水的"纱漉"、烧火的"兽炭"、盛茶的"巩县垸""商家盘"以及调味的"吴盐",一律用的是大唐进口到日本的舶来品。喝一次茶,耗费金钱之巨,绝非一般人可以承担。正如日本学者竹内实分析的那样,嵯峨天皇时代的贵族们,拼命效仿中国茶文化,即使一部分茶器具不是进口商品,也要做得尽量像地道的中国货。这样浩大的花费,相应地也使茶事活动难以在日本大众中间普及[①]。

日本平安时期的茶事盛景,不过是昙花一现罢了。真正茶事扎根于日本社会,要到数百年后的镰仓时期,那是后话,我这里就先不说了。

"物性由来是幽洁,深岩石髓不胜此。煎罢余香处处薰,饮之无事卧白云,应知仙气日氛氲",可以连在一起赏析。

香茗入口,馥郁芬芳,茶汤下肚,余香处处。这样的享受,深深吸引着平安时期的日本贵族。茶事活动终了,饮茶之人如同闲卧在白云之间般闲适与安逸。周遭绕身的哪里还是人间的茶气?分明就是氛氲的仙气。不得不说,《和出云巨太守茶歌》

---

① (日)竹内实著:《中国喫茶诗话》,东京淡交社,1982年,28页。

中的末尾两句，与卢仝的茶诗名句"七碗吃不得也，唯觉两腋习习清风生"大有异曲同工之美。

如果隐去作者与题目不看，单从摘茶、备茶、煎茶以及饮茶的体会来看，这首完全就是唐代的茶诗，甚至比唐代茶诗中描述茶事活动的细致程度，有过之而无不及。可见永忠和尚传回的不只有东土的佛法，还有大唐的茶法，亦可见平安时期以嵯峨天皇为代表的日本贵族，对于唐代茶法的着迷与崇拜了。

若是茶圣陆羽能够东渡，参与日本嵯峨天皇时代的茶会，恐怕也要喃喃自语：山川异域，风月同天。

岛田忠臣《乞滋十三摘茶》

不劳外出好居家，大抵闲人只爱茶。

见我铫中鱼失眼，闻君园里茗为芽。

诗行许摘何妨决，使及盈筐可得夸。

庭树近来春欲暮，莫教空腹犹看花。①

一

日本平安时期的茶诗水平，让今人为之赞叹。这样俊秀华美的诗歌，即使放在唐代文坛也会有一席之地。因此研究唐代的茶诗，应该把日本平安时期的茶歌作品也囊括进来。反过来说，若是忽视了日本茶诗的重要性，唐代茶文化的研究也势必

---

① （日）中村璋八、（日）岛田信一郎著：《田氏家集全释》，东京汲古书院，1993年，350页。

有所欠缺，所以这本专写唐代茶诗的小册子，收入了三篇日本平安时期的茶诗。

当时的日本人，为何汉语造诣如此高超？

后来的日本人，还能写出这样高水平的茶诗吗？

这一切问题的答案，还要从日本平安时期的文化环境中去寻找。

古代的东亚地区，曾经存在一个"同书同文"的汉字文化圈，包括了中国、日本、朝鲜半岛以及越南等地。朝鲜半岛与越南，都与中国陆地接壤，交流起来相对方便。日本孤悬海外，使用汉字也稍晚一些。

日本起初通晓汉字的人非常少，仅限于掌管朝廷记录事务的史官。毕竟总是结绳记事或是涂涂画画，实在记载不了什么大事。可是日本朝廷里能使用汉字的人，却几乎没有一个是真正的日本人。原来自公元4世纪至7世纪之间，陆续有人从中国大陆和朝鲜半岛来到日本列岛。这些早期的遗民被称为"渡来人"，是当时日本朝廷中唯一懂得汉语的人群。《宋书》在《倭国传》里，收录有公元478年倭国雄略大王致南朝宋顺帝的一则表文，通篇用汉语写作，行文流畅，措辞得体，显然就是留日的中国人所作。

公元7世纪开始，日本先后派出"遣隋使"与"遣唐使"，开始大规模向中国学习。公元604年，圣德太子制定了日本法制史上第一部成文法典《十七条宪法》，全部由中文写成。从这时起，使用汉字不再是渡来人的专利。在平安时期，使用汉字是男子的专利，精通汉字是做官的要求，能够熟练掌握汉字，是一个人有教养、有学问的基本表现。因此平安时期，上至天皇下至群臣，汉语造诣都炉火纯青。这些精彩的汉语茶诗，就是在这样的时代背景下产生的。

之前选的两首茶诗，都出自平安时代的日本宫廷，这里再选一首日本文人所写的茶诗，从另一个角度观察日本平安时代的饮茶风气。

二

这首茶诗的作者岛田忠臣，是日本平安时期一位知名的汉学家。他的祖父岛田清田，是尾张国的地方豪族。岛田忠臣受到良好的教育，曾在相当于中国国子监的日本大学寮中学习。他毕业后成为活跃的政坛人物，后来又参与了《日本后记》的编纂。

在平安时期，岛田忠臣就是出名的诗人。日本元庆五年（881），藤原敏行命人将岛田忠臣的汉诗五百首做成屏风，摆放在自家宅邸中欣赏。一来可见岛田忠臣的优质汉诗极多；二来也可见藤原敏行的豪宅规模了。岛田忠臣死后，被后世誉为"学问之神"的菅原道真感慨道：今后日本可能再也不会有这样的天才诗人出现了。岛田忠臣的诗起初收录在《田达音集》，后与其弟弟良臣等人的诗一起收录在《田氏全集》当中。

三

像岛田忠臣这样的知名文人，为何如此爱茶？甚至为了喝上一口佳茗，不惜作乞求之态呢？这要从岛田忠臣生活的年代说起。

公元823年，嵯峨天皇让位给其弟淳和天皇。也就是在这一年，岛田忠臣出生。公元842年嵯峨天皇去世时，岛田忠臣还不到二十岁。可以说，岛田忠臣与嵯峨天皇并没有太多交集。他在写作这首茶诗时，嵯峨天皇早已作古多年，但这并不代表岛田忠臣的茶缘与嵯峨天皇无关。

我们研读茶诗，一定不要忽略时代背景。因为时代背景与文学成就，有非常密切的关系。那么问题来了，究竟是怎么样一种关系呢？实际上，一些事情发生后并非能马上奏效与反映，要经过社会的"消化"，才能够真正反映出来，所以读茶诗，时代背景与消化程度的关系是一大难点。

例如我国在1978年开始实行改革开放，但对于人们思想行为的影响不会立竿见影地显现。很多70后与80后的身上，都有之前价值观的影响，反倒是改革开放一段时间后出生的90后与00后，才真正是在全新的社会氛围中成长起来的一代。

说回到日本茶文化。嵯峨天皇在永忠、空海、最澄等一批僧人的影响下，开始热衷于茶事活动，终于成就了日本茶文化史上第一个高峰"弘仁茶风"。但是那时候写作茶诗的人，主要是嵯峨天皇以及他身边的后妃、皇弟和近臣。茶事在日本知识阶层中全面流行，还要经过一段时间的接受与消化。

岛田忠臣，正是在嵯峨天皇醉心茶事的遗风中成长起来的一代人。在这首题为《乞滋十三摘茶》的茶诗中，可以感受到弘仁茶风对于日本知识阶层的影响力。

题目中的"滋十三"，应该是岛田忠臣的朋友，具体人名已不可考。但这样以姓氏加数字的人名称呼，在唐代诗歌中也很常见，例如白居易就有《问刘十九》《禁中夜作书与元九》《醉赠刘二十八使君》等诗。但中国诗人的这种称呼，一般是同曾祖兄弟长幼次序的大排行。岛田忠臣这位叫"滋十三"的朋友，是不是符合这种情况，我们就不得而知了。

四

讲完了作者与题目，我们来看正文。

"不劳外出好居家，大抵闲人只爱茶"，是自言自语。

最近不爱出门，几乎天天宅在家里，应酬酒局都不去，但是一点也不觉得烦闷。为什么？因为有茶相伴。显然，岛田忠臣并未把茶当药，而是视茶为友。

现如今很多学者大谈特谈茶与健康的话题，实际上是自讨没趣。

健康，是茶的初心，却不是茶的核心。

药品，是茶的起点，却不是茶的终点。

丰富而美妙的口感，让我们爱上茶。

直观而舒适的体感，让我们依赖茶。

茶在发展过程中，不断与文化相遇及碰撞，更使其不同于一般的饮品，能给我们带来丰富的精神层面陪伴。

我们的心灵，比我们的身体更饥渴。

我们的心灵，比我们的身体更需要这一杯茶。

这个道理，岛田忠臣懂得。

"见我铫中鱼失眼，闻君园里茗为芽。诗行许摘何妨决，使及盈筐可得夸"，是挚友密语。

"铫"，是一种煮水器，起初多为金属质地，后来也有石质或陶瓷的茶铫。唐代宝塔茶诗《茶》中，就有"铫煎黄蕊色，碗转曲尘花"两句，可见铫子已在唐代茶事活动当中应用。我曾设计过一款泡茶器，灵感就是来源自古时的茶铫。

"鱼眼"，是一种形容。《茶经》"五之煮"中写道：

> 其沸如鱼目，微有声，为一沸。缘边如涌泉连珠，为二沸。腾波鼓浪，为三沸。已上水老，不可食也。

由此可见，鱼眼是指水微微沸腾时泛起的小泡。至于"鱼失眼"，则是暗喻水已沸腾多时，马上就不宜煎茶了。

不管是使用的煮水器，抑或是对于水的形容，完全是大唐气象。由此可见岛田忠臣这样的日本学者，对于《茶经》乃至于茶诗都烂熟于心。崇尚饮茶的风气，正在从天皇家族向整个上层社会渗透。

岛田忠臣家有茶器，这已经非常难得。

可是滋十三家更厉害，竟然拥有茶园。

其实嵯峨天皇时期，从唐朝回国的几位僧人都带回了茶籽。永忠在梵释寺里请天皇喝的茶，就是采摘自在日本种植了十年的茶树。后来在平安京大内里的东北角，还开辟了一片茶园，由掌管宫廷食物的藏人所负责采摘制作，并将成品茶保存在药殿当中。久而久之，许多日本贵族也将茶树栽种在自己的庭院中，以彰显家族地位及品味。这首茶诗中的"滋十三"，应该就是拥有茶园的豪富贵族。

我的铫中水已经烧得滚开了，可是却没有好茶，听说老兄你园子里的茶树冒芽了，应该挺好喝的吧？话都说到这份上了，后面的事你就瞧着办吧。我给你写这一首小诗，怎么也得换上满满一筐茶芽才行。虽然题目用了一个"乞"字，实际上可是半求半要。朋友间戏谑之情，跃然于纸上。

"庭树近来春欲暮，莫教空腹犹看花"，是茶人心语。

为何如此着急到茶园摘茶呢？

原来已经是春末夏初时节，我庭院里的花都要谢了。

没有你的好茶，我又如何观花呢？

南宋杜耒《寒夜》诗云：

>　　寒夜客来茶当酒，竹炉汤沸火初红。
>　　寻常一样窗前月，才有梅花便不同。

有了一杯茶，冬夜不再寒冷，春景更加绚烂。

爱茶人的生活，总是因茶而精彩。